KB046573

비주류 선언

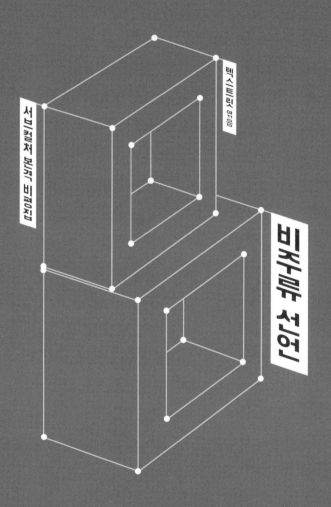

텍스트릿 엮음

서브컬처 본격 비평집

비주류 선언

요다

일러두기

1. 이 책은 장르 전문 비평팀 텍스트릿이 엮은 서브컬처 비평 앤솔러지입니다.

2. 단행본은 『 』로, 단편, 논문, 곡명은 「 」로, 신문, 잡지, TV 프로그램, 미술품, 만화, 앨범명 등은 〈 〉로 표기했습니다.

3. '장르 문학'은 편집 원칙에 따라 모두 띄어 썼습니다.

4. 인명이나 지명은 외래어 표기법을 기준으로 하되, 학계에서 통용되는 외래어를 우선으로 했습니다.

5. 전자책 인용은 쪽수를 표기하지 않았습니다.

6. 원고별 필자는 간기면(판권) 상단에 정리해두었습니다.

장르란 무엇인가

장르와	'장르'에 대한 이야기가 여기저기서
장르 문학이라는 용어	들려온다. 그래서 굉장히 익숙한 단

어라고 생각할 수도 있다. 칸 영화제

에서 황금종려상을 수상한 봉준호 감독은 자신을 장르 감독이
라고 지칭하기도 했다. 장르라는 말을 대중적으로 인지하게 만
든 것은 영화라고 할 수 있다. 장르 영화 시절을 지나면서 장르
라는 개념에 미장센을 비롯해 영화에서 사용한 시각적 이미지
를 관용화하기 시작했다. 그 때문에 2000년대 이후 등장해서 이
제는 익숙하게 여겨지는 '장르 문학'이라는 말도 이러한 이미지
를 가지고 있다. 설명할 수는 없지만 장르를 구분 짓는 용어를
보면 우리는 그것이 가진 '이미지'들을 떠올리게 된다. 즉, 장르
의 개념을 포함한 용어는 어떠한 콘텐츠 혹은 현상이 가지고 있
는 특정한 이미지를 표현하기 위한 것으로 사람들에게 각인된
것 같다.

이곳저곳에서 장르라는 말이 다양하게 사용되고 있기에 익숙하게 느껴지지만, 사실 사회적으로 공유하고 있는 장르에 대한 이해는 생각보다 피상적이고 모호하다. 우리는 장르를 단순히 취향을 의미하는 것인 양 여기기도 하고, 작품 내에 등장하는 특정한 요소라고 여기기도 한다. 때로는 도식적으로 나뉘는 분류 양식으로 이해하기도 한다. 물론 장르에 대한 이러한 맥락들은 그 자체로는 오해가 아니라고 할 수 있다. 우리가 어렴풋이 생각하고 있는 장르에 대한 개념들은 대개 장르를 지칭하는 개념이 맞다. 하지만 장르라는 단어 자체는 역사적 맥락을 가지고 변화해 왔고, 그러한 맥락을 형성하는 과정에서 매체의 다양성을 비롯한 수많은 요소와 어우러지며 변주되어왔다. 그러기에 현재 우리가 사용하고 있는 장르라는 단어가 정확하게 어떤 의미를 지니고 있는가에 대해서는 명확한 합의가 이루어진 부분이 없다.

이는 포스트구조주의 이후 장르에 대한 의미가 급변하기 시작하고, 문화 예술의 범위가 비약적으로 확장되면서 장르 무용론 등이 등장했기 때문이기도 하다. 더 이상 문화 예술에 의미를 부여하고, 정체를 밝히는 데 장르가 효율적이지 않다는 의견들이 나타난 것도 사실이다. 하지만 그 와중에 한국에서는 묘하게도 '장르 문학genre literature'이라는 단어가 나타났다. 정체를 명확하게 파악하기 힘든 이 용어는 1990년대부터 언급되었고, 2000년대에 들어서는 기존에 사용하던 통속문학이나 대중문학같은 용어들을 대체하기 시작했다. 표면적으로 보면 대중문학이라는 단어가 독자에게 수용되었던 가치 판단의 기준 분류와 차이를 주려는 시도였다고 할 수 있으나, 도식적으로는 시대의 흐름에 따라 기존의 용어들을 대체하는 용어로 유용되었다는 것을 부인하기도 어렵다.

그런 입장에서 보았을 때, 통속이라는 말은 시대적 효용이 사라졌기 때문이라고 차치하더라도, 한국 사회가 대중을 어떻게 규정해왔고, 그에 따라 대중문학이라는 말에 어떤 의미를 담아왔는가를 파악하는 것은 의미가 있다. 안토니오 그람시는 대중의 개념에 대해 정의하면서 당대에 대중문학이 현대적으로 나타난 모습은 범죄소설과 추리소설뿐이고 그중에서 볼만한 것은 하나도 없다고 평가했다. 그뿐만 아니라 대중소설의 한 모습으로 연재소설의 형태를 지칭하면서, 대중들이 연재소설을 자신의 욕망을 해소하는 일종의 장치로 활용하는데, 이는 어디까지나 그들의 열등감에서 비롯된 것이라고 폄하한다. 덧붙여 이러한 열등감의 표출은 대중들의 악감정을 달래고 누그러뜨리는 마취제와 같다고 이야기했다.[1]

한국에서 대중문학에 대한 이론들은 그람시가 규정하는 대중의 정의로부터 담론 발전을 적극적으로 꾀하지 않았다. 이와 같은 대중과 대중문학에 대한 정의들은 한국에서 대중문학이 그 의미를 제대로 인정받지 못하게 하는 근거가 되었을 것이다. 거대 담론 시대에 대중문학의 독자 수용성과 흥미 위주의 서사들이 터부시되었던 것은, 대중문학이 저항을 위해 응축해야 하는 대중의 에너지를 누그러뜨리는 역할을 한다고 여겼기 때문이다.

이후 레이먼드 윌리엄스에 와서야 대중의 개념이 수동적인 우중愚衆에서 사회 변혁의 주체적인 측면을 담당하는 것으로 변화했다. 한국에서는 거대 담론의 시기를 벗어나 1990년대에 접어들면서 비로소 대중문학의 가치에 대한 재고가 일어났다. 이는 고도의 소비사회로의 전환, 멀티미디어와 네트워크의 비약적인 발전으로 인한 문화 예술 소비 디바이스의 구조적인 변화라는 요인도 간과할 수 없지만, 사회적인 층위에서는 이러한 담론의 변화가 결정적이었던 것으로 보인다.

이러한 모습들은 문화 예술 영역에도 적용되었고, 대중문학이라는 용어는 오랜 시간 대중이 주도하는 문화 예술의 양상을 반영하지 못했다. 그렇기에 대중과 대중문화에 대한 담론의 적극적인 발전을 견지하지 못했던 한국에서 장르 문학이라는 용어 전환이 나온 점은 흥미로운 부분이다. 대중문학과 장르 문학이 동일한 뜻을 가진 용어처럼 보이지만 언표의 성질로 보았을 때 대중문학은 수용자를 중심에 두고 정의하는 반면, 장르 문학은 작품 자체를 규정하려고 하는 방식이기 때문이다.

하지만 용어의 변화에 비해 장르 문학에 대한 이론적 담론은 이제껏 제대로 이루어지지 않았다. 일단 장르에 대한 연구가 활발

비주류 선언

하게 일어나지 않은 상태에서 장르를 규정하는 다양한 이론이 맥락 없이 난립하기도 했고, 장르 문학에 대한 연구가 드물게 등장하기는 했지만 대중문학이라는 용어를 사용했을 때와의 차이를 찾아보기 힘들었다. 이는 장르 문학이라는 용어가 명확하게 정의되지 않았을 뿐더러 이전과 구분해 사용하지 않았기 때문이다.

현재 장르 문학에 대한 정의는 "고유한 서사 규칙과 관습화한 특징들이 있어서 독자들에게 별다른 정보가 제시되지 않고 또 특별한 노력을 기울이지 않아도 누구든지 책을 펼쳐 드는 순간 그것이 어떤 장르에 해당하는지 알게 되는 작품"[2]이 대표적이라고 할 수 있다. 이는 "수많은 에피고넨을 탄생시킬 수 있는 힘을 가진 '코드'"[3]라는, 포스트구조주의 이후의 장르에 대한 특성을 반영한 정의라고 할 수 있다.

**지금 한국에서
왜 장르인가**

이렇게 장르에 대한 명확한 정의가 이루어지지 않은 상태에서 등장한 장르 문학이라는 용어를 우리는 제법 활발하게 유용하고 있다. 그렇다면 한국에서 대중문학, 혹은 대중문화라고 불리던 수용자 중심의 코드들이 21세기로 접어들면서 어떤 이유로 장르라는 구조적이고 형식적인 특징에 대한 관심을 내포하게 되었는지 살펴보는 것은 흥미로운 일이 될 것이다. 이는 장르가 가지고 있는 기본적인 속성에 대해서 조금 더 깊게 들어가 성찰해보면 짐작할 수 있는 부분이기도 하다.

장르는 인간이 문화와 예술을 만들고 이를 형식적으로 고찰하면서부터 견지해온 일종의 습성과도 같다. 우리가 가지고 있는 것이 무엇인가를 규정하고, 의미를 부여하기 위해서 취한 가장 기본적인 활동이었던 것이다.

원론적으로 장르란 공통적인 특징을 지닌 서사 집단을 의미한다. 또한 장르는 문화와 예술이 규정되기 위한 가장 기본적인 방식이기도 하다. 이는 장르라는 개념이 예술에 대한 이론화를 시작했던 고대 그리스로부터 연유했다는 것을 통해 확인해볼 수 있다. 다양한 방식으로 구성된 텍스트 종류Textsorte를 효과적으로 구분하기 위해서 나타난 장르의 개념은 플라톤에 의해 디에게시스diegesis와 미메시스mimesis라고 구분되면서 그 형태를 정형화하기 시작했다.[4] 이후 르네상스 시대를 지나면서도 문화 예술 작품을 일정한 형식에 따라 나누려는 시도는 계속되었다. 하지만 장르에 대한 규정들이 변화하지 않은 상태에서 새롭게 등장하는 문화 예술 형식을 그에 따라 규정하는 것은, 이미 정해져 있는 의미에 형식을 인위적으로 끼워 맞추는 꼴이 되기도 했다.

그러나 장르는 시대의 변화에 따라 다른 의미를 지니게 된다. 그 과정에서 전통적으로 부여했던 장르에 대한 의미들이 해체되거나 변형되기도 한다. 확장과 변형을 반복한 장르의 의미는

비주류 선언

다양한 형태를 구축해왔는데, 홍미로운 점은 장르가 이론 변화의 영향을 받는 것뿐만 아니라, 역사적이고 사회적인 의미와도 긴밀하게 연관되어 있다는 것이다. 장르는 그 변화의 추이들을 보았을 때 기본적으로 수용 과정과 영향력을 주고받았다고 볼 수 있다. 노스럽 프라이가 작품들을 커다란 맥락에서 네 가지 요소로 분류하고 일정한 특성이 있다고 여기던 것들은 의미를 잃어버린 지 오래다. 즉, 20세기 이후의 장르는 츠베탕 토도로프가 이야기했던 것처럼 '담화의 출발을 위한 편리한 출발점' 외에는 아무것도 아닐지 모른다.[5]

그럼에도 불구하고 한국에서 21세기에 진입하면서 장르라는 용어를 소환해 문학의 형식을 정의하는 데 사용한 이유는 장르가 가진 수용 형태의 변화, 즉 수용 경험들이 장르의 생산 과정에 긴밀하게 관여한다는 특징이 두드러졌기 때문이라고 할 수 있다. 거칠게 정리하면, 장르는 개별 작품의 특성을 규정하기 위해 그들이 가지고 있는 일정한 특징을 묶어 구별한 것이라 할 수 있다. 이러한 정체 밝히기 덕분에 수용자들은 자신들이 경험한 것들이 무엇인지 쉽게 인지할 수 있다. 그리고 이렇게 쌓인 수용자들의 경험은 작품이 창작되는 데 기대 요건으로 작용한다. 이데올로기 시대에 일정한 메시지나 사회적인 효용에 대한 것들이 기대 요건으로 작용해 창작에 영향을 미쳤다면, 현대에는 고도화된 소비 심리에 부응하는 형태로 변형되었다고 볼 수 있다.

때문에 포스트구조주의자들은 장르를 상호텍스트성의 개념으로 이해했다. 그리고 이러한 개념을 가장 잘 반영하여 장르에 대한 정의를 유용하고 있는 것은 영화라고 할 수 있다. 영화에서는 장르를 플롯이나 캐릭터, 세트, 촬영 기법, 주제 등이 관객에게 즉각적으로 인지될 수 있는 관습으로 나타나는 특성이라고 정의한다. 영화에서 장르는 소비 선택의 기준이 되기도 한다. 영화를 선택할 때 장르라는 요소가 큰 영향을 미치는 것처럼, 현대의 문화 예술은 이전처럼 거대한 덩어리의 서사를 소비하는 형태가 아니라 내가 선호하는 관습, 혹은 특정 요소를 소비하는 형태로 변화하고 있다. 아즈마 히로키는 이러한 형태를 오타쿠 문화의 특징이라고 이야기했지만, 이미 포스트구조주의 이후 영화를 장르화하여 소비하는 형태에서 나타났으며 이제는 거의 모든 문화 예술 작품의 소비 양상으로 볼 수 있다.

　그렇기 때문에 한국에서 장르 문학을 지칭하면서 언급되는 로맨스, 판타지, SF, 무협과 같은 장르의 구분은 현재 우리가 어떠한 형태의 소비 욕구를 가지고 있는지를 반영하는 것이기도 하다. 고전적인 장르의 개념들은 이미 이러한 지형도 내에서 힘을 잃고 의미를 상실해버린다. 기존의 문학 연구에서 전통적인 플라톤의 개념부터 견지해오던 의미의 맥락들을 이어 붙이고 나면, 현대의 장르는 다소 의미 없는 무언가로 전락해버리기 십상이다. 오히려 현대 장르에 대해서는 '방 안에 어떤 가구를 들여놓는가에 따라서 그 방 분위기가 달라진다'는 조지 R. R 마틴의 정의가 보다 명료한 정의가 될 수 있을 것이다.

마틴은 장르가 가구와 같다고 했다. 같은 공간이라도 책상과 책장이 놓여 있으면 서재가 되고, 변기가 놓여 있으면 화장실이 되는 것처럼, 어떤 공간과 배경 안에 엘프가 있고 중세의 옷차림을 한 인간들이 나온다면 판타지 장르로 인식해도 무방하고, 우주선이 떠다니면 SF며, 중원이라는 공간에서 무공을 다루는 이들이 나오면 무협이라는 장르로 인식해도 크게 무리가 없다는 것이다. 마찬가지로 캐릭터들이 등장해 사랑하는 스토리가 펼쳐지고, 그와 관련된 시퀀스가 꾸려진다면 그것은 로맨스 장르로 볼 수 있다. 이러한 정의들은 사실 기존의 장르론에 대한 폐기를 주장하는 것과 다름없다. 하지만 기존의 장르 순수성에 입각한 다양한 담론들이 폐기되더라도, 장르라는 것은 여전히 우리에게 의미를 제공한다. 왜냐하면 그것이 우리가 문화 예술 작품을 소비하는 데 중요하게 작용하고 있기 때문이다.

**장르를 지나,
해시태그와 취향의
데이터베이스**

현대사회에서는 소비의 문제가 가장 중요하게 부각된다. 우리는 소비를 통해서 존재를 증명하고, 인정 투쟁을 완성한다. 내가 소비하는 것들이 나의 존재가 무엇인지를 증명한다. 내가 먹은 것들을 소셜미디어에 올려 사람들에게 알리고, 여행을 가면 그것 역시 사진과 글로 사람들에게 알린다. 인터넷 시대 초창기, 평범한 일상을 공유하는 일에서 매력을 느끼던 사람들은 이제 새롭고 신선한 것, 혹은 '괜찮다'고 의미 부여할 수 있는 것들을 찾기 시작했다. 그리고 그 의미 부여에 가장 손쉬운 방법, 공유하기 쉬운 방법이 바로 소비인 것이다.

이렇듯 현대사회에서 소비는 근본적인 장치다. 그리고 장르는 간편하고 용이한 소비를 위한 대표적인 방법론이다. 상호텍스트성에 의해 구별된 장르들은 내가 바라는 것들을 손쉽게 구분할 수 있게 해준다. 그리고 손쉬운 구분은 간편한 소비로 이어진다. 장르는 현대 소비사회에서 필연적으로 소환된 것이라고 해도 과언이 아니다.

소비로 자신을 드러내는 일은 내가 인식한 것을 명확하게 알아야만 가능하다. 이른바 피아식별의 문제인데, 이를 위해서는 특징을 찾아 구별 짓는 것이 가장 손쉬운 방법이다. 피에르 부르디외는 이렇게 구별 짓고, 인식하는 것이 사회적인 경험에 의해 나타난다고 이야기했다. 부르디외는 이러한 후천적 경험들에 의해서 나타나는 것들의 총체를 아비투스habitus라고 명명했다. 이를 정리해보면 요즘 우리가 이야기하는 취향의 문제에 다다르게 된다. 21세기의 장르는 관습 문제에 묶여 있는 것이 아니라 오히려 취향에 따라서 다양하게 변주되는 형태를 취하고 있다. 기존

비주류 선언

의 장르들은 이미 구분점을 확보하는 게 무의미할 정도로 혼재된 양상을 보이고, 한편으로는 그것이 일반화되어 새로운 수용자들의 기대감을 형성하고 있기도 하다.

이렇듯 기존 장르의 무용성이 나타난 대표적인 현상이 한국웹소설 시장에서 보여주고 있는 해시태그라고 할 수 있다. 웹소설 플랫폼은 2000년대에 접어들면서부터 장르 문학이라 명명되던 작품들을 주로 서비스하고 있었다. 그리고 그들은 사용자에게 소비의 용이함을 제공하기 위해서 작품을 장르별로 분류해 카테고리를 제공해왔다. 웹소설 플랫폼의 대다수가 카테고리에 로맨스, 판타지를 비롯한 장르별 구분을 두고 있다. 하지만 요즘에는 기본적인 카테고리 외에도 해시태그(#)를 이용해 작품의 특징과 요소를 밝히려는 시도가 보이는데, 결과 역시 꽤 효과적인 듯하다.

해시태그는 기본적으로 분절화되고 데이터베이스화된 요소들을 나열해 작품의 정체성을 규정한다. 일종의 키워드화라고 할수 있다. 본디 키워드가 주제나 중심이 되는 단어들을 나열한 것이었다면, 한국 웹소설 플랫폼에서의 해시태그는 이야기의 성격이나 콘셉트, 장르의 특정한 관습들을 포괄하는 형태로 확장되어 나타나고 있다. 이는 소셜미디어 사용 경험이 다른 미디어로 전이되면서 일어난 현상이라고 할 수 있는데, 포스트구조주의 이후 장르가 수용자들의 경험을 토대로 상호텍스트성을 지니며 변화해왔다는 것과 같은 맥락의 변화 양상으로 규정할 수 있다. 그렇다면 이것은 과거의 맥락을 넘어서 새롭게 장르를 규정하는 방식이 될 것이다. 하지만 우리는 여전히 이러한 맥락들에 대한 접근이 더딘 편이다.

그것은 장르에 대한 사회적인 논의들이 여전히 부족하기 때문이기도 하다. 장르 문학이라는 단어가 등장해서 사람들에게 새로운 경험이 된 지도 20여 년이 되어간다. 하지만 장르 문학이 무엇인가에 대한 이야기들은 여전히 답보 상태이고, 당연히 용어를 규정하는 장르가 무엇을 의미하는지에 대한 논의들도 문학을 기반으로 하는 장르의 순수성 논의에서 크게 나아가지 못했다. 포스트구조주의 이후 등장한 장르에 대한 개념들조차 이제 의미를 잃고 새로운 양상들이 나타나고 있지만, 상황이 이러하니 그것에 대한 대응이 미온적인 것도 당연하다. '이것은 장르가 아니다'라고 외칠 수 있는 장르의 순수성이 힘을 잃은 지 한참이 지났음에도 불구하고, 우리는 여전히 '이것이 장르인가 아닌가' 혹은 '이것은 어떤 장르인가'에 대한 고민에서 한 발짝도 떼지 못하고 있다. 그러니 해시태그와 같이 급진적으로 기존의 장르 체계를 무너뜨리는 현상들이 나타나는 것은 오히려 반가운 일일지도 모른다.

장르는 발전 과정을 거치면서 그것을 규정하는 데 몇 가지 방법론들을 기준으로 세우기 시작했다. 우선 합의가 된 것은 '다양한 기준'이다. 이를 '기준의 복수화'라고 하는데, 해시태그는 이러한 현상을 극단까지 끌고 가서 보여주는 현상이라고 할 수 있다.[6] 또한 형식, 주제, 표현 방식 등과 같은 기존 특징들을 장르의 구성 요소로 삼는 것이 아니라 장르의 가변성을 염두에 두고 장르 구성 요소 간의 상호 연관성을 더 중시해야 한다는 것이 현대적 흐름이라고 할 수 있다.

아직 우리에겐 낯설게 느껴지지만 이미 세계적으로는 이러한 장르의 변화들을 규정하기 위한 담론들이 꾸준히 개진되어왔다. 그중에서도 현대 장르의 분절화와 혼종성을 해결하고 학술적인 의미를 부여하기 위해 고안된 방법인 '참여모델Partizipationsmodell' 은 흥미로운 지점이다. 참여모델은 루드비히 비트겐슈타인의 가족유사성Familienahnlichkeit 개념을 방법론으로 활용해 장르의 특성을 규정한다. 가족유사성이란 가족이라는 형태로 이뤄진 공동체의 일원들이 일정하게 공유하고 있는 유사한 특징을 통해 이들을 하나의 집단으로 정의할 수 있다는 것을 의미한다. 이 정의에서 주목해야 할 점은 다양한 특징이 중첩되고 교차하는 복잡한 유사성의 그물 형태로 나타난다는 것인데, 이 같은 특성을 문화예술 작품의 특징을 규정할 때 반영하는 것이 바로 참여모델이라고 할 수 있다.[7]

참여모델 이론을 토대로 해시태그에 대해 정의해보면, 해시태그란 온갖 경험이 뒤섞여 복잡한 유사성의 그물을 이루고 있는 장르를 상대로 자신의 취향에 맞는 콘텐츠를 소비하기 위해서 변용된 장르의 규정 방법이라고 할 수 있다. 해시태그는 기존의 장르 구분, 웹소설의 카테고리 구분과는 상관없이 중첩되고 횡단하면서 취향에 대한 길라잡이 역할을 수행한다. 한 카테고리 내에서 특별하게 발견되는 해시태그가 있다고 하더라도, 그것이 곧 그 카테고리(전통적 의미의 장르)를 규정하는 특징이 되는 것은 아니다. 그러기 때문에 해당 장르의 특징은 작품 전체를 규정하지 않아도 되고, 거대한 서사에 머물러 기존의 미학적 순수성을 도출하지 않아도 된다. 그 안에서 우리가 알던 장르는 이미 폐기되었다. 이미, 그런 시대에 접어들었다.

그렇다면 장르에 대한 이야기들은 이제 무용해진 것일까. 오히려 그 반대라고 할 수 있다. 장르가 무엇인지, 그리고 무엇이었는지 조금 더 진지하게 들여다보아야 한다. 해시태그는 장르를 폐기했지만 그것은 기존의 장르에 규정되어 있던 의미들을 파훼한 것에 지나지 않는다. 장르는 문화 예술이 존재하면서부터 있었다. 왜냐하면 우리는 장르를 통해 우리가 즐기고 있는 것들의 정체를 밝힐 수 있었기 때문이다. 내가 소비하고, 즐기는 것들이 무엇인가를 아는 것은 빅데이터와 소셜미디어 시대에 접어들면서 점점 더 강조되고 있는 부분이다. 사사키 도시나오가 콘텐츠의 시대가 종언하고, 큐레이션의 시대가 도래했음을 이야기한 것은 이러한 이해가 우리에게 얼마나 중요한지 알려준다.

비주류 선언

우리는 장르와 떨어져 지낼 수 없다. 시대에 따라 그것에 대한 중요성을 지칭하는 방법이 달랐거나, 의도적으로 인식으로부터 멀어져 부정하고 지내왔을 뿐이다. 특히 한국은 후자의 경우였다. 하지만 이제는 그것들을 더 이상 외면할 수 없는 시대가 되었다. 우리는 장르가 어떤 의미들을 담고 있는지 항상 관심을 가져야 한다. 애석하게도 한국에서는 장르에 대한 담론들을 이어오지 않았기 때문에 현재 해시태그로까지 변화한 장르의 형태들이 지니는 의미를 알기 위해서는 고전적 장르의 개념으로부터 거슬러 올라와야 하는 지난함이 있다. 하지만 이러한 작업들을 하지 않는다면, 이후 급속도로 변해갈 시대에 내가 욕망하고 소비하는 것, 그리고 그들과 상호연관성을 주고받는 것들의 정체를 파악할 방법론 하나를 잃어버리게 되는 것이다. 이제라도 장르가 우리와 어떻게 지내왔는지를 알아볼 필요가 있다. 그것은 우리 사회와 개인의 내면을 다시 한번 들여다보는 일임과 동시에, 이후를 내다볼 수 있는 단서가 될 것이다.

1) 안토니오 그람시, 『대중 문학론』, 박상진 옮김, 책세상, 2003 참조.

2) 조성면, 『경계를 넘고 간극을 메우며』, 깊은샘, 2009, 109쪽.

3) 우지연, 「꿈꾸는 세계가 있는 자만이 장르를 지지한다」, 〈북페뎀〉 5호, 한국출판마케팅연구소, 2004, 40쪽.

4) 라영균, 「문학 장르의 체계와 역사성」, 〈외국문학연구〉 제65호, 한국외국어대학 외국문학연구소, 2017, 196~200쪽.

5) Oswald Ducrot · Tzvetan Todorov, 『Dictionnaire encyclopédique des science du langage』, Seuil, 1972, 193~201쪽.

6) Klaus W. Hempfer, 『Gattungstheorie』, München, 1973, 6쪽.

7) Ludwig Wittgenstein, 『Philosophische Untersuchungen』, Frankfurt a. M, 1984, 278쪽.

차례

1장 장르의 눈으로 본 사회

2장 비평의 눈으로 본 장르

1장

**장르의 눈으로 본
사회**

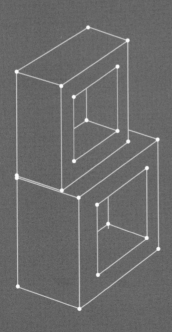

[판타지]

한국형 판타지가
어색한 이유

**한국형
판타지라는 함정**

tvN 드라마 〈아스달 연대기〉는 방영 전부터 잡음이 많았다. 방송 제작 노동환경은 칸 영화제에서 황금종려상을 받은 〈기생충〉의 상황과 비교되었고, 〈왕좌의 게임〉의 영상용 CG부터 캐릭터 콘셉트 등을 표절했다는 의혹도 나왔다. 방영이 되자 논란은 거세졌다. 제작비에 비해 형편없는 퀄리티가 나온 것도 문제지만, 근본적인 문제는 각본과 연출을 담당하는 드라마 제작자들이 '판타지'를 전혀 모른다는 점이다.

제작진은 "한국에 이런 드라마가 많이 나와야 한다"라며 독려를 부탁했다는데, 장르를 공부하는 입장에서는 동의할 수 없다. 이건 내가 판타지 작가니까, 내가 판타지 연구자니까 이야기하는 엘리트주의 같은 게 아니다. 저 말은 "우리는 이제 공부도 안 하고, 연구도 안 하고 그냥 돈 되는 거 대충 만들겠습니다"라는 선언에 불과하다. 이건 '백종원 아저씨'가 SBS 예능 〈골목식당〉에서 이야기하는 논리와도 비슷한데, 손님들이 뭘 좋아하는지 하나도 모르면서 무작정 요식업만 하겠다고 달려드는 사람이 어떻게 성공할 수 있겠는가. 문제를 해결하는 일은 문제가 있다는 것을 인식하는 것에서 시작한다. 그들은 왜 판타지를 모르면서 '판타지 드라마'라는 프레이밍을 끊임없이 가져갈까. 이건 모든 판타지 창작자들에 대한 무례다.

국내 장르 관련 창작자들에게 '한국형 판타지'란 원죄적 굴레다. 끊임없이 사람을 괴롭히는 명제인데 실체가 명확한 것도 아니다. 그렇다고 이걸 극복하지 않고 내버려 두자니 마음 역시 께름칙하다. 온 세상은 한국적 판타지를 원하는데 창작자 개인이 나태하고 게을러 그런 작품을 못 만들어내는 듯한 기분이 든다. 그러나 한국형 판타지는 창작자들을 유혹하는 함정이다. 애초에 한국의 판타지가 서양을 무대로 만들어진 이유를 알아야 한다.

판타지라는
경계 짓기

한국은 환상성이 살아남기에는 너무나도 척박한 공간이었다. 20세기 한국 문학은 식민지와 분단 체험, 군부 독재 등과 같은 사회 상황을 통해 현실을 반영하는 리얼리즘 문학의 역할을 강요받았기 때문이다. 문학은 그러한 격동을 직시하고 예민하게 받아들이는 것을 목표로 삼았다. '잠수함의 토끼'라는 명제처럼, 시대의 아픔을 먼저 받아들이고 고통을 호소했다. 현실이 아니라 환상을 지향하는 글들은 도피와 사치, 부르주아적, 반사회적이라는 부정적 평가를 받았다.

그나마 한국 고유의 환상성 계보를 이어온 것은 〈전설의 고향〉과 같은 드라마의 영역이었다. 한국 곳곳의 전설과 민담을 최대한 사실의 영역에서 재현하고자 한 시도는 1970년대 TV 프로그램들이 그러했듯 민족주의 이데올로기를 내포한 시도였기에 용인되었다. 물론 1960~1970년대 한국에서 환상문학의 장르가 전혀 존재하지 않았던 것은 아니다. 문윤성의 『완전사회』를 필두로 SF의 시도들이 있었고, 1960년대 『정협지』를 통해 들어온 무협지가 그러했으며, 1980년대 '할리퀸 로맨스'도 환상문학의 대중화를 이끌었다. 하지만 이러한 서적들은 모두 교육 이데올로기에 반하는 유해 작품군으로 분류되었고 채 정상화되지 못했던 창작 시장은 대본소를 전전하다 음지화되고 축소되었다.

『환상』이라는 책을 통해 동서양의 환상성에 대해서 이론적·사회적으로 정리한 최기숙은 1990년대 중후반에 등장한 이우혁의 『퇴마록』, 양귀자의 『천년의 사랑』, 이영도의 『드래곤 라자』를 통해 쇠락해 있던 환상성이 대중의 호응을 확보하며 '판타지 문학'이라는 장르로서 미학적 지위를 회복한다고 보았다. 여기서 우리가 주목해야 할 문장이 나오는데, 최기숙은 저 세 작품 중 『드래곤 라자』의 세계를 '정체불명의 배경과 인물들'의 혼종이라며 제대로 정의하질 못한다. 그런데 2020년이 다가오는 지금은 어떠한가? 『드래곤 라자』 이후 '정체불명'의 세계는 1990년대 한국에서 무수히 많은 방식으로 재변용되어 '장르 판타지'라는 하위 장르를 형성하며 대중적·컬트적인 인기를 누리고, 현대 웹소설을 탄생시킨 근간이 되지 않았나. 동시대에 동양적 환상을 다루던 『퇴마록』 역시도 분명 한국 판타지 소설의 역사에서 큰 영향을 끼치긴 했으나 세계와 배경만 놓고 볼 땐 『드래곤 라자』만큼의 영향력을 행사했다고 하기 어렵다.

　『드래곤 라자』가 보여준 정체불명의 세계는 대중에게 '중세 유럽'이라는 이름으로 프레이밍되었다. 이것은 서양 역사에서 게르만 민족의 대이동(5세기경)부터 르네상스 이전 시대까지의 시간적 구분을 의미하는 것이 아니라, 봉건제도에 의해 형성된 사회 문화적 공간으로서의 봉건사회를 의미한다. 더불어 이 세계에서 구현된 검과 마법, 용과 괴물, 신의 존재는 장르 판타지 소설을 구성하는 주요 관습으로 확정되었다.

한국의 장르 판타지와 환상을 논하기 위해서는 이러한 '정체 불명의 중세 세계관'에 보다 주목할 필요가 있다. 만약 동양적 세 계관과 환상성이 보편적인 공감을 불러일으키고 흥행을 성공시 켰다면, 1990년대 환상성 담론의 주역은 '전생'과 '환생'의 윤회 론을 바탕으로 하여 조선 시대 전기소설의 문법을 따르는『천년 의 사랑』이나 점성술, 동양학, 기氣, 무속 신앙과 무예를 다룬『퇴 마록』이 오히려 한국 장르 판타지 소설의 주축으로 자리매김했 어야 한다. 그런데도 당대의 독자들이 잘 재현된 동양적 환상이 아니라 '정체불명의 세계'를 더욱 선호하고 폭발적으로 받아들 인 이유가 무엇인가. 그것은 이들이 판타지 세계가 아닌 '판타지 서사'를 통해서 말하고자 하는 목적을 떠올리면 쉽게 알 수 있다. 한국의 판타지는 인터넷 공간, 즉 기존 문학계의 문법과 제도 바 깥에서 자생한 것이었다. 당시 서태지와 아이들이라는 아이콘으 로 대변되었던 소비대중사회의 젊은이들은 사회를 구성하는 구 조, 제도, 권위 등에 저항하고 싶어 했다.

　그렇게 탄생한 것이 가상의 서구 중세 봉건사회였다. 1990년 대 한국 사회에서 지리적으로나 문화적으로 가장 낯선 환상을 소환하고, 그곳에서 낡은 계급제도의 귀족들을 젊은 캐릭터들을 이용해 적극적으로 비웃었다. 이때 재현된 모습은 실제 중세 봉 건사회와는 지리적으로도 문화 관습적으로도 다르다. 오로지 분 노와 모험, 도피로서의 세계다. 이것은 서구에서 낯선 환상을 재현하기 위해 오리엔탈리즘을 끌어다 쓴 맥락과도 상통한다. 〈쿵푸팬더〉에서 재현된 동양의 모습이 실제 동양의 모습이 아닌 것처럼.

귀족을 희화하여 조롱하는 방식은 초기 판타지 소설에서 시작되어 범용적으로 나타나는 행위였다. 보다 '현대'적인 주인공이 그러한 조롱을 통해 적극적으로 풍자하려고 한 것은 미디어의 발달로 보편화된 포스트모더니즘 시대의 감성과 연결된 것으로, 거대 이데올로기 담론부터 기성세대까지 다양한 것이었다. 바꿔 말하면 이러한 조롱은 그 세계에서 살아가는 인물들에 의해서 이루어질 경우 중세라는 세계관과 끊임없이 불화할 수밖에 없다. 해외에서 수입된 『반지의 제왕』이나 『로도스도 전기』가 아니라 국내의 『드래곤 라자』를 통한 독서 체험으로부터 판타지를 시작한 후속 세대들은 이러한 이질감을 극대화하는 방법을 사용했다. 현대'풍'의 주인공이 아니라 현대의 주인공을 직접 소설 속에 등장시킴으로써 세계 자체에 적극적으로 균열을 일으켰다. 이러한 균열은 젊은 세대가 문화지형도의 영역 안에서 만들어낸 판타지라는 경계였고, 소비자들은 이러한 경계에 열광하며 자신들 역시 창작을 이어나갔다.

핵심은 이러한 경계가 '한국형 판타지'라는 문화지도층의 바람과는 근본부터 다르게 설정되었다는 점이다. 결국 '낯선' 것에서 환상과 판타지를 소비하려는 사람들에게 전통적이고 민속적인 한국적 환상을 바란다는 건 기존의 구조에 반항하는 안티테제를 만들라는 말이다. 안티테제는 안티테제만의 논리가 있어야 한다.

비평에서의 환상성과 장르로서의 판타지

사실 '한국형 판타지'와 '장르 판타지'의 세계가 계속 혼란스러운 까닭은 장르로서의 '판타지'와 문학과 문학비평에서의 '환상'을 구분하지 않고 혼용하고 있기 때문이다. 시장에서 팬덤을 통해 호응을 얻은 건 장르 판타지고, 사람들이 이야기하는 것은 그저 '환상성'의 번역 영단어인 '판타지'다. 두 단어는 본격적인 정의로 들어가면 무척이나 큰 차이가 존재한다. 재미있는 것은 시장에서 장르 판타지를 이끄는 팬덤은 학문적인 담론을 제대로 배운 적이 없지만 철저하게 '장르 판타지'에 입각한 정체성을 갖고 있다는 점이다.

문학비평 용어인 환상은 근대 이후 정립된 개념으로, 이것을 최초로 정립한 사람은 츠베탕 토도로프다. 그는『환상문학서설』에서 '환상'이란 독자와 주인공에게 망설임을 주고, 그로 인해 독자가 텍스트에 대해 모종의 태도를 채택하게 만드는 것이라고 설명했다. 독자와 등장인물은 그 망설임 속에서 자신이 지각하는 대상이 현실인지 아닌지를 판단해야 한다. 독자가 현실의 법칙에 타격을 입히지 않고도 묘사된 현상을 해당 법칙으로 설명할 수 있다고 판단하면 작품은 '기이'가 되고, 독자가 그 현실을 설명할 수 있는 새로운 자연법칙을 가정해야 한다고 판단하면 그 작품은 '경이' 장르로 들어간다.

토도로프는 순수하게 환상적인 텍스트를 기이와 경이로부터 분리시킨다. 독자는 묘사되는 낯선 사건을 받아들일 수도 없지만, 그것들을 초자연적인 현상으로 간주하고 배제해버릴 수도 없다. 토도로프는 이러한 망설임이야말로 환상성의 핵심이라 주장했다. 이후 환상성과 환상문학에 대한 이야기는 잭슨과 흄, 어윈과 라브킨의 정의를 넘나들며 계속 담론을 쌓아갔다. 이것은 문학 장르, 그리고 예술 장르로서의 환상을 정의하려는 담론 중 기본 규칙이나 구성 요소, 구조에 따른 거시적 정의다.

환상의 미학적 정의를 넘어 어떻게 창작에 환상을 결합시킬 수 있는가, 좋은 환상 작품이란 무엇인가 등의 의미를 모색하고 장르적인 관습을 정의한 사람은 J. R. R. 톨킨이다. 그는 성공적인 환상이 이루어지려면 내적 리얼리티를 가지고 독자에게 그럴듯한 것으로 설득될 수 있는 이차 세계Secondary World의 성공적인 창조가 이루어져야 한다고 강조했다. 소설 속에서 구축된 환상은, 이차 세계가 독자에게 압도적 기이함의 느낌을 주어 경험적 현실의 일차 세계Primary World에서 자주 경험했던 낡은 실존에서 탈출하고, 일차 세계에 대해서도 새롭고 신선한 감각을 유지해줄 때 성공적인 것이 된다.

톨킨의 정의는 '망설임'을 중요시하던 토도로프의 정의와는 상반된다. 새롭고 신선한 시각, 탈출, 위안 등의 기능을 강조하는 톨킨의 정의는 결과적으로 토도로프의 환상과 경이를 모두 포괄하는 폭넓은 범주를 확보한다. 이러한 톨킨의 정의에서 환상은 작품의 일부로서가 아니라 전면화된 서사의 기제로 작동한다. 톨킨의 정의는 조아르스키, 보이어, 에릭 라브킨에 의해서 보다 정립되었다. 그들은 환상성the fantastic과 소문자 환상fantasy, 대문자 환상Fantasy을 구분했으며, 환상성의 활용도를 기준으로 서사문학 작품을 나열했을 때, 진정한 환상문학은 그 극점에 위치한다고 제안하면서 이를 환상물Fantasy로 명명했다.

국내의 장르 판타지는 톨킨의 정의와 계보에 부합한다. 이는 한국의 판타지 창작이 환상 이론을 근간으로 한 환상문학으로부터 시작된 것이 아니라 『반지의 제왕』에서 영향을 받은 게임 〈던전 앤 드래곤〉, 그리고 거기서 영향을 받은 일본의 판타지 소설 『로도스도 전기』, 『슬레이어즈』의 영향을 받으며 개화했기 때문이다.

물론 한국에서 환상성이 없었다고 하나 모든 작품이 서구나 일본의 영향을 받은 것만은 아니다. 한국, 그리고 극동아시아 지방은 그 나름의 동양적 환상성이 존재한다. 설화나 민담, 전설에서 기술되는 기奇, 이異, 괴怪가 그것인데, 이는 장르 판타지의 이차 세계와는 본질적으로 다르다. 도깨비와 더불어 살아가고, 구미호가 간을 빼먹고, 삼신할미가 아이를 점지하며 선식을 하고 도를 닦으면 신선이 될 수 있는 삶. 동양의 환상성은 현실의 질서에 뿌리내리고 공존하는 삶이고, 환상성이 현실적 삶의 도덕과 윤리를 아우르는 틀로 존재한다.

결국, 시작부터 단추를 잘못 끼운 것이다. 기업과 영화 제작자들은 장르 판타지의 유행을 환상성의 유행으로 잘못 이해했고, 판타지 작가들이 추구했던 한국적 판타지가 고전적인 '환상성'을 재현하는 것이 아니라 현대의 동시대성을 반영하는 것임을 알지 못한 것이다. 더군다나 문제가 더 있다. 한국의 환상은 시간이 흘러가면서 끊임없이 변화하며 환상성과 장르 판타지의 중간 어디에 존재하며 독특한 형태로 변모했다는 점이다. 다시 말해 이제는 『드래곤 라자』를 비롯한 1990년대의 한국 장르 소설을 읽었다고 해서 판타지를 안다고 말할 수 없는 시대가 된 것이다.

한국 장르 판타지의 세계와 환상

한국에 장르 판타지가 등장한 지도 어느덧 25년이 훌쩍 지나갔다. 포털 사이트 문피아의 가입자가 약 100만 명에 이른다고 하니, 소수 마니아가 즐기던 장르 문학이 이제 보다 대중적인 취미로 자리 잡았음을 확인 가능하다. 한국 대중은

비주류 선언

'환상'보다 '장르 판타지'에 익숙해졌다. 단순히 괴물이 나온다거나 영화 〈창궐〉처럼 좀비를 야귀로 눈속임해서 내세우는 어설픈 환상성은 더 이상 먹히지 않는다. 환상은 그냥 탄생하지 않는다. 동시대적 욕망과 문제점을 비틀어 재현한 것이 환상이다. 장르 판타지는 그러한 욕망을 관습으로 만들어 관객과 창작자의 소통을 용이하게 한다. 『드래곤 라자』 이후 한국의 대중은 끊임없이 변했고, 장르 판타지의 환상성 역시도 쉼 없이 소통을 이어갔다. 이러한 환상성이 처음 가시적으로 변화한 것이 '퓨전 판타지'라는 하위 장르의 탄생이었다.

퓨전 판타지라는 하위 장르가 기존의 판타지 소설과 변별되는 대표적 지점은 초기 판타지 소설이 하나의 세계를 연대기적으로 정립하며 '중세'라는 세계를 표면적으로나마 완성하려 했던 것과 달리, 두 가지 이상의 세계를 연결해 각 세계의 기능에 집중하여 '중세'라는 세계를 보다 도구적으로 사용하고 있다는 것이다. 또한 퓨전 판타지는 그 차이에서 일어나는 간극을 서사의 핵심 요소로 가져와 주제화했다. 고전 신화에서는 이러한 두 개의 세계를 병렬적으로 배열하는 경우가 많았는데, 조지프 캠벨은 문제를 겪는 현실 공간과 문제를 해결하기 위한 소망적·모험적 공간으로 두 세계의 구조를 나누어 기능에 집중한 분석 틀을 만들었다.

2000년대 초반부터 창작된 퓨전 판타지는 귀환Return 구조가

상실된다. 이때의 주인공은 초자연적인 신비의 땅으로 뛰어들긴
하지만 초자연적인 신비의 땅에서 새롭게 얻은 신체와 질서를
통해 힘을 얻고, 결핍된 개인의 욕망을 채우는 것으로 그치는 서
사가 반복된다. 특히 이 시기의 환상은 젊은 세대의 욕망이 형상
화되었다는 것이 특징이다.

이를테면 퓨전 판타지 소설의 초창기 작품인 『아린이야기』
는 계모 때문에 학업 스트레스에 시달리던 고등학생 소녀가 악
마와 계약을 하고 판타지 세계로 넘어가 드래곤이 되는 것으로
이야기가 시작되고, 『사이케델리아』는 알코올중독 아버지 아래
에서 학업으로 스트레스 받던 주인공이 빛나는 구슬을 얻고 판
타지 세계로 넘어간다. 『노래는 마법이 되어』는 재수를 하며 학
업 스트레스를 받던 주인공이 판타지 세계로 넘어가고, 『아이리
스』역시 학업 스트레스를 받던 고등학생이 금화를 줍고 판타지
세계로 넘어가는 것으로 소설이 시작된다. 이렇듯 2000년부터
2003년도까지 출간된 퓨전 판타지 소설의 주인공이 모두 수능
시험의 스트레스와 직간접적인 영향 관계에 있는 것은 흥미롭
다. 결국 그들의 모험 서사는 중세라는 공간 그 자체의 완성을 추
구하던 것에서 현실의 스트레스, 그것도 젊은 청년 세대가 공통
으로 겪을 수밖에 없었던 학업 스트레스를 풀기 위한 이항대립
의 공간으로 축소되고, 변용된다.

이때 형성된 중세는 해외 판타지 소설에서 구현되었던 신화의

비주류 선언

시공간도 아니며, 초기 한국 판타지 소설의 작가들이 구현하려고 했던 모험과 내적 완결성의 시공간도 아니다. 퓨전 판타지 작가들에게 중세의 시공간은 학업, 나아가 자신들의 일상을 억압하고 탈개성화한다고 여겨지는 교육 제도를 탈피하는 회복의 공간이다. 이는 심리적·지리적 거리감이 있는 의사擬似 중세 유럽의 형상을 복제한 것이며, 이렇게 복제된 중세의 시뮬라크르는 다시 다른 작품에서 끝없이 복제되며 비로소 '중세'라는 시뮬라크르를 형성했다.

중세 표상의 시뮬라크르는 단순히 세계의 복제품일 뿐 기능이 사라지거나 축소된 것은 아니었다. 이차 세계를 이용한 이차 믿음을 통해 독자가 탈피와 회복의 순간을 경험하는 것은 톨킨 역시 강조한 부분이었다. 단지, 퓨전 판타지의 작가들은 이러한 기능을 효과적으로 다루기 위해 이차 세계의 내적 개연성을 만들지 않고 오히려 일차 세계의 공감대를 확충하는 방법을 택했다. 이러한 과정에서 리얼리즘의 표상처럼 여겨지던 일차 세계 역시 도구적으로 변모하게 되고, 이차 세계가 복제되는 과정에서 일차 세계 역시 소급적으로 영향을 받아 그 성질과 기능이 변화한다.

퓨전 판타지 이후 가시적인 변화는 '게임 판타지'라는 장르에서 이루어진다. '게임 판타지'는 가상세계에 접속하여 RPG 게임을 즐기는 형태의 서사인데, 여기서 환상 공간인 이차 세계는 더 이상 욕망과 소망을 위해 여행을 하고 돌아오는 공간이 아니라, 욕망 그 자체를 향유하는 공간으로 변모한다. 로그인과 로그오프 개념은 주인공이 소망을 충족하기 이전에 늘 주인공을 현실의 공간으로 귀환시킨다. 더구나 게임 속 공간은 어디까지나 가상공간일 뿐이다. 이 가상공간에서의 플레이가 주인공들의 욕망을 충족시키기 위해서는 놀이의 규칙을 변화시켜야 한다.

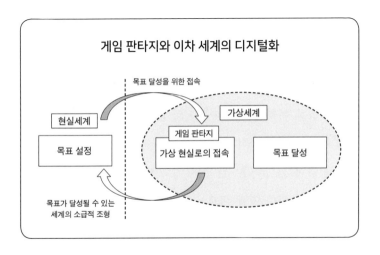

놀이의 규칙은 놀이라는 구조 안에서만 유효하다. 그렇다면 현실의 결핍과 사회문제를 놀이를 통해서 극복하는 방법은 어떻게 구현될 수 있는가? 답은 현실까지 놀이를 확장하는 것이다. 이 시기의 작품들은 대부분 가정불화, 신체 결손, 가난, 왕따 등 사회문제를 주인공의 결핍으로 제시하고, 이것을 해결하기 위해

비주류 선언

서 사회에서 인기 있는 가상현실 게임을 플레이하고 유명 인사가 되는 방식을 서사의 마스터 플롯으로 다룬다. 결국 그들은 소설 속에 구현된 게임 세계를 즐기는 것이 아니라, 게임을 플레이함으로써 자신의 욕망이 성취되는 소설의 배경 세계 그 자체를 환상으로 소비한다.

무엇이 한국적인가

앞서 살펴보았듯 한국 판타지 소설에서 주로 사용되던 중세 유럽의 세계관은 서구에 대한 동경 따위의 이유로 생겨나거나 무비판적으로 수용된 세계가 아니었다. 오히려 1990년대 이후 문단이 가지고 있었던 폐쇄성과 권위에 저항하고자 했던 젊은 작가들에 의해서 적극적으로 조형된 세계다. 지리적·문화적으로 낯선 중세 유럽이라는 시공간은 판타지의 환상성과 가장 잘 융합될 수 있었다. 최초의 판타지 소설이 출간된 1993년 이후, 약 25년 동안 한국 판타지 소설 작품은 끊임없이 동시대의 가치와 문화를 흡수하며 변화해왔다. 하지만 한국에서 판타지 소설은 동시대의 청년 세대들이 세상을 바라보고 재현하는 담론장이자 도구였음에도 불구하고 깊이 있는 논의나 연구를 찾기 어려웠다.

카카오페이지나 네이버시리즈, 문피아나 조아라 등의 개별 플랫폼에서 인기 판타지 소설 단권 판매량이 2만 부 이상을 넘어가고, 종합 판매량은 30만 부에 육박하는 것으로 추측된다. '무엇이 한국적인가?'라는 질문은 재고되어야 한다. 〈물괴〉와 〈창궐〉, 〈킹덤〉에서 〈아스달 연대기〉까지 판타지를 '한국적'으로 성취하려던 행위는 한국이라는 외피를 통해 손쉽게 브랜드화하려는 편법에 가까웠다. 1990년대부터 2010년대까지 널리 통용되었던 대중문화의 지형도에서 만들어진 것이 가장 보편적인 한국적 장르 정서라는 걸 외면한 결과였다. 그들의 장르적 시도는 결국 필연적으로 실패할 수밖에 없었다.

이러한 결론은 한국형 판타지가 무용하며 앞으로도 등장할 일이 없을 거라는 비관적 전망을 뜻하지는 않는다. 우리에게는 잘 만든 한국형 판타지의 예시들도 분명 존재한다. 〈도깨비〉가 그러하고 〈신과 함께〉가 그러했다. 〈도깨비〉는 과장된 환상을 자신들의 정체성으로 내세우지 않았고, 친숙한 설화를 동양적으로 그려냈다. 〈신과 함께〉는 어떤가? 낯선 저승의 형태를 더 낯설게 만들어 그야말로 '판타지'적인 형상을 설득하지 않나. 한국인의 정서에서 민속적인 것들은 토속적일 뿐, 친숙하고 친연적인 것이 아니다. 〈신과 함께〉는 그것을 정확히 포착하고 동양적 지옥의 모습을 CG를 통해 동서양 어디에도 속하지 않는 중간적 공간으로 '이차 세계화'했다.

시장에서는 좋은 자료집들의 선전도 돋보인다. SF 작가인 곽

비주류 선언

재식이 150여 개의 문헌을 뒤져 정리한 『한국 괴물 백과』나 텀블벅에서 7268%의 모금액을 달성한 『동이귀괴물집』처럼 한국적 환상을 정리·변용하는 작업이 꾸준히 이루어지고 있으며, 이를 토대로 그리 오래지 않아 좋은 작품이 나올 수 있을 것이다. 무엇보다도 한국적 전통을 소재로 다룬 텍스트들이 한국적인 전통이나 보편적 감성 때문에 성공한 것이 아니며 대중에게 낯선 것임을, 그리고 한국에서는 독자적인 맥락으로 계보를 쌓아온 판타지가 있음을 반성적으로 성찰해야 한다. 우리에게 필요한 건 '이런' 판타지 드라마가 아니라 '좋은' 장르 드라마다.

옆집의
인공지능 씨

알파고라는
과거

2016년 구글 딥마인드의 알파고가 이세돌 9단에게 압도적인 승리를 보여준 것은 충격이었다. 인간들이 무관심한 사이 급속도로 발달한 인공지능은 실로 무자비했고, 그에 맞서는 인간은 무력했다. 단 한 번의 승리만으로도 인간의 위대한 승리라는 이야기가 나왔을 정도로 일방적인 승부였다. 마치 금방이라도 인공지능이 이 세상을 지배하고 지구상에서 인간들을 지워버릴 것만 같은 분위기가 형성되었다. 20세기 말에 등장했던 영화 〈터미네이터〉에서의 설정들이 현실화될 것인가, 라는 언론 기사들이 등장하기 시작했고, 몇 년 후에는 인공지능이 사람들의 일자리를 모두 빼앗을 것이라는 우려 섞인 소식들이 들려왔다. 그렇지만 떠들썩했던 분위기에 비해 이야기는 금세 사그라들었다. 얼마 지나지 않아 사람들은 알파고가 던져주었던 인공지능의 문제를 심각하게 생각하지 않았다. 그것은 그저 해프닝일 뿐이며, 우리와 전혀 상관이 없는 것이 되었다. 요란했던 목소리와 별 근거 없는 걱정들이 사라진 것은 다행이었지만, 이내 사람들은 인공지능이 우리의 삶과는 무관한, 콘텐츠 속의 허상과 같은 것처럼 여기기까지 했다.

그러나 우리의 무관심과는 별개로 인공지능 기술은 알파고 이후로도 꾸준히 발전하고 있다. 알파고는 이세돌 9단과의 대국 이후 일 년 뒤, 중국의 커제 9단에게 단 한 국도 지지 않고 완승을 거뒀다. 이후 알파고는 인간들과의 대국이 아니라 알파고끼리의 훈련을 거듭하면서 다양한 버전으로 업그레이드되었고, 2017년 바둑계에서 은퇴해버렸다. 이제 인간 프로기사들은 알파고와 같은 인공지능 바둑 시스템을 활용해 훈련을 한다고 한다. 인간들이 만들어놓은 기보를 학습해서 프로기사가 되던 시절은 이제 과거의 일이 되어버린 것이다. 이것이 비단 특정 분야에서만 일어난 일은 아니다. 인공지능은 소설이나 시, 혹은 시나리오를 창작하며, 그림을 그리고 작곡도 한다. 그들은 문학상 공모에 도전해 예심을 통과하기도 하고, 발표한 작품들이 평론가들로부터 예술성을 인정받았으며, 연주회와 감상회를 열기도 했다. 최근에는 단백질 구조를 예측하는 인공지능인 알파폴드가 등장해 과학계에서도 인공지능의 가능성이 재조명되었다.

그렇지만 과학자들은 여전히 우리가 우려하는 SF의 이야기처럼 인간을 지배하고, 인간에게 직접적인 위해를 가할 수 있는 강한strong 인공지능의 출연까지는 시간이 걸린다고 말한다. 알파고를 비롯해 우리가 경험하고 있는 머신 러닝Machine Learning 기반의 인공지능들은 약한weak 인공지능에서 벗어나지 못한 수준이며, 우리의 우려는 그저 이야기 속에서만 이루어지는 것이라고 말한다. 그것이 인공지능에 대한 인식의 변화로 이어졌다면 다행이겠지만, 아쉽게도 그러지는 못한 듯하다. 그저 인공지능을 어떻게 인식해야 할 것인가에 대한 문제들을 뒤로 유보해놓은 것에 지나지 않아 보인다. 멀게만 느껴졌던 강한 인공지능이 우리 앞에 어느 날 갑자기 나타난다고 해도 우리는 이전과 똑같이 '충격적'이라는 반응 이상의 무언가를 내놓을 수 없을 것 같은 이유는 그 때문이다.

한편으로 현재 우리의 삶을 보면, 인공지능과의 공존에 제법 익숙해진 시대에 접어든 것 같기도 하다. 잠자리에 들기 전에 인공지능 비서 시스템에 모닝콜을 부탁하고, 집을 나서기 전에 오늘의 날씨나 미세먼지 수치를 인공지능 비서 시스템에 묻는 일이 그렇게 신기한 일만은 아닌 것을 보면 말이다. 출근길에 날씨에 맞는 음악 추천을 부탁하고, 요구에 맞춰 훌륭하게 큐레이션

비주류 선언

된 음악을 감상하면서 하루를 시작하기도 한다. 얼마 전 구글은 헤어숍을 예약해달라는 인간의 요청을 받고 인간 직원과 직접 통화하는 인공지능 비서 시스템의 시연 장면을 사람들에게 공개했다. 인공지능 비서 시스템은 능숙하게 헤어숍 직원과 통화하면서 클라이언트의 미용 일정을 예약해줬다. 그뿐만 아니라 식당에 전화해서는 예약이 불가능한 인원이라는 소식을 듣고 예약하려는 시간에 그냥 식당에 가도 자리를 잡는 데 이상이 없는지를 물었다. 알파고 이후 짧은 시간 동안 지속적으로 발전한 인공지능 기술은 그들이 오히려 아주 자연스럽게 우리 곁에 스며들 수 있게 해주었다. 알파고의 충격은 이제 과거의 해프닝 정도로 여겨지게 되었고, 우리의 인지는 변화하지 않은 상태에서 어느새 인공지능과 함께 살고 있는 세상으로 접어들게 된 것이다.

인공지능 선언

이제 우리에게 인공지능은 꿈같은 먼 미래의 이야기가 아니다. 인공지능은 오히려 우리가 직면하고 있는 생생한 현실이다. 과학기술에 의해 변화된 미래와 그 삶에 대해서 이야기하는 장르인 SF Science Fiction에서 우리의 삶을 이전과는 다른 형태로 바꾸는 결정적인 기술적 요인을 노붐novum이라고 하는데, 현재 우리에게 인공지능은 더 이상 노붐으로서 작용하기 어려운 기술 요소가 되어버렸다. 그것이 우리에게 단순히 긍정적인 영향을 미치는지, 부정적인 영향을 미치는지 몇 가지의 경우와 몇 명의 이야기를 통해 규정하는 것은 무의미한 일이다. 이미 그들의 형태와 영역, 그리고 의미가 너무 다양해졌기 때문이다. 마치 인간이 복잡다단한 정체성을 가지고 끊임없이 탐구를 필요로 하는 존재인 것처럼 말이다.

그렇다면 우리 시대의 인공지능은 대체 무엇일까. 그 정체를 이해하는 것이 단순히 기술적인 설명만으로 가능한 일일까? 알파고 때와 같이 막연한 공포감이나 위기감으로 접근해야 할까? 결론부터 말하자면, 과학기술에 대한 대중적인 이해가 넓어짐과 동시에 그러한 것들이 우리의 삶과 잇대어 어떤 의미를 형성하는지에 대한 성찰이 아울러 필요하다고 할 수 있다. 자칫 과학기술과 관련된 복잡다단하고 전문적인 문제라고 여겨질 수 있다. 하지만 현대사회에서 기술 발달과 그로 인해 파생되는 다양한 변화에 대한 성찰은 특정 계층이 독점하고 의미를 부여해 프로파간다 하는 방식이 아니라 대중들이 넓게 공유하면서 풀어가야 할 거대한 숙제와도 같은 것이다. 대중들이 수용하기 쉬운 이야기의 형식으로 담론들을 풀어내는 방식은 인류가 오래도록 유용하게 사용해왔고, 현재에도 여전히 빛을 발한다.

도나 해러웨이는 1985년 「사이보그 선언」을 통해 기계의 발달로 유기체와 무기체, 인간의 신체와 기계 간의 명확한 구분이 불가능해질 것이라고 예견했다. 유기체와 무기체를 구별하여 가치의 차등을 두고, 그로부터 파생되는 다양한 가치의 층위를 만들었던 기존의 방식이 더 이상 의미를 유지할 수 없을 것이라고 예견한 것이다. 그리고 그러한 시대는 이미 21세기 이후 가시화되고 있는 포스트휴먼post-human 시대를 통해 증명되고 있다. 지금 여기의 우리가 경험하고 있는 인공지능에 대한 문제들도 해러웨이의 이와 같은 선언이 필요한 시점이다. 인공지능과 인간의 지능을 구분하는 것에 대한 의미가 무용하며, 더 이상 그러한 구분을 통해서 우리가 얻을 수 있는 것은 아무것도 없다는 사실을 과감하게 이야기해야 한다.

그리고 이러한 선언을 뒷받침하고 구체화할 수 있는 방법들 역시 해러웨이가 취했던 것과 동일하다고 할 수 있다. 해러웨이는 SF 작가들이 자신과 동일한 작업을 수행하고 있다고 반복해서 강조한 바 있다. 자신이 세웠던 가설이나 선언들에 대해서 SF가 이야기를 통해 구체화해주면, 이러한 과정을 통해 담론이 구축된다는 것이었다. 이야기는 개념이나 인식에 대한 모호함을 구체화하는 역할을 할 수 있다. 20세기 프로파간다를 강조하던 이데올로기의 시대에 이야기와 매체에 대한 중요성을 주장한 것은 이러한 이야기의 힘을 파악하고 있었기 때문이다. 인공지능에 대한 인식 역시 난해한 학문 용어를 거치지 않고 함양할 방법이 있다면, 바로 이야기를 통해 메시지를 공유하는 것일 테다. 그러한 역할을 장르가 형성된 이래 100여 년이 넘는 시간 동안, 기술이 발달하는 과정을 따라가고 다양한 변주들을 포함하면서 꾸준히 해왔던 것이 바로 SF라고 할 수 있다. 그래서 SF를 보면 우리가 인공지능 선언의 시대에 그들에 대해 어떠한 인식을 공유해야 하는지 짐작해볼 수 있다.

SF는 이렇게 말했다

인공지능이나 인공지능과 흡사한 지능 체계, 혹은 자아를 가지고 있는 개체에 대한 이야기는 SF가 탄생하면서부터 견지해왔던 문제의식이다. SF의 효시라고 여겨지는 메리 셸리의『프랑켄슈타인』이 인간을 모사한 개체들의 탄생과 그것이 가지고 있는 의미와 변화에 대한 사고실험으로부터 출발했다는 것은 이를 상징적으로 보여준다. 메리 셸리로부터 이어지는 SF 초창기의 인공지능에 대한 시각은 지금 우리가 공유하고 있는 막연한 공포감과 다르지 않았다. 인공지능에 대해 공포감을 느끼고 기술 발전의 폐해를 경고하는 메시지들은 올더스 헉슬리의『멋진 신세계』나, 아서 클라크의 대표작인『2001 스페이스 오디세이』[1] 속 인류의 희망을 발견하기 위해 모험을 떠나는 디스커버리호의 전체 시스템을 관장하고 있는 인공지능 'HAL9000'에서도 그대로 나타난다.

인간을 돕기 위해, 인간이 어려워하고 한계를 가질 수밖에 없는 영역의 일을 대신하기 위해서 고안된 인공지능이 결국 인간의 기대를 배신하고, 인간에게 위협적인 존재가 된다는 서사는 공통적으로 인간의 존엄성보다 문제 해결을 우선시했을 때 나타난다. 영화 〈터미네이터〉에서 '스카이넷Skynet'도 인류의 문명을 멸절에 이르게 하지만, 이는 애당초 인간들이 자국의 군사력을 좀 더 효율적으로 관리하고 증강하기 위해 만들어낸 것이었다. 즉 인간을 효율적으로 제압하기 위해 만들어진 시스템의 구성은 인간이 스스로 만든 것이다. 결국 원론적이지만 인공지능에 대한 공포는 그것을 모사한 인간에 대한 불신으로부터 유래한다고 할 수 있다.

그렇게 본다면 인공지능에 대한 두려움은 그 실체가 모호한 것이다. 인공지능이 지배하는 세상에서 인간이 존엄성을 잃는다고 생각하는 것은, 지금 인간이 이 세상에서 가장 우월한 존재라는 것을 전제했을 때 나타난다. 그리고 그렇게 되었을 때 인간들이 비참하게 학대를 받거나 멸절될 것이라는 상상의 구체적인 방법들은 현재 인간이 지구에서 다른 종種들에게 하고 있는 행태를 그대로 모사한다. 이는 애당초 SF에서 익숙하게 사용하던 방식이기도 하다. 조지 오웰의 『1984』에서 가시화된 빅 브라더의 존재, 그리고 이를 오마주하여 쓰인 코리 닥터로우의 『리틀 브라더』와 같은 작품들이 SF의 대표작이라는 것을 감안하면 이해하기 쉬울 것이다. 결국 인공지능에 대해 우리가 가지고 있는 두려움은 인공지능이라는 말이 가지고 있는 인간에 대한 불신으로부터 연유했다는 것을 알 수 있다.

하지만 SF에서 다뤄온 인공지능에 대한 사고실험들은 더 다양한 층위를 형성하고 있다. 1976년에 출간된 아이작 아시모프의 『바이센테니얼 맨』[2]은 인간과 인공지능을 가진 개체들이 공존하기 위한 방법에 대해 고민하고, 두 개체 사이의 차이를 명확하게 구분하는 것이 과연 어떤 의미가 있는가, 라는 질문을 던진다. 또한 테드 창의 『소프트웨어 객체의 생애 주기』에 나오는 인공지능은 사람에게 훈련을 받아 고도의 전문직을 수행하기도 하고, 애완동물 '디지언트'는 인간과 공존하면서 정서적 교감이 가능한 존재의 가능성에 대해 이야기해주기도 한다. 더 나아가 영화 〈그녀〉에서의 인공지능 '사만다'는 정서적 교감에서 그치는 것이 아니라 연애라는 지극히 인간적이고 격정적인 감정을 나누는 것도 가능함을 보여준다.

만화나 애니메이션을 보면, 소설에서 그리는 심각한 메시지들을 벗어나 인공지능이 우리의 삶을 윤택하게 하고, 희망적이고 다양한 가치들을 만드는 존재라고 표현하는 경우도 많다. 데즈카 오사무의 대표작인 〈철완 아톰〉은 인간처럼 스스로 판단하고 생각할 수 있는 인공지능을 탑재한 개체가 인간을 위협하는 것이 아니라 인간의 친구가 될 수 있다는 것을 명시한 기념비적인 작품이라고 할 수 있다.[3] 수많은 아동용 만화나 애니메이션에서 나타난 인공지능은 우리의 친구이며, 공존 가능한 공동체의 일원이기도 하다. 이는 단순히 아동에게 부정적인 의미들을 내보이지 않기 위함이 아니다. 다른 의미로 보면 우리가 어린아이들에게 인간이 가진 부정적인 가치들을 은폐한 채 미화된 이미지만을 보여주기 때문일지도 모른다.

인공지능에 관한 SF 서사는 21세기에 접어들면서 새로운 양상을 보여준다. 특히 한국에서 보여주고 있는 변화 양상도 눈여겨볼 만한데, 흥미로운 이야기를 펼치고 있는 대표작은 김보영의 「얼마나 닮았는가」이다. 이 작품에서 나타나는 인공지능은 인간의 인식 체계가 얼마나 허술하고 기만적인지 드러내는 역할을 한다. 인공지능과의 대화를 통해 우리가 도달하게 되는 것이 인공지능의 위험성이 아니라 인간이 가지고 있는 망상과 불완전함이다. 특히 인공지능이 명백하게 이해하지 못하는 성차별적 사고의 방법에 대해 인공지능 스스로 불필요함을 느껴 삭제해버렸다고 고백하는 장면에서 인간의 공정함과 판단의 정확함이 과연 유효한 것인가를 회의하게 한다.

이렇게 SF에서 보여준 인공지능의 모습들은 다양한 형태로 나타난다. SF를 통해 우리가 어렴풋이 느끼고 있는 불안감은 이러한 서사들이 등장한 초창기, 길게 보면 19세기 초반의 일이라는 것을 알 수 있다. 더욱이 인공지능에 대한 서사들은 기술의 발달과 함께 막연한 가정에서 기술의 발달 층위를 따라 구체화되어 왔다. 그러므로 SF 서사에서 보다 중요한 것은 레이 커즈와일이 이야기한 특이점singularity이 언제 도래할 것인지, 현재 우리가 직면한 것이 약한 인공지능인지, 강한 인공지능인지가 아닌, 인공지능이 현재 우리와 함께 살고 있다는 사실을 명확하게 인지하고 함께 살아갈 세상에 대한 다양한 모습을 적극적으로 상상하고 성찰하는 것이다.

이를 통해 SF가 우리에게 던지고 있는 메시지는 제법 명료하다. 과학기술은 인간에 의해, 인간을 위해 만들어지고 발달한다는 사실이다. 그러기 때문에 인공지능에 대한 문제는 우리가 인간에 대해 어떻게 인식하고 있는가에 대한 문제와 긴밀하게 결부되어 있다. 인공지능 선언은 이렇듯 재정의의 문제다. 우리가 인간이라고 규정짓고 선을 그어왔던 것이 과연 맞는가, 만약 그것이 의미 없어지는 세상이 온다면 우리는 과연 어떤 존재가 될까. 우리는 과연 인공지능과 함께 편리하고 윤택한 생활을 구축할 수 있을 것인가, 아니면 그들에게 배제되어 멸종 위기에 봉착하고 치열한 항쟁을 벌일 것인가. 아니, 만약 그렇게 된다고 한다면 기능적으로 우월한 인공지능에 인간의 저항은 얼마나 효용이 있을까. 그렇다면 우리가 할 수 있는 것은 과연 무엇일까.

비주류 선언

**아직 우리에겐
시간이 있으니까[4]**

인간의 상상력이 그 시대를 지배하는 세계관에 영향을 받고, 세계관은 우리의 경험이 누적되어 형성된다고 보았을 때, 인공지능은 21세기를 상징하는 오브제objet라고 할 수 있다. 지난 세기에 우주와 사이버 스페이스에 관한 통찰들이 그러했던 것처럼 현시대는 인공지능에 관한 이야기가 시대를 관통하게 될 것이다. 우리가 딛고 있는 이 시대는 해러웨이의 저 유명한 선언을 다시 언급하지 않더라도, 이미 인간과 인공지능, 유기체와 무기체의 경계가 허물어지고, 다양한 종들이 뒤섞여 거대한 공동체를 재맥락화하는 작업이 진행되고 있다. 우리는 빠르게 인공지능과 함께하는 삶에 익숙해지고 있다. 기술의 발달은 생각보다 우리의 인식과 행위를 빠르게 바꾼다. 그리고 한국은 특히 그러한 변화에 빠르게 적응하는 편에 속하기도 한다. 2010년 이후로 한국에서 SF 작품들이 많이 창작되고 있고, 인공지능이나 기술적 이슈에 대한 이야기들이 적극적으로 차용되는 것도 이러한 사회적 분위기와 무관하지 않다고 할 수 있다.

하지만 이러한 거대한 흐름은 때론 우리의 인식 속도와는 무관하게 흘러가기도 한다. 더욱이 요즘같이 기술 발달의 속도가 걷잡을 수 없이 빨라지는 시대에는 우리가 생각했던 현실이 눈 깜짝할 사이에 과거가 되어버린다. 우리 시대에 '현실적으로'라는 말처럼 의미가 빠르게 전환되는 언표도 없을 것이다. 우리가 인식하고 있는 현실의 과학기술이란 무엇인가? 그것은 실제 최전선의 진보된 과학기술과도 거리가 있고, 상용화되어 우리의 삶에 영향을 미치고 있는 것들과도 사뭇 다르다. 하지만 애석하게도 우리는 이러한 과학기술의 발달에 대한 인식 없이는 현실을 제대로 성찰할 수 없는 시대에 살고 있다. 우리가 살고 있는 시대의 과학기술은 단순히 우리 삶의 주변부를 바꾸는 것이 아니라 인간의 존재에 대한 의미들에 간섭하면서 이 세계를 형성하고 있기 때문이다.

이제는 인간이 인공지능을 만드는 창조자라는 비교 우위나, 단순하게 인간의 위대함을 강조하며 위안을 얻으려는 것은 큰 의미를 얻기 힘들다. 인공지능이 할 수 없는 일을 논하는 것은 발달하는 기술의 단계에 따라 빠르게 무용해지는 것들이고, 인간이 우월하다는 논리 역시 유의미한 결론에 도달하기 어렵다. 왜냐하면 우리는 인간이 무엇인지에 대한 논의들에 대해서도 아직 답을 내리지 못하고 있는 불완전한 존재이기 때문이다. 인간의 도덕성이 지금보다 한 차원 더 높아져야 한다는 것도 다소 모호한 이상론에 불과하다. 우리는 아직 한 차원 높은 도덕성이나 윤리 의식이 무엇인가에 대한 사회적 합의에 도달하지 못했기 때문이다. 우리에게는 사실 더 많은 경험과 그것들을 인식할 수 있는 통찰력이 필요하다. 이를 위해서 우리는 더 많은 것들을 받아들이고, 경험하여 사고의 영역을 넓히는 작업을 계속해야 한다.

다소 늦은 감이 있지만 말이다.

물론 아직은 시간이 있다. 아직 인공지능이 특이점을 넘지도 않았고, 그렇기 때문에 강한 인공지능이 탄생해 우리에게 적극적인 간섭을 하고 있지도 않다. 하지만 그것들이 당장 가시화되지 않는다고 해서, 성찰의 기반을 마련하지 않는다면 알파고의 충격이 그러했던 것처럼 우리는 느닷없이 눈앞에 들이닥친 것 같은 변화의 물결에 휩쓸려 갈 수밖에 없을 것이다. 머잖아 우리의 옆집에는 인공지능 씨가 살게 될 것이고, 우리의 가족 구성원 중 하나가 인공지능이나 다른 종의 생물체가 될 수도 있다. 해러웨이가 지향해야 한다고 했던 종과 개체 간의 구분을 하지 않는 공진화co-evolution는 필수 요건이 되었고, 이미 조금씩 현실에서 나타나고 있는 문제이기도 하다. 아직 시간이 있다는 말은 지금이라도 우리가 변화의 움직임을 시작해야 한다는 것을 의미한다. 그리고 그 작은 변화들을 위해 이제까지 인류가 쌓아온 사고실험의 흔적인 SF 작품들을 감상하는 것은 사소해보이지만 효율적인 방법이 될 것이다.

1) 책이 출간된 1968년, 같은 해 스탠리 큐브릭에 의해 동명의 영화로 먼저 발표되었다.

2) 1999년 크리스 콜럼버스 감독이 동명의 작품으로 영화화했다.

3) 이는 1898년 허버트 조지 웰스의 『우주전쟁』 이후, 지구를 침략하고 인간들을 멸종시킬 것이라는 외계인에 대한 스테레오 타입이 1953년 아서 클라크의 『유년기의 끝』을 지나면서 오버

로드(Overlord)와 같이 인간보다 유능하고 우월한 도덕적 기준을 가진 존재로 나타날 수 있었던 것과 비견될 만하다.

4) 『아직 우리에겐 시간이 있으니까』는 앞서 언급했던 김보영의 「얼마나 닮았는가」가 수록되어 있는 앤솔러지다.

로맨스와 페미니즘은
공생할 수 있을까

두 명의 남녀가 서로 첫눈에 반한다. 이어질 듯 말 듯, 둘의 관계가 무척 아슬아슬하다. 우여곡절 끝에 두 사람은 서로의 마음을 확인한다. 이 세상에 다시없는 사랑을 하는 두 사람은 그들의 감정이 영원한 것이라 믿는다. 둘은 평생 함께하기로 맹세한다.

이 짧은 이야기는 판타지다. '허무맹랑'하지만 현대사회를 사는 모두에게 필요한 판타지다. 필요할 뿐만 아니라 누군가에게는 인생의 목표이기도 하다. 지금 우리 사회에서 끼니를 잘 챙겨 먹는가의 여부만큼이나 중요한 것은 연애와 결혼이 가능한가이다. 생각해보라. 명절 때 받기 곤란한 질문 리스트에는 연애와 결혼 이야기가 빠진 적이 없다. 이것은 세대 차이에서 비롯되는 문제만은 아니다. 'N포 세대'라는 단어가 말해주는 것처럼, 젊은 세대들은 '헬조선'에서 포기해야 하는 것 중 가장 첫 번째가 연애고 두 번째가 결혼이라 꼽으며 통탄한다. 그런데 대중매체는 계속해서 로맨스[1]를 소환해낸다. 사랑에는 나이도 국경도 없다고 했던가. 그 말을 방증하듯, 방송 매체에서는 '돌싱'의 로맨스와 황혼 로맨스라는 말을 만들어 누구든 사랑할 수 있음을 공공연하게 주장한다.

서두에서 말한 저 판타지를, 우리는 '낭만적 사랑romantic love'이라 부른다. 문제는 우리 모두가 낭만적 사랑을 필요로 함에도 불구하고, 그것에 접근할 수 있는 현실적 매개들, 즉 연애와 결혼이라는 징검다리가 매우 위험해졌다는 것이다. 기존 사회에서 널리 통용되었던 성 역할과 가족 관계에 대한 반발은 물론, 경제적 어려움으로 인한 청년 세대의 인식 변화 등 복합적인 이유로 미혼 남녀들은 결혼의 필요성에 의문을 던지고 있다. 특히 여성들은 결혼에 대해 훨씬 부정적인 입장을 보이고,[2] 더 나아가서는 연애를 일생의 목표로 두기를 종용하는 사회 분위기를 비판하며 '연애하지 않을 권리'[3]를 외치기 시작했다.

로맨스를 이야기하려는 자리에서 미혼 남녀들의 실제 연애와 결혼 사정을 언급하는 이유는, 로맨스 장르의 기본 골격이 '낭만적 사랑과 그 성취'이기 때문이다. 낭만적 사랑이 사회적으로 중요한 화두가 된 이래로 로맨스 장르는 승승장구해왔다. 사회가

비주류 선언

낭만적 사랑을 예찬하게 되면서 로맨스는 환상적이지만 이상적이며, 누구나 즐길 수 있는 장르로 굳건히 설 수 있었다. 그러나 반대의 상황이 되면서 이야기가 달라진다. 연애와 결혼에 더 이상 의미 부여가 어려워진 현재 한국 사회의 현실에서 낭만적 사랑이라는 판타지는 점점 그 매력을 잃고 있다. 게다가 로맨스는 여성들의 장르라는 인식이 굳어져 있어, 연애와 결혼에 반대표를 던지는 여성들에게는 무척이나 '눈치 없는' 장르가 되어버렸다.

그러나 모순적이게도 이 '눈치 없는' 로맨스는 웹소설 시대에 새로운 전성기를 맞이하고 있다. 그뿐만 아니라 웹툰, 드라마, 영화 등 2차 저작을 통한 파급력이 가장 높은 장르로 여겨지면서 각종 상업 플랫폼이 로맨스에 주목하고 있다. 도대체 이 상황을 우리는 어떻게 이해해야 할까? 플랫폼들의 전략이 잘못된 것인가? 아니면 소비자들이 겉으로는 로맨스를 부정하는 척하면서도 아무도 모르게 침대에서 스마트폰으로 로맨스를 읽는 것인가? 이 글은 위와 같은 몇 가지 질문에서 더 나아가서 지금 현재 로맨스를 소비하는 이들이 누구인지, 그리고 그들은 왜 로맨스를 소비하는지, 로맨스 읽기가 정말 고정된 성 역할과 가족 체계에 어떤 영향이라도 끼치는 것인지 확인해보고자 한다.

사회가 말하는
로맨스와 여성

오랜 시간 동안 로맨스의 주 독자는 여성이라고 익히 알려져 있었다. 엄연히 남성 독자가 존재하지만, 여전히 로맨스는 여성들의 전유물로 받아들여지고 있다. 로맨스는 어떻게 여성의 장르가 되었을까? 로맨스와 여성의 관계에 대해 말하려면 먼저 남녀 간의 자유로운 연애가 가능한 시기, 사랑이 '가정'을 꾸리는 데 매우 중요한 요건이 되었던 당시의 사회·문화적 변동부터 알아두어야 한다.

근대 유럽에서는 정치·경제·사회·문화적으로 각종 변동이 일어나기 시작했다. 그중에서도 가장 중요한 것은 '개인'의 대두다. 자유 의지를 가진 '나'를 인식하게 되면서 인간은 지적 무지에서 벗어나 자유로운 시민이자 인간으로 행동하기 시작했다. 예컨대 중세와 다르게 종교와 정치에 대한 시선들이 바뀌었다. 사람들은 신의 목소리가 아닌 탐욕의 목소리를 내는 교회를 분별하고 비판하기 시작했다. 국가는 단일한 군주의 것이 아니라 개인의 정치적 권리를 내맡긴 거대 공동체로 받아들여졌다. 폭정을 일삼은 국왕의 목을 직접 베고, 지적 무지에서 벗어난 개인이 직접 정치·사회·경제 활동을 벌이기 시작한 것이다.

여기에는 산업구조의 변화도 한몫했다. 18세기 말에 일어난 산업혁명으로 개인은 사유재산 축적이 가능해졌다. 대가족이 함께 모여 살았던 농경사회 가족의 모습은 점차 핵가족 구조를 갖추게 되었다. 그러니까 가정경제를 위해 적당한 집안과 혼인하거나 노동력을 키우기 위해 아이를 많이 낳을 필요가 점점 사라지게 된 것이다. 대신 '가정'이라는 공간을 새롭게 창조하기에 이르렀다. 이제 '가정'은 한 개인의 사적인 공간, 따뜻한 휴식의 공간, 가족들과 정서적 교감을 나누는 공간, 아이를 위한 교육 활동이 일어나는 공간이 되었다.

즉 '결혼'에 대한 인식이 바뀐 것이다. 과거와 다르게 결혼에 가문이나 부모가 개입할 이유가 희박해진 대신, 개인의 감정과 선택이 중요한 요건이 되기 시작했다. 여기에서 '낭만적 사랑'이라는 이상적인 사랑의 모습이 출몰하기 시작했다. 누군가의 권유나 다른 목적에 의한 것이 아닌, 개인의 내밀한 감정으로 선택한 상대방. 운명적이게도 그 상대방 역시 자신을 사랑하며, 두 사람은 정신적으로 친밀한 관계를 맺게 된다. 서로를 만남으로써 비로소 완벽한 인간으로 나아가게 되고, 이 선택은 워낙에 탁월해서 영원토록 지속된다.

이처럼 근대 유럽에서는 사회·문화적 변동이 일어나기 시작했다. 이때 남성과 여성은 각각 다른 역할을 부여받게 되었다. 그이유는 근대 유럽이 탄생시킨 '개인'의 기본 값이 '백인 남성'이라는 데에 있다. 남성과 여성이 서로 다른 역할을 하도록 타고났다고 여겨졌기 때문에, '개인의 권리 찾기'의 방향성이 달라진 것이다. 지금 현재, 우리가 고리타분하다고 생각하는 가부장제의

레퍼토리는 근대 유럽의 엄청난 변동 속에서도 변함없이 이어졌다. 가정을 중심으로 바깥일과 집안일, 즉 공적 영역과 사적 영역을 나누어, 바깥에 나가 일하며 가족을 부양하는 아버지(남성)와 집안에서 아이들을 돌보며 따뜻하고 안락한 가정을 꾸리는 어머니(여성)의 역할이 나누어져야 한다고 믿은 것이다.

그러니까 여성은 근대사회 속에서 사적 영역의 담당자라는 지위를 가지게 되었다. 다시 말해서 사적 영역과 관련되지 않은 여성의 행동은 근대 윤리에 어긋나는 것이었다. 이는 유럽에만 국한된 이야기는 아니다. 서구에서 시작된 근대의 물결은 한국을 피해가지 않았다. 낭만적 사랑의 개념이 이 땅에 들어오고 1920년대에 '연애'라는 말과 관념이 형성되고 난 뒤,[4] 여성은 연애의 대상이자 신식 가정을 꾸려나가는 역할을 맡게 되었다.

주지하다시피, 성별의 분업이 동등한 인정을 받아온 것은 아니었다. 공적 영역과 사적 영역의 가치는 다르게 받아들여졌고, 그에 따라 성별의 위계는 점차 공고해졌다. '자유로운 개인'인 남성의 입장에서 봤을 때 여성은 연애의 대상이자, 가정이라는 안락한 공간을 만들며, 바깥일을 하고 돌아온 남성에게 휴식을 제공하는 역할을 하는 자로 규정된 것이다. 이때 낭만적 사랑은 규범적인 가정의 모습, 핵가족을 만들기 위해 여성들을 사로잡을 수 있는 가장 효과적인 마케팅으로 여겨졌다.

그 결과, 꽤 오랜 시간동안 여성은 다른 문제보다 사랑이 우선이고 사랑으로 무엇이든 해결 가능하다고 믿는 감정적인 존재로 구성되고 말았다. 여성들의 문학 활동 역시 연애와 사랑으로 연결되었다. 한국의 10대 여성들은 순정소설 혹은 순정만화와 같은 '여성 취향'이라 일컬어진 것을 읽으며 성장했는데,[5] 이들의 독서는 곧잘 센티멘털과 낭만에 심취한 미숙하고 현실성 없는 '여성 본연의 성질'로 이해되곤 했다. '문학소녀'라는 명명이 잘 보여주는 것처럼 여성의 독서는 전문적이지 않은, 그저 속 편한 교양의 일종으로 받아들여졌다.[6]

따라서 사사롭고 시답잖은 사랑 이야기, '낭만적 사랑의 성취'를 그려내는 로맨스는 여성들의 취향에 꼭 알맞은 이야기가 되어버렸고, 통속적인 장르가 되어버렸다. 이 때문에 로맨스 장르를 높게 평가하는 사람은 드물다. 로맨스는 '여성적'이기 때문이다. 사랑과 섹슈얼리티라는 지극히 사적인 내용을 다루어 저속할 뿐만 아니라, 일반 대중에게 쉽게 통용되는 장르라는 점에서 미천하다고 여겨진다. 외부자의 시선에서 로맨스는 아주 오랫동안 대상화되었다. 덕분에 로맨스를 향유하는 이들은 자신이 무엇을 소비하고 있는지 당당하게 드러내질 못했다. 그 결과, 아무도 로맨스가 어떤 장르인지 제대로 알지 못한다.

그렇다면 이제는 로맨스가 어떤 이야기를 담고 있는지 알아볼 때가 되었다. 앞에서 누차 이야기한 것처럼 로맨스 장르는 낭만적 사랑의 성취를 기본 구조로 생각한다. 대부분의 로맨스는 영원한 사랑을 약속하거나 결혼을 하는 식의 '해피엔딩'으로 끝난다. 그리고 외전에서는 두 사람의 사랑의 결실을 뜻하는 출산과 육아 이야기가 보너스로 제공된다. 간혹 로맨스가 '새드엔딩'으로 끝나는 경우도 있는데, 그렇다고 해도 변심에 의한 이별을 그리는 경우는 없다. 만약 그런 내용이 등장한다면 그 작품은 이미 로맨스가 아니다. 낭만적인 사랑의 환상성이 최고치에 달했을 때, 두 사람 중 한 명 이상이 죽음으로써 그 환상성이 '박제'되었을 때만 겨우 새드엔딩이 용인된다.

현재 로맨스 장르에서 확인할 수 있는 요소들 대부분은 캐나다의 할리퀸 출판사[7]에서 펴낸 '할리퀸 로맨스' 시리즈에서 만들어졌다. 이를테면, 할리퀸 로맨스의 주인공들은 사회가 요구하는 남성성과 여성성에 완벽하게 들어맞는 인물들이다. 남자 주인공은 육체적으로 매우 건장하고, 이성적이고, 객관적이며, 자기주장이 강하여 다소 폭력적인 면모를 보이는 등 사회·경제적인 일에는 능숙하나 감정적으로는 미숙하게 그려진다. 반면 '여자다운' 여자 주인공은 아름답고 가정적이며 감상적인 면모를 통해 남성에게 사랑을 가르칠 수 있는 유일한 인물로 등장한다. 할리퀸의 여주인공은 이국적인 배경에서, 매력적이지만 거친 남자를 만나 뜨거운 사랑을 나누고, 여성성을 무기로 삼아 그를 길들인다.

할리퀸 로맨스가 한국에 들어온 것은 1979년이었다.[8] '하이틴 로맨스'라는 이름으로 시리즈가 발간되었는데, 그 이름에서

비주류 선언

도 예상할 수 있듯이 10대 여학생을 타깃으로 출판된 것이다. 본디 할리퀸 시리즈는 가정주부를 대상으로 출판되어 성애의 표현이 자극적이었는데, 우리나라에서는 '하이틴 로맨스'라는 이름을 달고 엉성한 중역을 거쳐 날것 그대로 출간된 것이다. 따라서 문고본 로맨스는 음란한 것, 정서상·교육상 읽지 말아야 할 유해한 것으로 치부되었다. 그럼에도 불구하고 독자들은 로맨스를 계속 읽어왔다. 할리퀸 로맨스의 정식 판본은 1986년에 번역되어 지금까지도 출판되고 있다. '할리퀸 로맨스' 시리즈를 출간해 온 신영미디어는 1996년부터 로맨스 소설 공모전을 열었고, 이때부터 공식적으로 로맨스 작가가 출현하기 시작했다. 할리퀸의 주 독자층이었던 10대 여성들은 한국 로맨스 소설의 1세대 독자이자 작가로 활동하게 되었다.

로맨스는 여성적이고, 지극히 사적인 이야기를 담고 있으며, 사회적으로 쉬쉬해야 하는 (특히 여성의) 섹슈얼리티에 대한 이야기를 서슴없이 내놓는다. 이것이 로맨스 외부에 있는 자들이 이 장르를 기피하거나 등한시하는 이유일 테다. 더군다나 이제 로맨스는 가부장제를 공고히 하는, '낭만적 사랑' 이데올로기를 살포하는 주범으로 몰리고 있다. 로맨스가 여성이 겪는 수난을 그저 '사랑한다면 감내해야 한다'는 식의 달콤한 속삭임으로 뒤덮어버리며, 완벽한 가정의 모델을 가르치는 교양 사업을 실행했다는 것이다.

현실과 낭만 사이

'낭만적 사랑의 성취'는 쉬이 닿을 수 없는 먼 세계에 있다. 좋아하는 사람과 만나기가 그리 쉽던가. 설령 만나더라도 그 사랑이 영원하리라는 보장은 없다. 영원하다면 왜 수많은 커플이 헤어지고 이혼을 하겠는가. 낭만적 사랑의 성취가 가져다줄 행복이 허상에 불과하다는 인식은 통계 자료에서 여실히 드러난다. 2017년 한 해 총 이혼 건수는 10만 6천 건에 달했다.[9] 전년 대비 37퍼센트가량 줄었다고 하지만, 여전히 많은 부부가 관계를 정리한다. '사랑은 영원하다'는 명제는 백일몽에 불과하다는 사실을 모르는 사람은 없을 것이다.

아니, 사랑에 대한 믿음은 그렇다 쳐도 결혼이라는 제도가 합리적인지 우리는 한 번 더 의심해보아야 한다. 특히 결혼이라는 말 자체에서 떠오르는 고정관념들을 되짚어보자. 지금 우리 삶의 실정과 괴리되는 부분이 너무나 많다. 예컨대 지금은 여자가 가정을 돌보고, 남자가 돈을 벌어 와서 식구를 부양한다는 것이 정답인 시대가 아니다. 공적인 영역은 남자가, 사적인 영역은 여자가 담당하는 시대가 아닌 것이다.

이러한 '정답'이 정답 아님을 알려준 것이 페미니즘이었다. 페미니즘은 여성의 삶이 가정 안에 속박되어 노동다운 노동 취급도 받지 못하고 일을 하고 있다고 폭로했다. 그리고 여성들과 연관된 사적인 영역이 천시되어야 할 이유가 없음을 깨닫게 해준

비주류 선언

것도 페미니즘이었다. 페미니스트들은 '개인적인 것이 정치적인 것'임을 외쳤다. 궁극적으로는, 여성을 포함하여 소수자를 향한 세상에 존재하는 모든 억압과 착취를 거부하는 저항 정신이 바로 페미니즘의 기본 테제다. 페미니즘은 언제나 모든 의제의 최전선에 서서 새로운 물음을 던진다. 지금 여기, 한국 땅에서도 예외는 아니다.

이런 시선에서 봤을 때 로맨스는 가부장제에 복무한다는 혐의를 쉽게 받을 수밖에 없다. 로맨스 작품 내에서 여성이 남성에게 기대거나 자신의 모든 권리를 쥐여주는 장면이 넘쳐난다는 비판이 일어나고 있다. 이런 비판은 로맨스를 읽지 않는 외부에서도 나타나지만, 이 장르를 소비하는 내부에서도 이루어진다. 다만 이 비판의 어조는 조금 다르다. 외부자의 시선에서는, 로맨스가 허황된 낭만적 사랑을 학습시켜 여성들을 현실적이지 못한 존재로 만들어버린다는 '우려'가 섞여 있다. 장르의 내부에서는 외부 시선에 히스테릭하게 반응하기 마련이다. '우리는 그런 존재가 아니다', 더 나아가 혹자는 '로맨스가 아닌 여성 서사를 달라!'고 부르짖는다. 사랑에 종속되지 않는 여성, 좀 더 다양한 모습의 여성을 원하는 목소리가 높아지고 있다.

작품에 다양한 모습의 여성이 등장해야 한다는 의견은 충분히 공감할 만한 것이다. 인류의 표본은 (백인 성인) 남성인데, 이 표본이 되지 못한 자들은 언제나 왜곡된 모습으로 그려지기 때문이다. 로맨스 안에 등장하는 여성 인물이 '사랑에 종속된 연약한' 모습으로만 나타나는 것에 충분히 불만을 느낄 수 있다. 아니, 애초에 여성들이 즐길 장르가 로맨스뿐이라고 단정 지어버리는 사회의 빈곤한 인식 자체에 우리는 문제를 제기해야만 한다. 여성 서사의 가능성을 타진하고, 다양한 여성 인물을 창작하며, 읽을 만한 여성 이야기를 향유하면 된다. 이미 여성 서사를 향한 움직임은 서서히 일어나고 있으며 가시적으로 성과를 내고 있다.

그런데도 여전히, 로맨스는 활발하게 창작되고 읽히고 있다. 웹소설과 장르 문학계의 커다란 시장을 형성하며 무시할 수 없을 정도의 규모를 이루게 되었다. 이런 현상을 보고 있노라면 로맨스가 통속적이고 '여성적'이며 낭만적 사랑의 이데올로기를 유포하는 유해 매체라고 섣부르게 가치판단을 하는 것이 과연 옳은 일인지 의문이 생긴다. 로맨스가 아직도 시대착오적인 장르일까? 혹시 우리가 로맨스를 오해하고 있었던 것은 아닐까?

로맨스와 여성이 밀접한 관련을 맺었던 사실 자체를 다시 되짚어보자. 공적 영역과 사적 영역에 따라 성별의 역할이 분리되던 때, 여성들은 '가정'이라는 공간 안에서만 권리를 내세우고 운신할 수 있었다. 여성이 자신의 권리와 재산을 지켜낼 수 있는 거의 유일한 방법은 결혼을 통해 남성이라는 보호자 아래 놓여 있을 때뿐이었다. 이런 사회적 분위기에 맞춰 당연히 여성의 욕망은 결혼과 관계되어 표현될 수밖에 없었다. 로맨스는 물론, 여성들의 삶을 핍진하게 그려낸 문학에서 이성 관계가 매우 중요하게 나타나는 이유라 할 수 있다. 특히 로맨스는 BL_{Boy's Love}이나 GL_{Girl's Love}과는 다르게 이성애를 다루는 장르다.[10] 그러니까, 로맨스는 여성과 남성의 불균형한 사회적 위치를 직접적으로 다룬다.

로맨스는 아주 오랜 시간 여성의 곁에 있어왔다. 때로는 '낭만적 사랑' 이데올로기를 강화하는 역할을 하기도 했지만, 기본적으로 로맨스는 여성의 욕망을 만족시키는 역할을 했다. 여성의 욕망은 시대에 따라, 개인에 따라 다르다. 누군가는 사회에서 요구하는 여성성의 굴레를 깨고 싶어 했을 수도 있지만, 그렇게 행동했을 때 자신이 감수해야 할 위험을 최소화하기 위해 겉으로는 '정숙한' 여성으로 보이기를 바랄 수도 있다. 혹은 '정숙한' 여인의 삶을 살고 있지만 반대의 삶을 상상하고 간접적이나마 체험하기 위해 책을 펼쳐 든 독자도 있을 것이다. 독서를 통해 어떤 욕망을 충족시켰을지 단순하게 대답하기 어려운 것처럼, 로맨스를 읽는 여성 독자의 행위를 도덕적 문제로 평면화시킬 수 없다. 즉 로맨스를 단순히 이데올로기를 유포하는 장르라 규정짓고, 여성들이 그 효과에 잠식되었다는 경직된 시각 속에서는 장르를 향유하던 여성들의 다양한 욕망의 결을 읽어낼 수 없다.

로맨스는 다양한 여성들의 욕망을 포괄해왔다. 사회의 요구에 순응하는 욕망도, 저항하려는 욕망도 로맨스를 읽는다는 행위를 통해 풀어냈다. 흥미로운 것은, 이 모든 과정을 남성과의 관계 속에 풀어나가며 결말에는 화해 혹은 해방의 순간을 맛보았다는 것이다. 로맨스 작품 안에서 남자 주인공이 모든 권력을 쥐고 있는 무소불위의 존재로 그려지게 되는 이유가 바로 여기에 있다. 결말에 이르러 남자 주인공이 가진 모든 것이 모두 여자 주인공에게 복속되기 때문이다. 로맨스 안에서 '여성성'의 승리를 바랐던 자에게는 보상을, 해방의 전사가 되길 바라는 독자에게는 전리품이나 마찬가지인 것이다. 모든 갈등을 해소하고 이제 독자들이 현실로 돌아와야 할 무렵, 그들의 손에 '트로피'가 쥐어진다. 한마디로 요약하자면 로맨스는 여성 보상의 장르라고 할 수 있다.

미래의 로맨스는 무엇인가

페미니즘 운동과 백래시가 격돌하고 있는 지금 현재 한국에서, 로맨스를 창작하고 소비하는 사람들은 고민이 많을 수밖에 없다. 더 이상 로맨스는 '낭만적 사랑' 이데올로기에 수렴되어서는 안 된다. 그렇다고 해서 남녀의 사랑을 그려내지 않는 작품은 이미 로맨스가 아니다. 로맨스는 이 딜레마에서 자유로울 수 없는 것이다. 게다가 로맨스는 여타 장르와 다르게 지금껏 여성들을 위한 이야기라고 공공연하게 일컬어졌다. 때문에

비주류 선언

여성의 삶을 어떻게 표현·재현하느냐의 문제와 더욱 긴밀하게 연결되어 있다. 창작자와 소비자들은 페미니즘과 로맨스라는, 상반되는 것처럼 보이는 두 단어 앞에서 장르의 외부와 내부에서 쏟아지는 비판적 시선과 검열(자기검열)에 시달리고 있다.

그러나 사실 잘 살펴보면 로맨스 내부의 고민은 장르의 영역을 넘어 페미니즘 진영에 닿아 있다. 요컨대 로맨스는 가부장제와 '낭만적 사랑' 이데올로기로 가득 찬 이 세상에서 우리는 진정한 사랑을 할 수 있는지 묻고 있는 장르다. 혹자는 사랑이 무슨 대수냐며 반문할지도 모르겠다. 그러나 '낭만적 사랑'이 하나의 이데올로기로서 작용해왔고, 사랑이 '사적 영역', '여성의 영역' 안에 있다는 관념이 팽배해진 결과, 우리는 사랑의 가치와 본질에 대해 잊고 있었던 것인지도 모르겠다. 사랑은 혁명적이고 전복적이다. 사랑의 감정은 철저하게 서로 다른 두 사람, 혹은 그 이상의 연대를 가능케 한다. 모든 혐오, 억압과 착취를 거부하는 페미니즘 사상은 이러한 연대의 정신과 연결되어 있지 않았던가.

여전히 페미니즘과 로맨스는 서로를 불편한 시선으로 바라보고 있을지도 모르겠다. 그러나 로맨스는 언제나 여성의 삶과 욕망을 보여주는 장르였고, 여성은 로맨스를 통해 다소 낭만적인 방식이지만 보상을 받았다. 지금 한국 사회의 로맨스의 위치 역시 크게 다르지 않다. 여성의 삶과 욕망은 어떻게 표현되어야 하는지, 이 혐오와 차별의 시대에 사랑이 가능하다면 어떤 방식으로 그 연대를 지속할 수 있는지, 로맨스와 페미니즘은 같은 고민을 안고 서로를 바라보며 상생하고 있다.

1) '로맨스'라는 단어가 함의하고 있는 바는 무척 광범하다. 소설(novel)과 구별되는 문학 장르로서 '로맨스'가 있고, 남녀 사이의 실제 연애담을 '로맨스'라 부르기도 하고, 허구적인 사랑 이야기 전반을 '로맨스'라 부르기도 한다. 그러나 이 글에서 본격적으로 다루고자 하는 것은 '장르 소설'의 한 부류인 '로맨스'로, 보다 좁은 외연을 가진 서사 장르라고 할 수 있다.

2) 2018년에 진행되었던「전국 출산력 및 가족보건·복지 실태조사」결과, 결혼의 필요성에 대한 긍정적 태도의 응답률이 남성은 50.5%로 절반을 넘은 반면, 여성은 28.8% 정도다. 남성 역시 유보적 응답과 부정적 응답이 높은 수치를 보이고 있지만, 전반적으로 여성이 남성보다 결혼에 대해 훨씬 부정적인 태도를 보이고 있다. 이상림,「미혼 인구의 결혼 관련 태도」,〈보건복지포럼〉제268호, 2019.2, 9쪽 참조.

3) 2019년에 발간된 엘리의 책,『연애하지 않을 권리』라는 책에서 가져온 말이다. 이 책은 현시대 미혼 여성들이 미디어, 자본주의와 가부장제가 심어 놓은 낭만적 사랑 이데올로기에 세뇌를 당해 주체적인 삶을 살지 못하고 있음을 꼬집는다.

4) 권보드래,『연애의 시대』, 현실문화연구, 2003, 12~18쪽.

5) 1950년대 초, 여학생의 일상을 담는 다소 낭만적인 경향의 '소녀소설'은 점차 여학생의 연애를 다루게 되어 1960년대에는 '순정소설'이라는 장르적 명칭을 사용하게 된다. 이 같은 장르적 명칭은 잡지 〈학원〉에서 뚜렷하게 나타난 바 있다. 1952년 11월 창간, 1979년까지 발행된 잡지 〈학원〉은 중고등학생 대상의 종합잡지다. 한국전쟁 이후 대중매체가 거의 존재하지 않았던 당시, 청소년의 계몽과 여가에 크게 이바지했던 〈학원〉은 '학원문학상' 등으로 무수히 많은 문학 지망생을 발굴하고 문학에 많은 지면을 할애하여 다양한 장르의 소설들을 번역·번안·창작·연재했다. 서은영,「'순정' 장르의 성립과 순정만화」,〈대중서사연구〉21권 3호, 2015, 147~177쪽. 장수경,「『학원』의 문학사적 위상 연구」, 고려대학교 박사학위 논문, 2010, 41~45쪽. 정미영,「형성기의 청소년 소설 연구」, 인하대학교 박사학위 논문, 2014, 74~87쪽.

6) 김용언,『문학소녀』, 반비, 2017, 132~163쪽.

7) 1949년에 처음 책을 펴내기 시작한 할리퀸은, 영국에서 출간되었던 로맨스를 적극적으로 펴내며 로맨스 전문 출판사로 거듭났다.

8) 삼중당 출판사에서 문고본으로 1979년부터 출판하기 시작했다.

비주류 선언

9) 국가통계포털(http://kosis.kr/) 참고.

10) 혹자는 로맨스를 NL(Normal Love)이라고 부르곤 했다. 그러나 이성애만이 정상적인 성적 취향으로 받아들여지는 것에 반발하는 이들이 늘어나면서, HL(Hetero Love)이라 부르는 독자들도 생겨났다.

**슈퍼히어로의
진짜 얼굴**

슈퍼히어로는 현대의 신화다. 특별한 힘으로 공동체의 위기 상황에 맞서 정의를 실현해낸다는 이야기 구조는, 슈퍼히어로가 시대와 인간의 욕망이 반영된 거울이라는 점을 상기시킨다. 시대와 대중의 결핍은 영웅을 태어나게 하고 슈퍼히어로는 그 욕망을 충족시킴으로써 한 시대의 표상이 된다. 시대와 인간의 욕망이 변화하는 양상에 따라 슈퍼히어로의 형상 역시 변주되므로, 슈퍼히어로의 변주란 장르가 대중적 고민과 욕망을 충족시켜온 방식과 긴밀한 연관성을 갖는다고 할 수 있을 것이다.

슈퍼히어로 캐릭터의 시작은 1938년 발간된 만화 〈슈퍼맨〉이었다. 〈슈퍼맨〉이 만들어지던 당시의 미국 사회는 대공황의 여파로 인해 극도의 혼란을 겪고 있었다. 거대한 위기 앞에 선 개인은 무력하고, 당면한 사태를 이겨낼 뾰족한 내부적 동력 역시 요원했다. 여기에 더해 제2차 세계대전 참전으로 인한 혼란이 가중된 상황이었으니, 당시 미국이 바라던 영웅상이 슈퍼맨이라는 외계의 초인으로서 출현한 것은 우연이라기보다는 필연성의 결과처럼 보인다. 크립톤 행성이라는 저 바깥에서 온, 인간을 초월한 강인한 '하드 바디Hard Body'의 구원자. 강대국으로서 미국의 힘을 보여주고, 세계 내 패권을 장악한다는 상징성까지 갖춘 슈퍼맨은 당대 미국의 현실과 대중적 결핍을 딛고 탄생한 미국의 국가 신화나 마찬가지였다.[1] 강철의 몸('맨 오브 스틸')은 국가 자체로 연결되었고, 슈퍼맨은 곧 미국적 가치를 수호하는 슈퍼 아메리카의 환상을 구축하게 되었다.

그러나 이러한 슈퍼맨으로 대표되는, 즉 마치 내면이 제거된 것처럼 선의와 정의만으로 움직이는 '하드'한 '몸'의 도상을 강조한 히어로가 영원히 매력적일 수는 없다. 1962년에 탄생한 〈스파이더맨〉은 태생부터 슈퍼맨을 정면으로 반박하는 것처럼 보인다. 슈퍼맨이 외부로부터 도착한 영웅이었다면 스파이더맨은 철저히 과학기술과 자본을 계기로 만들어진, 현실에 밀착한 캐릭터였다. 방사능 거미에 의해 '슈퍼 파워'를 얻게 된 '피터 파

커'는 슈퍼맨의 강인한 육체와는 달리 왜소하고 마른 몸을 가진 평범한 소년이다. 슈퍼맨이나 배트맨처럼 나이가 많거나 경직된 인물이 아니라, 그저 '소심한 10대 소년'일 뿐이다.[2] 그를 갈등하게 하는 것은 개인적 욕망(짝사랑 상대인 '메리 제인')과 영웅적 의무 사이의 간극이다.[3] 선의와 정의의 실현을 위해 개인적 상념이나 인간적 갈등을 과감히 뒤로 했던 슈퍼맨과는 달리 스파이더맨은 실수하기도 하고 선택할 줄도 아는 슈퍼히어로다.

　1960년대는 여러 불안이 교차하던 시기였다. 냉전 시대 핵에 대한 공포를 비롯하여 매카시즘, 우주개발, 과학기술의 급속한 발달 및 불완전성과 같은 사회적 중층 속에서 새로운 세대와 격변에 대한 불안이 자리했던 것이다. 이때 방사능 거미에 물리면서 탄생한 슈퍼히어로 스파이더맨은 마치 시대적 응답처럼 등장한 캐릭터였다. 동시에 스파이더맨으로 대표되는 이 시기 실버 에이지(1950년대 중반부터 1970년대 초반까지)의 슈퍼히어로 캐릭터들은, "일반인들도 후기자본주의와 포스트모던한 사회현상 속에서 우연성과 함께 슈퍼히어로가 될 수 있다는 상상"[4]을 제공함으로써 대중적 공감대를 폭넓게 형성해나갔다. 〈슈퍼맨〉과는 전혀 달랐지만, 바로 그 차이로 인해 작은 슈퍼히어로 스파이더맨은 새로운 한 시대의 거울이 될 수 있었던 것이다.

　이처럼 시대적 변화에 따라 슈퍼히어로는 새로운 성격적·외형적 특성을 갖추고 재탄생해왔다. 21세기는 슈퍼히어로 장르

　　　　　　　　　　　　　　　비주류 선언

의 양적 확대와 질적 변화가 두드러지는 시점이다. 2008년 〈아이언맨〉으로부터 출발한 '마블 시네마틱 유니버스Marvel Cinematic Universe'가 단독적으로 거느리고 있는 슈퍼히어로 영화만 하더라도 스물세 편(2019년 7월 기준)에 이를 정도로 몸집이 커졌고, 다른 영화사의 작품이나 미디어믹스까지 포함하면 일일이 그 목록을 헤아리기 어려울 정도로 방대한 슈퍼히어로 장르물이 만들어지고 있다. 더불어 캐릭터와 내러티브 설정 또한 보다 개성적이고 복잡해졌다. 슈퍼히어로를 필요로 하는 시대적·사회적 기반이 과거와는 달라졌기 때문이다. 다원적 가치를 존중하는 시대상에 걸맞게 다양한 슈퍼히어로가 등장하기도 하고,[5] 각 시리즈와 시네마틱 유니버스의 연속성과 통일성을 강조하는가 하면, 개별 작품의 독창성을 중시하기도 한다. 특히 9·11 이후 내면의 상처를 반영한 성찰적 히어로의 등장이 가속화되었고,[6] 정체성에 대한 고민과 존재의 복잡성에 대한 탐색이 지속되고 있는 것은 주목할 만한 사태다.

상처 받은 히어로의 마지막 초상을 그린 〈로건〉은, 〈엑스맨〉 시리즈 속 '울버린' 대신 '로건'으로 한 존재를 명명함으로써 초인에서 인간으로의 존재적 전환을 탐색한다. 여기에는 내면의 복잡성과 인간적 정체성이 강조되는 '히어로'의 민얼굴이 있다. 이처럼 상처의 역사를 들여다보는 포스트 히어로의 등장은, 이제 과거와 폭력의 역사에 대한 성찰을 기반으로 '영웅이란 무엇인가'에 대한 근본적인 질문을 새롭게 던지고 있다. 그렇다면, 한국의 슈퍼히어로는 어떤 얼굴로 지금 여기에 도착했을까?

다른 옷을 입은 히어로

슈퍼히어로 캐릭터에 표현되어 있는 육체적 도상성을 완성해내는 양식 중 한 가지는 단연 복식이다. 슈퍼히어로의 '히어로 코스튬'은 히어로를 일반인과 다른 존재로 분리하는 가장 간명한 외양이다. 브루스 웨인은 배트슈트를 입음으로 배트맨이 되고, 클라크 켄트는 양복을 벗고 케이프를 두름으로 비로소 초월적 힘을 드러내는 칼 엘, 슈퍼맨이 된다. 슈퍼히어로 장르에서 히어로 코스튬이란 변신 코드임과 동시에 세계가 한 개인을 영웅으로 호명하는 형식적 승인이다. 그뿐만 아니라 시각적으로 표상되는 캐릭터의 스타일링은 그 자체로 여러 이데올로기와 의미를 함축하고 있다. 제2차 세계대전의 영웅이기도 했던 캡틴 아메리카의 스타일링은 성조기의 색상과 직접적으로 연결되면서 국가적 상징성을 드러낸다. 이외에도 갑옷 형태의 슈퍼히어로 슈트는 전쟁과 전투를, 특수한 재질로 제작되는 등 첨단 기술이 집약된 슈트는 군수산업과 과학기술, 자본주의로 대변되는 미국을 상징한다는 분석이 가능하다.[7]

그러나 모든 슈퍼히어로가 반드시 슈트와 케이프를 걸치고 갑

비주류 선언

옷을 입어야만 할까? 슈퍼히어로의 복식 대신 '다른 옷'을 입는다면 어떨까? 한국형 슈퍼히어로는 바로 이 '다른 옷'을 입은 생활 밀착형 히어로들이다. 이들의 복식에는 초합금으로 만든 갑옷도 없고, 놀라운 과학기술이 집약되어 있지도 않으며, 국기를 연상시키는 표식이 붙어 있지도 않다. 이 특별한 존재들은 평범한 사람들과 똑같은 옷을 입고 있으므로 보통 사람들과 외양으로는 구별되지 않는다. 스타일링 변신을 통해 일상과 비일상 사이의 간극을 단번에 벌려 놓는 서구 슈퍼히어로 영화와 달리, 매일매일의 평범한 일상복이 전투복이 되기도 하는 것이다.

물론 한국에서도 평상복과 구별되는 히어로 코스튬을 갖춘 역사가 없었다고는 할 수 없다. 20세기 중후반 등장한 〈라이파이〉, 〈P맨〉, 〈우뢰매〉 시리즈, 〈시민쾌걸〉과 같은 몇몇 국내 슈퍼히어로물이 그 사례다. 한국 최초의 슈퍼히어로 작품인 〈라이파이〉의 주인공은 전신 슈트를 입고 한글 'ㄹ'이 새겨진 두건을 쓴 채 세계 평화를 위해 곳곳을 종횡무진 누빈다. 전용 제트기와 광선총을 무기로 쓰며 특정한 슈퍼히어로 코스튬까지 갖추었으니, 전형적 슈퍼히어로 캐릭터들과 다르지 않은 스타일링이다. 까만 전신 슈트를 착용한 〈P맨〉을 비롯해 다른 작품들 역시 이 스타일링의 전형성을 따르고 있다. 그렇지만 〈라이파이〉를 비롯하여 사례로 든 작품들은 시대와 관객의 요구에 걸맞은 방식으로 지속적인 콘텐츠화를 이루지는 못했다. 저마다의 개성과 의미가 있었음에도 추억과 역사의 한편에 고스란히 남아 있을 뿐이다. 2010년대 한국이라는 시공간과의 진지하고도 현실적인 접속을 위해서는 '다른 옷'을 입어야 한다는 의미일 것이다.

여기, 화려한 슈퍼히어로 코스튬 대신 일상복을 입은 히어로가 있다. 이 극명한 차이는 일차적으로 한국 영화가 수천억 대를 넘나드는 천문학적 제작비를 전제로 하는 할리우드 슈퍼히어로 영화와는 다른 물적 토대를 딛고 있기 때문에 벌어지는 일이다. 그러나 때로는 제작 환경이라는 현실적 제약이 한국적 특수성이라는 고유함을 빚어내기도 한다. 비유적이고도 우회적인 경로를 통할 때, 전형적인 미국식 슈퍼히어로 없이도 가능한 슈퍼히어로 영화가 발견될 수 있는 것이다.

이들은 초인적 힘을 발휘하여 거대 사건으로부터 시민과 국가를 구원해내는 것과 같이 그 목적이나 위력의 단위가 큰 영웅은 아닐지도 모른다. 오히려 이들은 가족을 포함한 작은 공동체를 수호하는 존재들이다. 할리우드 슈퍼히어로 장르와는 규모도, 구체적 형식도 다르다. 하지만 납치당한 아내를 구해내기 위해 거침없이 온몸을 부딪치거나(《성난 황소》), 이웃집 소녀를 구하기 위해 사건의 복판으로 뛰어드는 현실형 히어로(《아저씨》)가 가진 공동체적 구심력과 히어로적 속성은 어떤 장르적 규정이 규모의 문제라기보다는 시차親差의 문제임을 생각하게 한다.

다른 옷을 입은 슈퍼히어로들은 다시 고전적 캐릭터, 장르적 변주, 스타라는 세 양상으로 분화하면서 한국형 슈퍼히어로의 자리를 구획하고 있다. 슈퍼히어로 장르가 대중과 시대의 욕망이 투영된 현대적 신화라고 할 때, 이 '다른 옷'을 입은 슈퍼히어로들은 어떤 것과 대결하고, 또 무엇으로부터 우리의 결핍을 보충하는 환상을 제공하고 있을까?

시간을 건너온 고전적 영웅들

서구와는 다른 제작 환경 위에 설계된 한국형 슈퍼히어로의 한 축에는 고전적 영웅들이 있다. 전우치, 일지매, 홍길동, 각시탈 등 우리 고전 서사에 등장하는 익숙한 영웅 캐릭터들이 새로운 시대와 매체의 맥락 속에서 독립적 작품으로 재탄생하고 있는 것이다. 고전소설 『전우치전』은 영화와 드라마로 제작되었고, 『홍길동전』 역시 드라마, 애니메이션, 영화 등으로 활발하게 미디어믹스 작업이 이어져온 원천 문학이다. 이처럼 고전적 영웅을 모티프 삼아 현대적 캐릭터로 각색하는 것은 한국 슈퍼히어로 장르가 적극적으로 탐색해온 코드라고 할 수 있다. 시대극이나 고전 캐릭터물의 한 변주인 이 나이 많은 슈퍼히어로들은 고전적 영웅 일대기 서사를 전유함으로써 국내 슈퍼히어로물의 현재를 구축하고 있다.

최동훈 감독이 연출한 영화 〈전우치〉는 당시 120억 원의 제작비를 들여 만들어진 블록버스터급 액션 히어로 영화다.[8] 소설 속 전우치가 억압받던 백성의 곤경을 해결해주는 민중적 영웅에 가까웠다면, 영화 속 전우치는 보다 복잡한 정체성을 갖춘 다면적 히어로 캐릭터로 재현된다. 영화 속 전우치는 초인적 힘을 통해 적과 대결하는 것 외에도 여러 욕망과 환경에 영향을 받는 인물이다. 그림에 봉인되어 있다가 세상 밖으로 나온 전우치는 500년 만에 마주친 현실 세계의 화려함에 매혹되기도 하고, 최고의 도사가 되고자 하는 사적 욕망을 밀고 나가기도 하며, 사랑에 빠지기도 하는 등 여러 욕망에 의해 다층적으로 구축되는 캐릭터다. 선명하되 단순하던 원작 소설을, 현대라는 환경과 사회상에 맞춰 복잡한 성격화와 다면화로 재구성해낸 것이다.

고전 서사의 전형성으로부터 벗어나 현대인의 복합적 면모를 새로운 시공간에 녹여낸 이 유형의 슈퍼히어로물은 사회적 메시지와 교호 작용을 한다는 특징이 있다. 고전적 슈퍼히어로를 표방한 작품들이 당대의 사건이나 사회적 욕망을 극화하는 방식으로 해당 캐릭터의 현실적 접속을 이끌어낸다는 의미다. 언급했던 것처럼 『전우치전』을 바탕으로 만들어진 영화 〈전우치〉는 시대극에 국한하지 않고, 현대와 과거를 넘나드는 방식으로 구성되어 있다. 이러한 시간 운용을 통해 현대인의 고민과 당대성을 직접적으로 표현한 것은 고전 캐릭터를 변용하는 현대 콘텐츠의 스토리텔링 전략을 환기시키는 지점이다.

비주류 선언

다른 사례로 아기장수 설화와 『홍길동전』에 기반을 둔 드라마 〈역적: 백성을 훔친 도적〉은 영웅 홍길동의 비범한 능력을 보여주는 한편, 백성을 억압하는 군주와 대결함으로써 현대사회의 여러 가치를 극화하는 선택을 한 바 있다. 이외에도 당시 촛불집회를 상기시키던 드라마 〈일지매〉의 장면들처럼 시국과 연결지어 시의성에 걸맞은 사건을 비유적으로 표현하는 경우도 있다. 고전의 현재화를 통해 과거와 현재의 시차를 줄이고, 새로운 슈퍼히어로 텍스트를 실현하는 것이다.

한국형 히어로 장르　슈퍼히어로 영화에서 중요한 것은 영웅의 능력이 얼마나 강한가보다는 강력한 힘을 어떻게 사용하는가다.[9] 다시 말해 슈퍼히어로 장르에서 강조되는 영웅성이란 슈퍼파워 자체가 아니라 그 지향성에 있다. 우리는 현실과 생활 속에서 숭고한 희생이나 이타성을 발휘하는 이들의 모습을 통해 영웅주의의 실현을 포착해낸다. 최근 더욱 급속도로 다양해진 슈퍼히어로물에서도 힘의 크기보다 문제시되는 것은 히어로가 가진 성격이나 갈등, 사회적 영향 관계를 포함하는 영웅주의의 역학이다.

이러한 분석에 기대보자면, 엄밀한 의미에서 슈퍼히어로물은 아니지만 슈퍼히어로 장르의 속성을 공유하는 일종의 한국형 '히어로' 장르에 대해 말할 수 있다. 한국형 '히어로' 장르의 핵심을 구성하는 요건 중 한 가지는 우선 대중의 잠재적 욕망과 요구를 충족시키는 영웅상이 출현한다는 것이다. 시의적 요구에 따라 각각 다른 영웅상이 등장하거나 경합하면서 당대 대중의 실존적 위기의식을 잠시나마 해소해주는 카타르시스를 제공한다는 데에서 그러하다.

예컨대 영화 〈염력〉이 가까운 사례다. '석헌'은 이혼 후 홀로 살아가다가 약수터에서 잘못 마신 물이 원인이 되어 초능력을 얻는다. 초인적 힘을 다루는 방법도, 사용하는 방향성도 확고하지 않았던 평범한 개인 '석헌'은 초능력을 돈벌이에 이용하기 위해 그 세속적 쓰임에 골몰한다. 그러나 용역 집단과 얽힌 전처의 죽음과 딸 '루미'의 위기는 비로소 '석헌'이 어떻게 힘을 사용해야 하는지를 결단하게 한다. 그가 대기업을 배후로 하는 용역 집단에 대항하여 초능력을 발휘할 때, 용산 참사 등 재개발과 관련한 여러 사회적 이슈를 즉각적으로 떠올리게 되는 것은 어려운 일이 아니다.

또한 한국형 '히어로' 장르는 스릴러, 누아르, 판타지 등 인접한 여러 다른 장르와 결부하여 캐릭터 퍼포먼스형 양식이 강조된다는 점이 특징적이다. 단독적으로 활동하는 개인이든, 두 사람이 함께하는 버디무비든, 다수가 활약하는 팀플레이든, 강조되

비주류 선언

는 것은 영웅적 속성을 지닌 캐릭터의 활약상인 경우가 대부분이다. 특히 그중에서도 반복적으로 재현된 히어로상은 공동체보다는 개인적 추동력으로 시작되는 영웅이다. 이 히어로들은 주로 가까운 피억압자에 대한 구원자 역할을 하는 남성 캐릭터인 경우가 많다.

이러한 한국형 히어로 장르의 특징을 잘 보여주고 있는 영화는 단연 〈베테랑〉이다. 〈베테랑〉은 특수 강력사건 담당 수사대 형사 '서도철'이 문제적 악역인 재벌 3세 '조태오'와 대립함으로써 정의를 실현한다는 서사적 구도로 이루어져 있다. 이때 이 둘의 대립 구도는 개인과 거대 자본의 대결이자, 공권력과 경제 권력의 대결이기도 하다. 다시 말해 이 영화의 핵심적 갈등 구조를 파생시킨 것은 후기자본주의와 신자유주의에 대한 문제의식이다. 양극화, 경제 위기, 자본 억압에 대한 당대 대중의 무의식적 불안과 위기의식은, '서도철'이라는 특별한 개인의 승리를 통해 대리 충족과 결핍 충족의 카타르시스로 연결된다.[10]

동시에 히어로 역할을 하는 이 영화의 주인공 캐릭터 '서도철'이 형사라는 점 역시도 주목이 필요하다. '서도철'은 완전무결한 도덕적 인물도 아니고, 형사로서의 직업적 수행을 완벽하게 해낸다고 하기에도 석연치 않은 점이 있다. 그러나 다른 공권력 캐릭터들과 달리 재벌 '조태오'와 맞서는 존재가 됨으로써 '서도철'은 단 한 사람의 영웅적 형사 캐릭터로 유일해진다. 여기에는 공권력과 경제 권력에 대한 불신과 불화가 결국 그 공권력의 이 단아로부터 해소된다는 아이러니가 있다. 이러한 구도는 한국 사회가 갖는 공권력에 대한 신용과 불신이라는 이중성을 드러낸 다. 그런 점에서 '서도철'은 한국적 정황과 특수성 속에서 이해될 때 비로소 완성되는 한국형 히어로의 한 전형이라 할 수 있다.

이외에도 다수의 한국형 히어로 장르는 배후의 공권력이나 거 대 시스템을 적의 형상으로 돌리는 경향이 강한 편이다. 그러나 결국 다수 작품이 공권력(혹은 국가, 거대 시스템)에 대한 근본적 인 전복을 보여주기보다는 그 무의식을 공고히 한다는 측면 역 시 간과하기 어려운 지점이다. 말하자면, 전당포를 운영하는 '태 식'이 압도적 액션을 선보이며 이웃집 소녀 '소미'를 구해내는 그 유명한 영화 〈아저씨〉는 그가 전직 특수요원이었다는 전제를 상기할 때 잠재적 의미에서 공권력 신화로 귀결되는 것처럼 보 이는 것이다.

믿고 보는 스타 퍼스낼리티

소위 '믿고 보는' 배우가 있다고들 한 다. 배우의 필모그래피, 이미지 등이 관객의 기대를 앞질러 충족시킴으로 써 일정한 믿음의 계보를 형성하는 것이다. 즉, '믿고 본다'는 말 속에는 특정한 스타 퍼스낼리티가 개별 작품에 앞서 일종의 장

비주류 선언

르적 규약처럼 인식되는 양상이 함의되어 있다. 한국형 슈퍼히어로 장르에서도 물론 '믿고 보는' 연기자로 인식되는 스타가 있다. 우리나라의 경우 배우 마동석이 그 대표적 사례다.

스타 시스템은 초기 할리우드에서 개발된 것으로, 영화의 가치를 공고히 하기 위해 인기 배우를 이용하던 것으로부터 이어진다. 지금도 여전히 특정한 배우가 지닌 아우라는 관객이 영화를 선택하는 데에 있어 막강한 준거가 되기도 한다. 크리스틴 게라그티에 따르면 스타의 이미지는 셀러브리티, 프로페셔널, 퍼포머로 구분되는데, 여기서 프로페셔널 스타란 안정적으로 특정한 범위 내에서의 지속적 이미지를 구축하는 배우를 이른다.[11] 예컨대 보디빌더로도 활약한 아널드 슈워제네거가 일관적으로 액션 배우로서의 안정적 이미지를 형성해온 것이 바로 프로페셔널 스타에 해당한다. 관객들은 아널드 슈워제네거가 어떤 영화에서 연기하든 〈터미네이터〉의 흔적을 어렵지 않게 상기해낸다. 심지어 극장에 가기 전부터 슈워제네거의 액션 연기를 미리 예상하면서 그 기대감으로 영화를 선택하기도 한다. 이렇듯 배우가 제한적 장르 내에서 일관적으로 스타성을 발휘한다는 것은 연기의 폭이 한정된다는 점에서 제약으로 작용하기도 하지만, 동시에 해당 배우의 강력한 개성으로 연결되면서 최종적으로 작품의 가치와 상호작용하는 요소가 되기도 한다.

스타의 이미지는 일반적으로 산업, 미디어, 대중, 스타 본인이라는 네 개의 측면에서 구성되어 하나의 완결된 상을 형성한다. 그중에서도 아널드 슈워제네거의 사례처럼 스타 본인의 일관적 개성과 스타성이 강조되는 경우가 현실적으로 관객의 선택을 좌우할 때가 많다. 그런 점에서 배우 마동석의 경우는 독보적이다. 서사 내부에서 히어로로 등장하는 마동석의 캐릭터는, 선재적으로 구성된 스타 이미지가 히어로물과 접합하면서 한국 영화 내부에서 어떤 장르적 요소가 되어가는 가장 적절한 사례라고 할 수 있다.

우선 해당 배우의 외적 조건이 특징적이다. 가장 먼저 눈에 들어오는 것은 강인한 육체와 남성성이 두드러지는 체격이다. 직접 밝힌 바에 따르면 팔뚝이 이십일 인치나 된다고 하니, 외형적 조건에서부터 강한 몸과 완력이 연상된다고 할 수 있다. 여기에 다정하고 친근한 인상까지 겸비하고 있는데, 소위 '반전 매력'이라 할 만한 이 특징은 마동석이라는 스타가 가진 고유한 개성을 확정하는 데에 결정적으로 기여한다. 그의 별명 '마블리'와 '마요미'는 각각 사랑스러움과 귀여움의 의미를 띤 합성어다. 강한 외모에 귀엽고 친근한 이미지가 겸비되면서 마동석은 대중의 폭넓은 호감과 지지를 얻고 있다. 말하자면 영화 〈베테랑〉에서 마동석이 그 이름도 아기자기한 '아트박스 사장'으로 깜짝 등장했을 때 그의 이러한 스타 이미지를 공유하고 있는 관객들은 누구나 즉각적인 반가움과 즐거움을 느낀다.

마동석의 음성과 배역의 상관관계를 추적한 한 실험에 따르면 음성적 특징 역시 이미지와 깊은 관련이 있다. 마동석의 경우 일반적 남성 기준에 비할 때 매우 낮은 음높이를 지니고 있을 뿐 아니라, 음색과 발화 속도에서도 안정적이고 신중한 이미지를 전달한다고 한다.[12] 그 때문에 설령 조폭이나 깡패처럼 험한 배역에 캐스팅되더라도 내적으로 긍정적인 이미지를 함께 가지는 "좋은 역할"을 맡게 된다는 것이다. 마동석은 TV 드라마의 영화 확장판인 〈나쁜 녀석들: 더 무비〉에서 조직폭력배 역할을 맡았지만, 이 캐릭터는 '더 나쁜' 이들을 처단하기 위해 활약하는 이중적 인물이기도 하다. 영화 〈악인전〉의 경우에도 마동석의 배역은 마찬가지로 조폭이지만, 연쇄살인범을 잡기 위해 형사와 공조한다는 점에서 철저한 악당이라기보다는 복잡성을 지닌 긍정적 캐릭터로 표현되었다고 할 수 있다.

도덕적으로 완전무결하지는 않지만 더 큰 악당과 맞섬으로써 영웅이 된다는 구도는 영화 〈범죄도시〉에서도 확인할 수 있다. 여기서 마동석이 연기한 '마석도'는 한국 형사 캐릭터의 계보를 따르는 듯하면서 가히 슈퍼파워에 가까운 압도적 완력을 행사하는 독특한 캐릭터다. 그가 대결하는 것은 사회적 질서를 무너뜨리는 악당('장첸')이다. 수사 과정에서 뇌물을 받거나 폭력을 행사하는 등의 문제점이 있음에도 관객이 마석도 캐릭터에 이입하는 것은 그가 근본적인 악과 맞서는 영웅으로 묘사되기 때문이다. 마석도가 심각한 범죄 집단과 맞서는 과정 속에서 형사로서 지닌 도덕적 결함은 상대적으로 작게 느껴지게 되고, 심지어 그 결함조차 매력적인 인간성으로 뒤바뀌기도 한다. (이러한 결과가 정치적·영화적으로 긍정적인가의 문제를 차치하고) 이것이 매끄럽게 가능한 이유는 마석도 캐릭터가 영화보다 앞서 구축된 마동석이라는 스타 이미지를 고스란히 전제하고 있기 때문이다.

강력한 무력을 겸비한 존재이자 동시에 인간적인 내면성을 갖추었다는 점에서, 배우 마동석에게 선재해 있는 스타 퍼스낼리티는 곧 개성이 된다. 말하자면 조폭을 연기하더라도 마동석은 마동석이다. 최근 다수의 필모그래피에서 마동석은 강한 몸을 이용해 약한 자를 구원하며 악한 세력과 맞선다는 일관적인 캐릭터 퍼포먼스를 보여주고 있다. 이는 마동석이라는 개성적 스타의 이미지를 지지하는 근간을 형성한다. 기존 이미지에 배역과 연기가 의존하는 방식으로 그 행보가 연결되는 것이다. 강력반 형사로 사회적 정의를 수호하는 〈범죄도시〉 속 '마석도'의 이미지는, 아내를 구하기 위해 폭력배를 응징하는 영화 〈성난 황소〉의 '강동철'과 겹쳐지기도 하고, 때로는 좀비 떼를 막아서며 영웅적으로 희생하는 영화 〈부산행〉의 '상화'와 연결되기도 한다. 약자와 공동체를 보호하고 악한 집단과 맞선다는 통쾌한 스타 페르소나가 일정하게 통일된 영웅상을 환기시키는 것이다. 관객은 스타가 맡은 일련의 히어로 캐릭터에게 특정한 기대를

비주류 선언

걸고, 스타는 그 기대 심리를 충족시키는 연기를 선보인다는 이 구체적 정황은 '미국에는 슈퍼맨, 한국에는 마동석'이라는 명제를 새삼 '믿고 보게' 한다.

'슈퍼' 히어로에서 슈퍼 '히어로'로

슈퍼히어로 영화에서 빠질 수 없는 핵심은 단연 슈퍼히어로 캐릭터의 등장이지만, 어떤 슈퍼히어로물은 바로 그 '슈퍼히어로'가 등장하지 않는 것이 핵심이 되기도 한다. 슈퍼히어로 없는 슈퍼히어로 영화도 있다는 것이다. 지금 여기의 한국형 슈퍼히어로를 질문하는 일은 바로 그 핵심의 시차를 옮겨가는 데서부터 출발한다. 보다 중요한 것은 '슈퍼파워'보다 그것을 거느리는 한 인간의 '영웅성'에 도달하는 일이다. 이 전환에 비추어 바라보았을 때 한국적 특수성 속에서 탄생한 히어로 장르를 발견할 수 있다. 할리우드 블록버스터 영화처럼 단위가 크고 선명한 스펙타클을 제공하지는 않지만, 세속적 생활 세계의 한 가운데에서 제 몫의 영웅성을 발휘하는 이들의 이야기라면 어떨까. 슈퍼히어로 영화의 한국형 콘텐츠를 말하는 일이란, '슈퍼'히어로에서 슈퍼'히어로'로 방점이 옮겨가는 도정 속에서 다른 옷을 입은 영웅들을 찾아내는 일일 것이다.

1) 김수, 「할리우드 슈퍼히어로 영화의 영웅성 변화 연구」, 동국대학교 석사학위 논문, 2011, 22쪽.

2) 밥 배철러, 7장 「어메이징 스파이더맨」, 『더 마블 맨』, 송근아 옮김, 한국경제신문, 2019.

3) 김수는 고뇌하는 인간 스파이더맨의 등장을 슈퍼맨과 구분되는 슈퍼히어로 캐릭터의 분기점으로 상정한다. 고뇌하는 평범한 모습의 스파이더맨은 거대 담론으로서 작동하던 영웅 신화를 미시 담론으로 이행시킴으로써 슈퍼히어로의 갈등을 개인적 차원으로 치환시키는 데에 기여한 바 있다. 구체적 해석은 김수, 위의 논문 참조.

4) 한창완, 『슈퍼 히어로』, 커뮤니케이션북스, 2013, 11쪽.

5) 백인 혹은 남성 중심으로 구성되어 있던 슈퍼히어로 영화는 21세기 이후 점차 다양성을 추구하게 되면서, 여성 슈퍼히어로, 흑인 슈퍼히어로의 전면화와 같은 젠더-레이스 스와프 양상을 드러내고 있다. 이현중, 「21세기 슈퍼히어로 영화의 문화적 다양화 경향 연구」, 〈문화연구〉 제5권 1호, 한국문화연구학회, 2017 참조.

6) 포스트 9·11 시네마의 특성 및 9·11 이후 할리우드 영화의 동향에 관해서는 다음을 참조하라. 문지용, 「포스트 9·11 시네마의 이데올로기적 구조 및 재현 양상 연구」, 한양대학교 석사학위 논문, 2016. 김수, 위의 논문.

7) 김승아, 「슈퍼히어로 영화 캐릭터의 스타일링에 나타난 신화적 의미 분석」, 건국대학교 박사학위 논문, 2014, 224~225쪽.

8) 현승훈, 「한국형 슈퍼히어로 영화의 영상미학적 특성 연구」, 〈한국콘텐츠학회논문지〉 제13권 10호, 한국콘텐츠학회, 2013, 134쪽.

9) 이현중, 『슈퍼히어로 영화의 스토리텔링』, 박이정, 2017, 62쪽.

10) 한창완은 사회·경제적으로 극도의 양극화가 발생하는 시대가 슈퍼히어로의 요청과 긴밀한 연관성을 갖는다고 파악한다. 경제적 위기의 심화와 신자유주의의 문제적 상황은 한국형 슈퍼히어로의 등장을 요청하는 전제라고 볼 수 있다. 한창완, 앞의 책.

11) Christine Geraghty, 「Re-examining stardom: Questions of texts, bodies and performance」, 『Reinventing film studies』, Arnold, 2000, 183~201쪽.

12) 이선경·조동욱, 「배우 마동석의 음성 특징 분석을 통한 음성과 이미지의 상관관계 규명」, 〈한국통신학회 학술대회논문집〉 vol.2018 no.6, 한국통신학회, 2018.

비주류 선언

'사이다'로
혁명을 꿈꾸는 사람들

**무림이 사그라지는
시대의 협**

무협 따위, 어쩌면 다루지 않아도 그
만이다. 한때 무협이 남아男兒의 교양
인 시절도 있었다고 들었다. 김용의

『영웅문』 시리즈를 보지 않은 자, 어찌 남아의 기상을 논할 것인
가. 하나 요즘은 시네필이 아니고서야 〈동방불패〉도 〈동사서독〉
도 어렴풋이 들어본 말에 불과하다.

한때 젊고 새로웠던 무협 문화는 이제 소위 '아재' 문화의 일
부가 되었다. 당장 1990년대에 무협을 썼던 한국 작가들만 해도
이제 하나둘 펜을 멈추고 있다. 그 자리를 채워나갈 젊은 작가는
2010년을 기점으로 거의 나타나지 않고 있으며, 이제 무협에 대

한 이러저러한 말들도 특정한 커뮤니티를 제외하면 거의 나오지 않는다. 애당초, 이렇게나 호황인 웹소설 시장에서 무협이 차지하는 지분은 얼마 되지도 않는다. 그런 상황에서 무협을 통해 사회를 보려는 행동에 도대체 무슨 의의가 있을까.

일단, 무협이 동양의 전통이라 지금 현대사회 속에서도 편편이 흐른다는 이야기는 믿지 않는다. 애당초 무협은 전통적인 단어조차 아니다. 그건 지금으로부터 100여 년 전 모던 상하이에서 생긴 일종의 신조어다. 사람들은 1922년 『강호기협전』이라는 소설 앞에 '무협'이라는 말이 붙고서야, 무협이 소설 장르명이라고 생각하기 시작했다. 물론 몇몇 '올드한' 무협 독자들은 고개를 갸웃거리면서 되물을 것이다. 분명 중국인들은 2000년 전 한나라 때 사마천이 쓴 『사기』나, 1500년 전에 당나라 사람들이 쓴 소설들을 무협의 시작이라고 말하지 않았는가. 하나 200년 전 청나라에서 『수호전』을 읽던 사람들은 그 글이 소설이면 소설이지 '무협'이라고 생각할 수 없었다. 그때는 무협이라는 장르 명칭 자체가 없었다. 소위 말하는 '무협소설의 깊은 역사'란, 무협소설이라는 명칭이 생겨난 뒤, 무협소설에 전통이 있다고 믿는 사람들이 옛 소설들을 모아 무협이라는 장르로 구축한 것에 불과하다. 결국 무협소설의 전통은 협俠이라는 글자를 중심으로 '만들어진' 것이다.

물론 이 '만들어진 전통'이 우리의 전통과 상관이 없지는 않다. 조선 시대 양반들 중 『사기』를 모르는 자 몇이나 되며, 소설 펴이나 읽었다는 자들 중 『수호전』을 읽지 않은 자 얼마나 있겠는가. 하지만 반대로 이렇게 물을 수도 있다. 그래서 조선조 때 읽힌 책들이 지금의 우리와 무슨 상관인가? 나는 큰 상관없다고 생각한다. 최소한 그 책들을 통해 현재를 볼 일은 아니다. 아무리 조선 사람들이 사서삼경을 널리 읽었다고 하나, 우리는 사서삼경에 무슨 책이 들어가는지도 잘 외우지 못한다. 그러니 사서삼경으로 현대사회를 보는 일에 큰 의미가 있을 리 없다. 그럼에도 무협으로 현대사회를 읽어보자는 원고를 쓰고 있는 건, 유난히 얼굴 낯이 두꺼워서는 아니다. 나는 '아직' 무협이 한국 사회에 유효하다고 판단한다.

한국에서 무협이란 고작해야 10년 전에 본격적으로 쇠하기 시작한 장르다. 현대적인 무협소설이 한국 사회에서 본격적으로 읽히기 시작한 게 1960년대의 일이다. 그 이후로 소설은 물론 영화, 드라마, 만화, 게임에 이르기까지 무협은 유행하고 쇠락했다 또다시 유행했다. 무협과 밀접하게 관계를 맺고 있는 무술까지 함께 고려한다면, 한국 남성은 최소한 50년을 무협 문화와 부대끼며 살았다. 그러니까 '아재'부터 '어르신'까지 무협 한 번쯤은 손에 잡아봤다는 말이다. 결국 무협은 최소한 아직까지는, 한국 사회의 뿌리 깊은 일부일 수밖에 없다.

거기에 더하여 한국 사회는 최소한 40년째 한국 무협을 생산하고 있다. 한국 작가가 『팔만사천검법』이라는 이름으로 현대 중국식 무협을 스스로 창작한 게 1978년의 일이다. 그 뒤인 1980년대에는 서효원, 금강, 사마달 등 숱한 작가가 대여점용 무협을 만들어 한국 구무협이라는 흐름을 만들었다. 그다음 1990년대에는 또다시 좌백, 용대운, 장경 같은 작가가 한국 신무협이라 할, 중국과는 상당히 구별되는 어떤 모습의 무협을 써냈다. 비록 2000년대 후반 들어 그 세가 꺾이기 시작했지만 말이다. 그래도 한국 사회는 중국의 무협 관련 개념을 한국식으로 충분히 수용했다고 볼 수 있다.

요컨대, 한국 무협은 중국 무협의 여러 개념을 빌려와 한국식으로 변형해 안착한 것이다. 게다가 「닥터 최태수」나 「전지적 독자 시점」 같이 요즘 유행하는 현대 판타지물 또한 많은 면에서 무협소설 창작에서 배태된 개념을 차용하고 있다. 이는 무협이 오랜 기간 대여점 하위문화lowbrow 소설의 중심이었기 때문이다. 현대의 한국 판타지 소설 또한 그 계보의 일부는 무협과 깊은 연관을 맺고 있다. 그런 이유로 남성향을 기준으로 했을 때 대여점 하위문화의 중핵은 무협에 있다. 게임적인 현대 판타지물이 그 발전의 끝이라 하더라도, 장르로 사회를 보는 시도는 무협에서 시작할 수밖에 없다.

협, 사이다, 대리만족

협俠이란 무엇인가? 이에 대해서는 수다한 말들이 있지만, 나는 다음과 같은 결론이 가장 깔끔하다고 생각한다. 협은 사적 정의다. 공적인 정의는 죄인을 법률에 의거하여 처리한다. 죄인은 법에서 정해진 만큼의 권력을 가진 경찰에 의해 체포되어, 법에 따라 재판을 당한 뒤, 그에 따라 법에 정해진 형벌을 받는다. 마치 천라지망처럼 처음부터 끝까지 법이 개입하여 죄인의 곁을 빽빽하게 둘러싸 모든 걸 처리한다. 추리소설은 그 공적 정의를 대표하는 장르다. 범인이 밝혀지는 과정에서는 탐정이라는 사적인 존재가 등장하지만, 죄인의 처벌만큼은 대개 사법제도의 손에 맡긴다. 심지어 필립 말로가 심각한 표정으로 로스앤젤레스 거리를 누비는 하드보일드 소설 계열마저도 그러하다.

하지만 협으로 표상되는 사적 정의는 죄인을 수색하고 잡는 행위부터 처리하는 행위까지 모조리 법의 테두리를 벗어나 있다. 자기가 스스로 판단하여 정의롭지 않으면 상대를 스스로 처벌한다.『수호전』의 호걸들은 죄인을 보면 스스로 판단하여 죽이지 않았는가? 그곳에 관아나 법이 있을 공간은 없다. 그리고 무협소설은 그 적통을 이었다고 간주된다. 분명 합당한 말이다. 무협소설의 무림은 관官으로 대표되는 정부를 소설에 넣지 않거나, 관이 있다고 보더라도 무림과 관은 불가침이라 설정한다.

물론, 사적 정의가 죄인에 대한 폭력적 처벌을 의미하지는 않는다. 마치 글자에만 남은 이상처럼, 협侠이라는 단어 자체는 사람人을 어깨에 끼고夫 보호하는 행위를 의미한다. 하지만 현실은 이상과 달리 폭력적 대응과 깊게 연관되었고, 그렇기에 지금에 이르러 협에 짝하는 단어가 무력武이 되었다.

문제는 이 무협에 장르적으로 짝지어지는 단어다. 중국에서는 흔히 무협을 '환상幻想'에 연관 짓고는 한다. 당장 베이징 대학에서 무협 연구로 일가를 이룬 천핑위안은 스스로의 무협소설 비평집을 다음과 같이 이름 지었다. 『천고문인 협객몽』, "천고의 문인은 협객을 꿈꾼다"라는 이태백의 시구에서 따온 말이다. 량서우중이 1990년대에 『무협 작가를 위한 무림세계 구축교전』을 썼을 때도 이와 비슷한 경향의 문장이 나온다. 그는 화뤄겅의 말을 빌려, 무협소설을 '어른들의 동화'로 규정한다. 요컨대 다음과 같은 식이다.

동화는 이야기의 변화가 크고, 신기한 소재를 다루며, 자연물을 의인화하는 수법을 이용하여 어린이의 심리와 기호에 조응한다. 동화가 아이들을 대상으로 한다면, 어른들의 동화는 성인을 대상으로 한다. 무협소설은 신기한 스토리와 풍부한 상상 그리고 놀라운 과장을 통해 수많은 어른들을 책 속으로 끌어들인다.[1]

비주류 선언

그러면서 그 상상과 과장을 담은 '환상'의 교육적인 면을 부각한다. 동화가 "풍부한 상상과 환상, 그리고 과장을 통해 생활을 반영하면서 아동들을 교육"했듯이, 무협 또한 아이들을 전통문화에 입문하게 한다는 것이다. 또한 김용이나 양우생의 소설을 이야기하면서 해당 소설들의 작품성을 논하고 있다. 요컨대 무협의 '환상'은 전통문화의 계승이자 교육적 효과와 작품성을 두루 갖추었다는 주장이다.

　실제로 무협은 이 주장을 통해 1980년대부터 중국 사회에서 '합법적으로' 유통될 수 있었다. 1980년대 이전만 해도 무협은 중화인민공화국 내에서는 읽을 수 없는 글들이었다. 마치 덩리쥔의 「첨밀밀」처럼 사람들이 이미 몰래몰래 다 향유하고 있기는 했지만 말이다.

　하지만 한국은 상황이 달랐다. 무협은 한국의 전통문화를 계승하지 않았다. 대여점에서 소비하던 무협은 섹스와 폭력으로 점철된 경우가 많았다. 그렇기에 한국의 무협 작가들은 무협의 다른 면에 주목했다. 바로 대리만족과 현실도피다. 그중에서 대리만족이라는 단어는 상당히 독특하다. 중국인들 또한 무협에 있어 대리만족과 현실도피의 내용을 논하지 않았던 것은 아니다. 당장 량서우중만 해도 다음과 같이 말했다.

　무협소설을 읽는 사람들은 저마다 각기 다른 바람을 갖는다.

인생의 험로에서 갖은 풍상과 고통을 겪은 노인들은 소설 속의 협사가 자기 곁에 있으면서 근심과 어려움을 해결해주길 희망할 것이다. 또한 세상물정 모르고 달콤한 환상에 빠져 있는 청소년들은 자신을 직접 협사로 분장시켜 행세해볼 것이다.[2]

하지만 그와 동시에 이 두 개념에서 거리를 두려고도 한다. "그러나 대다수 사람들은 무협소설을 저녁 식사 후 재미난 소일거리로 삼는다."[3] 이는 중국 내에서 무협소설이 가지는 처지를 반영하는 말이기도 하다.

그러나 대리만족과 현실도피의 두 개념이 '전통적인' 무협에 있어 핵심을 차지했다고 보기는 어렵다. 왜냐하면 중국에는 대리만족이라는 어휘조차 없기 때문이다. 대리만족을 중국어로 하면 '따이리만주代理滿足'인데, 바이두에서 이를 검색하면 제대로 된 검색 결과는 1페이지 이내이고, 그중 하나는 한국 논문을 번역하며 붙인 제목이다. 게다가 내가 지금까지 만난 모든 중국인이 중국에는 대리만족이라는 단어가 없다고 말했다. 따이리만주라는 단어를 써서 보여주면 알아보고, 그 개념 또한 이해한다. 하지만 중국어 단어는 아니다.

그런 점에서 보면, 한국의 협侠 개념은 연관어에서부터 중국과 현격한 차이가 남을 알 수 있다. 중국은 무협武侠이 '환상'과 먼저 연결되지만, 한국에서 무협은 대리만족과 현실도피를 먼저 떠오르게 한다. 이런 차이는 중국 무협소설의 협이 한국에 수용되며 그 의미가 다소 변한 것과 상통한다. 중국 무협소설에서 협은 일종의 대의다. 왜냐하면 중국에서 누군가를 돕는다는 것은, 중원 만리의 어느 타향에서 난생처음 보는 성씨의 사람을 도와주는 일이기 때문이다. 하지만 삼천리 한반도에서 협이란 한두 다리 건너면 아는 사람을 돕는 일이다. 그렇기 때문에 한국의 무협소설은 협을 일종의 의리로 인식한다. 중국은 협을 이상으로, 한국에서는 협을 현실로 생각하는 것이다. 어쩌면 그렇기에 중국은 협이라는 이상을 환상과 함께 논하고, 한국은 협이라는 현실을 대리만족과 함께 논할지도 모른다.

여기서 문제는 대리만족과 현실도피의 공식이 여전히 현대 웹소설을 규정하는 중핵이라는 점이다. 이를 두고 웹소설을 연구하는 한 학자는 사석에서 내게 말하기도 했다. "한국 웹소설의 협俠은 '사이다'라고 볼 수 있죠." 2010년대 중반 이래 웹소설 독자들은 흔히 소설의 전개를 '고구마'와 '사이다'로 구분한다. 두 말의 어원만 보아도 알 수 있듯, '고구마'는 먹다 목이 막히는 것과 같이 답답한 무언가이며, '사이다'는 마시면 속이 뺑 뚫리는 시원한 무언가를 의미한다.

이 '답답함'과 '시원함'의 이분법 구조는 웹소설 서사에서 주인공이 고통이나 굴욕을 받는 부분을 고구마로, 주인공이 잘나가며 설욕하는 부분을 사이다로 이해하게 한다. 어떤 의미에서 사이다는 굴욕과 복수의 이분법을 보여준다.

그런데 남성향 웹소설의 주류 독자들은 보통 끊임없이 사이다 전개를 요구한다. 주인공을 통해 최대한 대리만족을 느끼고 싶은 것이다. 그것은 그들이 웹소설에 돈을 지불하는 가치이자 목적이다. 이 때문에 웹소설 시장 내에서 다소 비주류 취향인 독자들은, 이 주류 독자들을 두고 '사이다'만 원하는 사이코패스라며 '사이다패스'로 비아냥거리기도 한다.

그리고 여기에 와서 한국 하위문화의 협俠은 독특한 무언가가 된다. 우리는 협이라는 사적 정의를 추구하며, 이는 흔히 그렇듯 폭력적이다. 그리고 우리는 그걸 또다시 사이다와 고구마라는 복수와 굴욕의 이분법으로 나누어, '복수'라는 목적에 방점을 찍었다. 또한 웹소설 주류 독자는 이러한 메커니즘을 통해 대리만족하고 현실도피한다.

질문들은 여기서 시작된다. 만약 무협이 한국의 남성향 하위문화의 대표로, 사회를 비춰볼 수 있는 거울 중 하나라고 보자. 사적 정의를 통해 사이다라는 대리만족을 추구하는 '관점'은 사회를 어떻게 비추는가? 그리고 그 관점을 통해서 어떤 사회적 메커니즘이 드러나는가? 아니, 애당초 그 관점의 의미는 무엇이었던가? 아무래도 인터넷에서부터 이야기를 다시 시작해봄이 좋을 것 같다.

비주류 선언

시선이라는 내공, 댓글이라는 칼

댓글의 구조를 '사이다' 원리에 입각하여 보는 건 사실 어렵지 않다. 최순실부터 이명박까지 우리는 인터넷상에서 죄지은 자들의 이야기를 공유해왔다. 그리고 댓글을 통해 그 죄인들에게 질타의 말을 쏟아낸다. 뉴스든 커뮤니티든, 인터넷 게시판의 작은 창은 마치 재판장과 같다. 글쓴이는 검찰처럼 나서 죄인을 법정에 세운다. 그러면서 나름의 죄명과 함께 증거들을 나열한다. 동영상으로 명백하게 보여주기도 하고, 신문 기사를 증거로 삼기도 한다. 가끔 증거들이 명백하지 않을 때가 있긴 하지만, 그때는 스스로 나름의 추론을 넣어 보충하기도 한다. 가끔 몇몇 사람이 변호인처럼 나서 자기 생각을 올리기도 한다. 이들의 승률이 높다고 말하기는 어렵지만, 분명 승리한 사례는 있다. 우리는 글쓴이를 논박하는 댓글이 베스트에 올라가는 걸 종종 보니까. 이들은 길게 발언할 수 없기에 오히려 짧고 강렬하게 요점을 찔러 반박한다. 그리고 대다수의 네티즌은 웅성대는 청중이자 말 없는 재판관이 되어 댓글을 달거나, 아니면 묵묵히 자신의 투표권을 행사한다. '좋아요' 또는 '싫어요'.

어떨 때는 그 재판이 과열되기도 한다. 죄인에게 댓글로 주홍글씨를 쓴 다음 그 신상을 들춰낸다. 그렇지 않으면 SNS 계정에 찾아가 그의 인터넷 분신에 대고 조리돌림을 한다. 여기서 눈여겨볼 것은 댓글(혹은 게시물)이 가진 무시무시한 힘이다. 정부가 인터넷을 고도로 규제하지 않는 한, 댓글의 대상은 신분 고하를 막론하고 무력할 수밖에 없다. 그게 교육부 국장인 나향욱이든, 아니면 전 대통령이었던 박근혜든, 그저 아무 권력도 없는 평범한 사람이든 모두 동일하다. 댓글은 총알이 사람을 가리지 않는 것과 같이 어떤 대상에게도 구애받지 않는다.

이런 가공할 힘은 무협소설에서 주인공이 가진 초인적 능력, 무공과 닮아 있다. 주인공을 단시간에 강하게 만드는 장치인 기연을 통해 힘을 얻게 되든, 부단한 수련을 통하든, 협객은 오직 힘이 있어야만 정의를 실현할 수 있다. 사적 정의를 관철할 수단이 사실상 무력밖에 없기 때문이다. 그렇기에 협에 짝을 이루는 단어가 무武인 것이다. 옛날에는 그 무武를 검劍을 통해서 했기에 검협劍俠이라는 말을 오랫동안 썼다. 오늘날의 무기는 댓글이다. 사적 정의를 관철하는 수단이라는 점에서 댓글 사용자 하나하나는 기연을 통해 힘을 얻은 협객과 같다.

그렇다면 그 힘의 정체는 무엇인가? 물리적 상황에 구애 받지 않는, 그렇기에 신분 고하를 가리지 않는 힘. 나는 이를 '시선'이라 부르고자 한다. 어쩌면 당연한 말이다. 무림의 고수들 또한 강력한 시선의 힘을 가지고 있기 때문이다. 무림에서 언제나 승자는 상대를 정확하게 알아본다. 주인공이 강력한 악당에게 패배하는 부분에서, 악당은 주인공의 무공을 보고 내뱉는다. "넌 멀었다, 애송이." 이후 기연을 얻은 주인공이 강해져 엑스트라들을

　　　　　　　　　　　　　비주류 선언

휩쓸 때도 마찬가지다. 엑스트라들은 주인공의 힘을 알아보지 못하기 때문에 함부로 덤벼든다. 이에 반해 주인공은 엑스트라들의 무공을 알아보고 그에 맞춰 대응한다. 물론, 가끔 압도적인 적이 나와 주인공을 좌절케 할 때도 있다. 하지만 주인공이 결국 승리하는 그 순간은, 최종 보스보다 높은 통찰력을 얻어 그를 꿰뚫어보는 순간일 때가 대부분이다.

인터넷에서도 마찬가지다. 댓글 사용자는 상대를 알아볼 수 있다. 상대는 죄인인 이유가 쓰여 있으며, 관련된 정보 또한 나름의 서사를 만들 만큼은 존재한다. 어떨 때는 아예 신상까지 노출되어 있기도 하다. 하지만 상대는 네티즌들을 전혀 알아볼 수 없다. 그들이 볼 수 있는 건 방대한 양의 아이디뿐이다. 그 익명성과 다수성 뒤에서 '개인'은 순식간에 다수의 이름으로 '우리'가 된다. 게다가 인지하지 못하면 알 수도 없는 묘한 '시선'과는 달리 댓글은 약간의 물리력까지 갖추고 있다. 디지털 화면 위에 쓰인 텍스트들은 나름의 호흡을 가지고 댓글 대상자에게 무차별적으로 날아든다. 운이 나쁘면 패러디가 잔뜩 섞인 '짤방'과 악곡이 날아올지도 모른다. 대상이 인터넷을 사용한다면, 이 모든 걸 무시하기는 힘들다. 결과적으로 댓글은 시선이라는 힘(내공)이 드러나는 칼과 같다.

확실히 이번 시대는 누구나 네티즌으로서 인터넷이라는 기연을 얻어 댓글을 휘두를 수 있는 시대가 되었다. 그걸 막을 방법은 중국과 같은 광범위한 정보 통제와 검열뿐이고, 이는 사회의 활력을 떨어트리는 치명적인 수준까지 진행되어야만 한다. 결국, 우리는 패륜적인 표현처럼 선을 넘지 않는 한 댓글을 마음껏 휘두를 수 있다. 이런 협객(네티즌)들의 무수한 모임은 마치 하나하나가 고수로 구성된 천라지망과 같다. 그리고 이 천라지망은 누군가에게는 '정의 구현'이지만, 누군가에게는 '조리돌림'에 불과할 수밖에 없다. 인터넷 행위가 기본적으로 '담론 폭력'의 가능성을 가지기 때문에 일어나는 일이다.

그렇기에 댓글의 사적 정의가 협이자 사이다라면, 그건 결국 대리만족과 현실도피로 연결된다. 다시 말해 댓글을 다는 행위는 그저 담론 폭력을 행사함으로써 얻는 대리만족이자 현실도피에 불과하다는 것이다.

사이다 썰에 잠재한 증오와 혐오

'썰'은 이 시대의 민담이요, '짤'은 이 시대의 민화다. 당연한 일이다. 민담이란 민중들 사이에서 서사로 만들어진 이야기일 뿐이다. 그 이야기들은 본래부터 신성하지도 않았고, 딱히 아름답게 보이라고 만들어진 것도 아니었다. 단지 그 이야기들을 양반이나 학자 같은 엘리트들이 다듬어서 책에 예쁘게 올려놓았기에 남다른 눈길로 보게 되는 것뿐이다. 어쩌면

비주류 선언

민담은 책과 학술이라는 의식을 통해 지탱되는 아우라의 산물이다. 그 점에서 인터넷을 떠도는 단편적인 이야기인 썰은 오히려 현대적인 민담에 가깝다. 짤 또한 마찬가지다. 민화는 본디 민중들의 그림 그 자체를 말할 뿐이니까.

흥미롭게도 '사이다'라는 수식어는 이 둘 모두에 붙는데, 이 중 '썰'에 집중하고자 한다. '사이다 짤'은 사이다 기능을 하는 이미지가 아니라 '사이다'를 마신 듯한 기분을 표현하는 이미지이기 때문이다. 이에 반해 사이다 썰은 통쾌함을 느끼게 해주는 기능에 집중해 있다.

> 백화점 마트에서 애가 난리치고 다니다가 어떤 중년 부인이랑 부딪혔는데 애 엄마가 한다는 소리가 '애가 그럴수도 있죠.' 그러니까 그 중년 부인이 '그래 애는 그럴수도 있어. 근데 니가 그러면 안 되지'라고 하던데. 오 완전 우아해보이면서 멋졌음.[4]

SNS에서 엄청나게 퍼져나간 이 이야기를 들어본 적 있는가. 이는 사이다 썰의 한 원형을 보여준다. 어느 날 민폐가 있었고, 이 민폐는 누군가에 의해서 응징당한다. 민담이 그러하듯, 썰 또한 구전자에 따라 상당한 변형을 보여준다. 가령 식당 주인이 아이와 어머니를 쫓아내기도 하고, 아니면 그와 다른 제삼자가 아이의 어머니에게 면박을 주기도 한다. 게다가, 어떠한 B급 스토리에서는 화자가 아이에게 상해를 입히는 경우도 있었다.

이런 썰들은 어떤 구조를 가지고 있을까? 경험을 기반으로 한 추측에 불과하지만, 기본적인 구조는 모두 동일한 것 같다. 아이가 떠들고 어머니가 이를 방관하는 발단이 민폐로 존재하며, 그걸 누군가가 나서서 응징하는 부분이 결말이다. 요컨대 '민폐-응징'이라는 2막 구조가 서사의 기본을 이루고 있다는 것이다. 가끔 '갈등'이 들어가 3막의 구조를 이루고, 어떤 기나긴 서사는 이 '갈등'이 또다시 발전하여 '발단-전개-위기-절정-결말'의 완전한 이야기 구조를 이루기도 한다. 하지만 위에서 보듯이 최소한의 구조는 딱 2막이다. 바로 '민폐'와 '응징' 말이다.

어디선가 많이 본 구조다. 현대 웹소설은 '고구마' 후에 '사이다'를 꿈꾼다. 무림의 고수는 '굴욕'당했기에 '복수'한다. 그리고 만약 앞서 말한 대리만족론을 끌어다 적용한다면, 이러한 민폐와 응징의 2막 서사는 독자로 하여금 비참한 현실에서 도피하게 하며 대리만족이라는 현상으로 그 마음을 채워준다. 멀게 느낄 필요 없다. 낮에는 학교나 회사에서 잔뜩 굴욕감을 느끼며 하루를 살아간 뒤, 저녁에 스마트폰을 앞에 두고 사이다 썰을 보며 낄낄거리는 것을 말할 테니까. 어쩌면 이 썰과 사이다는 오히려 전통적인 민담의 권선징악으로 치환될 수도 있다. 악인의 민폐를 응징하는 것이야말로 권선징악의 핵심이니까.

SNS 썰은 게시하고 공유하기에 널리 전파된다. 다양한 공유

게시물이 독자의 성향에 따라 하나의 계정으로 모여든다. 그 성향의 썰들은 다양한 곳에서 비슷한 주제로 계속 새롭게 보급되고, 계정의 주인은 비슷한 썰들을 매일매일 반복해서 보게 된다. 거기에 더해 스스로 글을 게시하고 의견을 피력하여 비슷한 의견을 모으기도 한다. 가끔 의견이 다른 사람도 오지만, "예, 뮤트하겠습니다"나 "신고할게요"라고 적당히 말하면 그만이다. 커뮤니케이션 연구에서는 이런 점에서 SNS가 한 사람에게 커다란 영향력을 미친다고 보았다. 심지어 미국의 한 연구는 사람의 폭력성을 부추기는 게 게임이 아니라 게임 커뮤니티라고 주장하기도 했다.[5]

그렇다면 SNS를 통해 공유되는 사이다 썰은 민담 역사상 가장 강력한 파급력을 가져올 수 있다. 또한 사이다 썰 밑에 잠재한 '논리 구조' 역시 엄청난 힘을 가져올 수 있다. 사이다 썰의 구조인 '민폐'와 '응징'은 세계를 어떻게 받아들이는가? 그건 어쩌면 '공격'이자 '굴욕'이며, 그로 배태된 '증오'이자 '혐오'일 수도 있다. 나는 지금 사이다 썰이 세계를 증오로 뒤덮었다는 이야기를 하는 건 아니다. 세상이 증오를 선택했기에 그에 맞는 형식이 들어오는 것일 뿐이다. 우리는 그 형식이 어떤 재생산 효과를 가져오는지 보아야 한다.

실제로 위의 예시는 한 가지 중요한 혐오 담론과 중첩되어 있다. 바로 '맘충'이다. 간혹 '노 키드존'과 함께 이야기되며, 신문 기사와 썰에 등장하는 그 많은 민폐는 어쩌면 진실일지도 모른다. 하지만 그 점에 대해서 토론하고 싶지는 않다. 무엇보다, 예의 없는 부모가 많다는 말이 어머니를 벌레로 보는 것과 동일한 것은 아니다. '벌레'라는 이름으로 상대가 사람임을 거부하는 담론은 기본적으로 혐오의 감정에서 시작할 수밖에 없다. 가볍게 생각해봐도 사이다 썰은 특정 집단을 공격하는 담론과 겹쳐진다. 가령 '김치녀'와 '한남' 사이를 이야기해볼 수 있겠다. 그들은 그들 자신의 사이다 썰들을 공유한다.

한국 무협의 담론은 이 모든 게 현실도피와 대리만족에서 근원한다고 교시한다. 사이다 썰에서 혐오까지 다다르는 것은 오직 이 비참한 현실을 도피하고, 남에게 증오를 쏟음으로써 대리만족하는 것일 뿐이다. 그렇다면 결과적으로 볼 때 '협'은 사람을 낙인찍는 '혐오'로 볼 수도 있다. 무림은 계속해서 '적'을 상상해왔다. 흉맹하기 그지없는 마교든, 위선적이기 그지없는 정파든, 아니면 음란하여 역겨운 '여성'이든. 그 점에서 무협의 담론은 어떤 혐오에 귀결되어야 한다. 그리고 이런 이야기는 한 개인을 상상하게 한다. 비참한 단칸방에서 미래 없는 하루하루를 살다, 그 현실을 이기지 못해 디지털 세상으로 도피하여 남을 욕하는 것으로 대리만족하는, 그런 종류의 개인 말이다. 확실히 이것은 우리가 혐오했던 것만큼 혐오스러운 무언가다.

마치 피해망상에 사로잡힌 듯한 이상한 결론이라고 생각할 수

비주류 선언

있다. 도대체 어디를 몇 번이나 비약했기에 이런 결론이 나오는 것인가? 하지만 거칠게 나아간 논리의 고리들은 그럭저럭 납득할 구석이 없지는 않다. 헐겁지만 부서진 수준은 아니다. 그렇다면 '대리만족'에 대한 이야기부터 다시 생각해보자. 언제부터 협이라는 사적 정의가 현실도피와 대리만족으로 귀결되었는가?

협, 사이다, 혹은 혁명의 전야

협은 본디 반역의 글자이다. 고전무협의 정수로 인식되는 『수호전』은 도적들이 사람을 죽이고 재물을 빼앗으며 관아를 터는 이야기다. 그러하기에 불만을 가슴에 품은 사람들에게 호걸들의 행동은 짜릿하기 그지없었으며, 부패한 정권에 쓴소리를 아끼지 않았던 명나라의 사상가 이탁오는 아예 수호전에 주석을 달며 끊임없이 중얼거렸다. "통쾌하다, 통쾌하고도, 통쾌하다!" 수호전 호걸 중 한 명인 이규가 사람을 도살할 때의 문장이다.

그렇기에 『수호전』의 앞에는 충의忠義라는 말이 붙고는 했다. 그런 말이 붙어야 즐기기가 덜 위험하기 때문이다. 그렇게 명부터 청까지 줄곧 500년이나, 문장마다 스며든 반역의 기운을 눌렀다. 하지만 혁명의 나날에 있어 마오쩌둥은 『수호전』을 두고 이렇게 말했다고 전해진다. "『수호전』은 정치 서적으로 간주해야 한다. 묘사한 것은 북송 말의 사회 상황이다. 중앙정부가 부패하면 군중은 반드시 혁명을 일으킬 것이다." 또 옌안에서는 이렇게 말하기도 했다. "『수호전』 안 양산박 호걸들은 모두 쫓기어 양산으로 올라갔다. 지금의 우리 또한 산으로 쫓기어 가 유격을 한다." 어쩌면 게릴라 처지로 살아가던 중국의 마르크스주의자들은, 『수호전』을 읽으며 그날의 기분을 곱씹었을지도 모를 일이다.

확실히 그 점을 생각해본다면 조선의 지배층이었던 이식이 『택당잡저』에서 한 말은 일리가 있다. 그에 따르면 『수호전』을 쓴 것은 죄라, 그 자식들이 귀머거리가 될 일이었고, 허균이 『수호전』을 모방해 『홍길동전』을 쓴 것은 더 큰 죄라, 그 집이 역적 모의로 멸문지화를 당하는 게 인과응보였다.

이미 무협이라는 것은 근본적으로 현실도피와 대리만족을 넘은 이야기다. 그럴 수밖에 없다. 나라에 대한 불만을 담은 이야기를 읽고 함께 이야기하는 것은 서로의 마음을 확인할 순간을 준다. 게다가 공유하는 이야기는 서로를 이어주기에 이르러 논의를 시작하게 한다. 읽고 논의하는 것만으로 '의견'이 생긴다. 그곳에서 시작한 연대의 시간이란 본디 반란과 혁명으로 점철된 나날의 첫 발자국이었다. 의심스럽다면 사마천의 『사기』에서 「유협열전」을 깊이 들여다보아도 좋다. 그 안에는 유협에 대한 지배층의 두려움이, 그리고 궁형을 당했던 사마천의 울분이 깊

비주류 선언

이 배어 있다.

생각해보면 협은 혁명의 단어일 수밖에 없다. 댓글과 썰만 해도 그렇다. 우리는 댓글로 서로 연대하여 촛불을 들고 광화문 앞에 섰으며, 일찌감치 국정원은 그것을 두려워하여 필사적으로 댓글을 조작하려 했다. 부작용이 없다는 말은 아니다. 댓글을 통한 사이버 불링Cyber Bullying은 현재의 문제다. 썰들 또한 실제로 혐오를 조장한다. 댓글이나 썰은 말에 즉각적인 책임을 지지 않아도 되는데, 그 영향력은 상당히 광범위하다. 하지만 무기와 힘은 언제나 쓰기 나름이다. 형식의 위험성을 보완하고 긍정적인 면을 장려하기 위해 플랫폼, 법, 교육이라는 제도가 존재한다. 사실, 본래부터 폭동과 반란은 혁명과 쉽사리 구분되지 않았다.

그렇기에 무협의 기나긴 역사의 관점에서 보면 오늘날의 무협과 무협론은 아주 이상한 것이다. 30년 전만 해도 무협 안에는 세계를 움직일 기세가 들어 있었다. 어두컴컴한 극장에서 이소룡을 보던 소년들은 또 다른 이소룡이 되기를 소망하며 자신의 현실을 위해 운동을 하지 않았던가. 저 멀리 태평양 너머에서 이소룡을 보던 미국의 흑인들은 또 다른 제3세계의 영웅을 꿈꾸며 스크린 앞에 서기도 했다.

하지만 지금의 무협소설은 아무리 보아도 그런 측면이 적다. 오직 현실도피와 대리만족을 위한 텍스트일 뿐이다. 그렇다면 오히려 무협의 의의를 현실도피와 대리만족으로 규정해버리는 담론 자체가 그런 텍스트를 만들었다고 보아야 한다. 그리고 그 담론들의 이유를 물어야만 한다.

아직 무협소설 연구는 그 담론들이 어디서 태어났는지 그 고향조차 밝혀내지 못했다. 하지만 대리만족'만'을 주장하는 담론이 실력이 떨어지는 작가와 관계자들을 합리화하기 위한 것이라는 사실은 퍽 분명해 보인다. 물론『군림천하』의 용대운과 같은 한국무협의 태산북두 또한 '대리만족'을 무협의 재미이자 목표라고 생각하기도 했다. 그는 인터뷰[6]에서 분명 다음과 같이 말했다. "장르 소설의 근간은 대리만족이고, 그걸 추구하는 게 작가의 가장 큰 목표라는 생각은 안 접었으면 좋겠어요." 확실히 이 점을 생각해보면, 독자가『수호전』을 읽는 일차적인 이유 또한 자신의 울분을 글로나마 풀어주는 대리만족에 있다고 볼 수 있다. 하지만『수호전』의 매력은 그 멋들어진 문장과 디테일한 인물 묘사에도 존재했고, 그 효과는 다름 아닌 반란이었다.

우리는 비루하지도, 고귀하지도 않다. 그렇기에 대리만족에 매달리면서도 반란의 말들을 통해 연대한다. 그렇기에 협은 혁명의 기록을 남긴다. 협은 민의를 만들어 지배층을 자처하는 인간들을 두려움에 떨게 한다. 대리만족과 현실도피의 굴레를 벗어난 사이다는 이미 의견을 만든다. 그리고 그 의견은 조금씩 무언가를 바꿔나가기 시작한다. 혁명적으로.

1) 량셔우중, 『무협 작가를 위한 무림세계 구축교전』, 김영수 옮김, 들녘, 78~79쪽.

2) 량셔우중, 위의 책, 78쪽.

3) 량셔우중, 위의 책, 78쪽.

4) SNS에서 다량 공유된 내용을 편집부에서 각색한 것이다.

5) Andrew K. Przybylski · Netta Weinstein, 「Violent video game engagement is not associated with adolescents' aggressive behaviour: evidence from a registered report」, 〈Royal Society〉, 2019년 2월 13일 자(https://doi.org/10.1098/rsos.171474).

6) 텍스트릿 인터뷰 「지금, 신무협은 어디에-용대운 선생님을 만나다(3편)」 참조(http://textreet.net/board_KsZr90/32796).

신음 소리에 담긴
한국 여성의 욕망

2019년 넷플릭스가 공개한 〈어쩌다 로맨스〉는 어느 날 갑자기 13세 미만 관람 불가 로맨틱 코미디 영화의 주인공이 된 나탈리의 이야기다. 이 영화에서 가장 웃긴 장면은 나탈리가 현실로 돌아가기 전 잘생기고 부유한 남자와 하룻밤을 보내려는데 상황이 바로 다음 날 아침으로 넘어가는 시퀀스일 것이다. 나탈리는 이 사실을 믿지 못하고 같은 시퀀스를 세 번 반복한다.

베드신이 등장하지 않는 로맨스 소설은 앙꼬 없는 찐빵 같다. 2002년 로맨스 소설 커뮤니티인 로망띠끄(http://new.toto-romance.com)에 올라온 한 댓글의 내용이다.[1] 솔직해지자. 우리는 로맨스 소설을 읽을 때 남녀 주인공이 서로의 감정을 확인하고 손을 맞잡거나 포옹을 하는 정도로 끝나는 것을 바라지 않는다. 키스신도 부족하다고 느낄 수 있다. 좀 더 농밀한 접촉을 보기를 원한다. 최근에는 전 연령가로 연재되는 로맨스 소설조차 직접적 행위를 묘사하지 않더라도 침실 안에서의 에로틱한 긴장감을 보여준다. 그리고 독자들은 탄식한다. 마치 〈어쩌다 로맨스〉의 나탈리처럼 말이다.

애초부터 성인용 로맨스를 연재할 수 없는 네이버나 카카오페이지 등의 플랫폼을 제외하고 리디북스, 조아라, 북팔 등의 웹소설 연재 플랫폼에서는 19세 미만 관람 불가로 표시된 로맨스(이하 '19금 로맨스')가 큰 인기를 끌고 있다. 예를 들어, 리디북스의 경우 2019년 5월 기준 로맨스 소설 단행본 베스트셀러 1위에서 100위 중 19금 작품이 90개에 달하며, 연재되고 있는 로맨스 작품의 베스트셀러 순위를 보더라도 100위 안에 있는 19금 로맨스가 80개다.

물론 각각의 소설마다 노골적인 표현의 정도나 섹스신의 비중에는 차이가 있을 것이다. 어쨌든 성관계가 한 번이라도 등장하면 법적으로 청소년은 볼 수 없으니, 이 소설들의 성관계 묘사에 대한 질적인 부분의 차이는 확신할 수 없다. 하지만 전체적인 경향은 성인 로맨스 독자가 로맨스에서 에로틱한 장면을 원하고 있다는 것을 보여준다.

개략적인 한국 19금 로맨스의 역사

한국 로맨스 소설의 초기부터 작가들은 작품 속에서 성관계를 어느 정도로, 어떻게 표현할 것인가에 대해서 고민한 것으로 보인다. 1996년 신영미디어에서 주관한 로맨스 소설 현상 공모에 당선되며 공식적으로 최초의 한국 로맨스 소설이 된 박윤후 작가의 『노처녀 길들이기』에서도 서사적인 장치로 애무 장면 등이 등장한다. 이를 통해서 남자 주인공은 그를 헷갈리게 만든 두 명의 여자가 사실은 동일 인물이라는 것을 확신하게 된다. 2000년 출간된 이진현 작가의 『해적의 여자』에서는 강간 모티프가 반복적으로 등장한다. 하지만 이 소설에서 강간 장면은 남녀 주인공의 갈등이 깊어지는 계기로 등장하고 폭력적으로 보일 뿐, 선정적으로 다가오지는 않는다. 이지환 작가의 『화홍』에는 노골적인 성 묘사가 등장하지만 대부분 악역 여자 조연의 캐릭터인 요부로서의 면모를 보여주기 위해서 쓰인 경향이 컸다. 이와 같이 2000년대 초반 로맨스 소설의 섹스신들은 대개 서사를 위한 기능적인 면모로 사용되었다. 섹스신들은 독자들의 즐거움을 위한 것이었다기보다는 캐릭터의 조형을 풍부하게 하거나 갈등을 심화시키는 계기, 혹은 매우 모범적으로 사랑을 확인하는 절정의 순간에 등장했다. 이 소설들은 간행물 윤리위원회에서 청소년 유해 간행물로 선정되지 않았다.

이러한 초기의 경향에 충격을 주며 등장한 것이 쇼콜라 작가였다. 쇼콜라 작가의 글은 다른 로맨스 소설보다 성관계 묘사의 비중이 높았다. 무엇보다 표면적으로 행위를 나열하는 방식이 대부분이었던 기존의 로맨스 소설들과 달리 신음 소리, 관계 중 대화, 성적인 자극과 신체적·심리적 반응 등을 자세하게 다룸으로써 독자에게 입체적인 섹스신을 제공했다. 쇼콜라 작가는 2005년에 『침대 속의 사정』을 종이책으로 출간했는데 이는 간행물윤리위원회의 심의에 부적격 판정을 받았다. 로맨스 장르의 경계가 분명하게 가시화된 사건이었다. 이후에도 쇼콜라 작가는 『포스터 속의 남자』, 『스프링 레이디』 등의 작품을 통해 자신의 스타일을 고수하여 '19금 로맨스'의 기틀을 다져놓았다. 그러나 쇼콜라 작가의 스타일은 다른 로맨스 작가들에게 곧바로 채택되지는 않았다. 2000년대 중후반 동안 한국의 19금 로맨스는 여전히 적합한 묘사의 비중과 양식을 실험하는 과정에 있었다.

그러던 중 로맨스판타지 장르의 태동과 더불어 19금 로맨스의 판도가 바뀌기 시작한 것이 2012년경의 일이었다. 이 시기에 비로소 19금 로맨스의 양식이 어느 정도 안정화되었다고 할 수 있다. 장르 소설 플랫폼인 조아라에서 흰설탕 작가의 「꽃의 여왕」, 김휘빈 작가의 「세계 평화를 위한 유일한 방법」, 「마리아의 아리아」가 유료 연재되었다. 이 소설들의 특징은 무엇보다도 섹스신을 글을 읽는 목적 중 하나로 만들었다는 데에 있었다. 판타지 배경과 세계 설정은 여자 주인공에게 사회적으로 부여되었던 도덕적 제약을 제거함으로써 표현의 가능성을 넓혔다. 「마리아의 아리아」는 현대를 배경으로 했지만 과거 19금 로맨스들이 여자 주인공의 '가치'를 지키기 위해서 선택했던 모티프들을 노골적으로 전면화하면서 장르적인 비평을 행했다. 그러나 독자들에게는 이보다 도착적인 섹스신들이 더욱 인상적으로 다가온 듯하다. 이 소설들은 로맨스 장르에서 서사가 진행되는 것을 보며 감정적인 만족감을 얻듯이, 19금 로맨스에서 성관계 묘사를 읽으며 감각적 즐거움을 느끼며, 이것이 19금 로맨스의 본질이라는 것을 보여줬다. 이러한 감각적 즐거움의 목적이 강해진 일군의 로맨스 소설들을 이 글에서는 '고수위 로맨스'라고 따로 이름 붙여 부를 것이다. 2015년 연재된 하늘가리기 작가의 「루시아」가 엄청난 인기를 끌게 된 이후 19금 로맨스는 양적으로도 폭발적으로 늘어나게 되었다.

현재 19금 로맨스는 크게 두 가지 형태로 나뉜다. 한쪽은 로맨스 장르의 관습과 문법을 충실하게 따르면서 농밀한 섹스신을 포함하는 온건한 19금 로맨스 계열이다. 이 경우에는 섹스신보다는 남녀 주인공의 관계 발전 쪽에 더 비중을 두게 된다. 다른 한쪽은 로맨스 장르의 문법보다는 양식화된 섹스신을 통해 독자들에게 성적인 즐거움을 제공하는 것을 서사 못지않게 중요하게 여기는 고수위 로맨스 계열이다. 이 두 계열은 서로에게 완전히 배타적이지는 않지만 기본적으로 19금 로맨스를 바라보는 시각과 감성에 차이가 있다. 전자가 로맨스 장르 내부로부터 영향을 더 많이 받은 세대라면 후자는 만화, 게임, 팬픽 등 장르 외부로부터 더 많은 영향을 받은 세대다.

계급적 구별 짓기의 욕망

앞서 소개한 바 있는 쇼콜라 작가의 사례로 돌아가보자. 2005년 쇼콜라 작가의 『침대 속의 사정』이 종이책으로 출판되었다. 『침대 속의 사정』은 여자 주인공이 술에 취해 실수로 남자 주인공과 성관계를 맺은 뒤, 그 후부터 육체적 관계를 지속해나가면서 사랑을 깨닫는 전형적인 서사 구조를 띠고 있다. 여자 주인공은 남자 주인공과 남자 조연 사이에서 나쁘게 말하면 속물적으로 저울질하다가 결국은 평사원에 외모도 그다지 훌륭하지 않은 남자 주인공을 선택한다. 지나치게 솔직하기는 하지만 전체적인 서사 자체는 이전에 있었던 소설들과 크게 다르지 않았다. 다만 섹스신의 비중이 컸고, 독자들의 신체를 흥분시킬 수 있을 만한 수위의 양식을 사용했으며, 사회적·도덕적으로 흠잡을 데 없는 여자 주인공을 설정하지 않았다. 종이책 출판 후 로맨스 커뮤니티의 반응은 좋지 않았다. 당시의 분위기는 한국 로맨스 작가 협회 럽펜(lovepen.net) 홈페이지 신간 소설 소개란에 남아 있다. 섹스신이 지나치게 많아 "포르노 로맨스"라는 새로운 장르를 만들었다는 일갈에서부터 대여점에서 청소년이 볼까 봐 두렵다는 댓글도 달렸다. "저질의", "역겨운"과 같은 감정적인 반응들도 눈에 띈다.[2]

소설 『침대 속의 사정』을 둘러싼 로맨스 커뮤니티의 반응은 2000년대 초반부터 있었던 로맨스와 포르노를 가르는 경계의 문제가 가시화된 사건이었다. 이미 로망띠끄의 독자 게시판에는 2002년에 로설(로맨스 소설)과 야설(야한 소설의 준말, 포르노 소설)의 관계에 대해서 논의한 내용이 남아 있다.[3] 이러한 논의는 로맨스 소설과 포르노 장르의 경계가 언제나 모호했다는 것을 역설적으로 증명하는 것이기도 하다. 로맨스 커뮤니티가 이 이야기를 진행해나가면서 여러 가지 논제들을 꺼내 들었다. 소재와 관계의 도덕성을 비롯해 정사 장면이 남성 중심적인가, 소설의 목적이 섹스신 자체에 있는가 사랑 이야기에 있는가 등등 아직까지도 경계를 가르는 지점에 놓여 있는 질문들이다. 이 모두는 사실 로맨스 소설과 포르노가 다르다는 것을 증명하기 위한 것이었다. 이에 대해서도 이야기하겠지만 그보다 먼저 로맨스 커뮤니티가 로맨스와 포르노를 분리하고자 한 욕망을 분석해볼 필요가 있다.

2000년대 중반, 『침대 속의 사정』에 대한 로맨스 커뮤니티의 생리적인 반응("역겨운")과 거부감은 여러 가지를 이야기해주는데, 그중 하나는 공간과 오염에 대한 공포와 관련되어 있다. 대여점이나 서점에서 청소년 구매 불가의 표시가 없이 일반 로맨스 소설로 분류된 이 특정한 소설이 청소년들의 성 관념에 유해한 영향을 미칠 것이라는 우려였다. 전자책으로 유통된 동일한 소설에 대한 반응은 꽤 호의적인 편이었고 판매 실적도 좋았던 것으로 추정된다. 다만 온라인에서는 '레드 로맨스'라는 성인용 로맨스 소설로 유통되어 실명 인증과 로그인을 하지 않고는 접근이 불가능했기 때문에 종이책 출간 때와 같은 공포를 일으키지는 않은 것이다.

포르노는 전염병과 같고 아동·청소년들을 잘못된 성 관념으로 오염시킨다는 사회적 인식이 있다. 페미니스트를 포함한 많은 여성은 포르노를 여성 혐오적이고 구토를 유발하거나 역겨운 것으로 표현하기도 한다. 동시에 문화적으로 포르노는 의미가 없는, 즉각적이고 말초적인 감각을 자극하는 저급한 문화의 산물로 이해되는 경향도 있다. 종이책으로 출간된 『침대 속의 사정』을 둘러싼 로맨스 커뮤니티의 비난은 이와 매우 유사하다. 당시 이 소설이 "역겨운" 것으로 인식된 이유는 포르노와 관계가 있는 것으로 상정되었기 때문이다. 적어도 그들은 이 소설을 포르노의 개념과 그를 둘러싼 감정에 연루시키고 있으며, 포르노를 문화적 공간, 대여점 등에서 배제할 것을 요구한다.

그런데 이를 잘 들여다보면 포르노의 개념과 그를 둘러싼 감정들이 로맨스 장르를 둘러싸고 일어났던 사회적 비판과 유사한 측면이 있다는 것을 발견할 수 있다. 영미권의 로맨스 소설이 수

입되고 인기를 끌고 있을 때, 신문에는 한국의 여학생들에게 잘 못된 서양의 성 풍조가 퍼질까 우려하는 기사가 실렸다.[4] 페미니스트들은 로맨스가 가부장적 가족 구조를 재생산하며 현실도피의 수단이 된다고 비판한다. 로맨스를 좋아하지 않는 사람들은 로맨스 장르에 대해서 유치하다거나 손발이 오그라든다고 평가하기도 한다. 동시에 로맨스는 같은 패턴의 서사가 반복되고 감정적인 자극만 주는 저급한 문학이라는 평가를 받은 적도 있다.

이는 로맨스와 포르노가 같다는 말이 아니다. 단지 로맨스도 포르노처럼 문화적인 위계질서 안에서 낮은 지위를 차지하고 있으며, 이를 정당화하는 사회적 논리가 유사하다는 것이다. 이 논리는 '좋은' 취향의 고급 문화, 제도권 문학, 예술영화 등과 비교하여 로맨스와 포르노는 보다 '저급한' 취향의 대중문화에 속한다는 계급적 구별 짓기의 구조를 보여준다. 로맨스를 포르노와 구분 짓고자 하는 행동은 상대적으로 '저급한' 평가 안에서도 더욱 '비천한' 장르로부터 자신을 분리하려는 욕망이 반영된 것이다. 포르노의 말초적 자극은 로맨스의 감정보다도 더욱 신체에 밀접한 반응이다. 그러므로 포르노는 로맨스보다 지적인 비평적 사유를 요구하는 예술과 상대적으로 더 거리가 멀다. 한편으로 초기의 한국 로맨스 소설은 문학성을 추구하며 다른 한편으로는 더 비천한 장르와 스스로를 구별 짓는 과정 속에서 투쟁해왔다.

19금 로맨스의 법칙

2010년대 이후 성인을 위한 로맨스 소설의 두 가지 유형인 온건한 19금 로맨스와 고수위 로맨스 모두 여성의 욕망을 충족시키기 위한 환상 구조를 가진 소설들이다. 전자는 앞선 로맨스 장르의 계급적인 구별 짓기의 욕망을 계승하고 있다. 반면, 2012년 이후 성립된 고수위 로맨스의 경우는 이와는 전혀 다른 욕망을 반영한다. 이들이 로맨스 장르와 포르노에 갖고 있는 입장도 사뭇 다르다. 우선은 '비천한' 포르노 장르와의 구별을 위해서 온건한 19금 로맨스 장르가 취하고 있는 전략들을 살펴보자.

온건한 19금 로맨스와 포르노를 구분하는 한 가지 방법은 서사와 섹스신의 유기성을 살펴보는 것이다. 포르노는 맥락 없이 섹스신을 통해 수용자의 신체를 흥분시키는 것이 주된 목적인 데 반해서, 로맨스 장르는 남녀 주인공의 관계 진전과 감정적인 고조를 독자들이 느끼도록 하기 때문이다. 그러므로 19금 로맨스라 하더라도 농밀한 섹스신은 두 주인공이 맺은 사랑의 결실로 등장하거나 사랑이 진전되는 계기로 등장한다. 설사 노골적인 섹스신 묘사가 독자의 성적인 감각을 자극하더라도 이는 남녀 주인공의 아름답고 낭만적인 사랑의 감정에 의해서 맥락을 갖게 된다. 예를 들어, 노승아 작가의 『키스 미』와 같은 경우는 키스를 가르쳐주겠다는 명목하에 오랜 친구인 남녀 주인공이 계약을 맺으면서 시작한다. 키스에서 시작해서 스킨십이 진전될수록 여자 주인공은 남자 주인공에게 끌리게 된다. 이 소설에서 성적인 접촉은 서로가 친구에서 연인 관계로 발전하면서 감정뿐만 아니라 육체적인 관계에서도 서로를 알아가는 과정이 된다. 이 소설은 성관계를 노골적으로 묘사하기보다는 효과적으로 성적인 긴장감을 유발하고 있는데, 이 또한 온건한 19금 로맨스의 특징 중 하나다.

이러한 로맨스 장르적 법칙을 잘 따르는 온건한 19금 로맨스 소설의 섹스신은 섹슈얼리티 가치 체계에서 모범적인 것들을 따르는 경향이 있다. 게일 루빈은 「성을 사유하기: 급진적 섹슈얼리티 정치 이론을 위한 노트」에서 이 체계에서 '좋은' 섹슈얼리티는 비슷한 세대의 결혼을 기반으로 하는 일대일의 이성애 관계이며 비상업적이고 도구를 사용하거나 SM 등의 도착적 행위를 해서는 안 된다고 말한다.[5] 이 글이 1982년에 발표된 것을 감안한다면 몇 가지 사항은 변경될 수 있을 것이다.

그러나 대부분의 온건한 19금 로맨스 소설들은 이 범주를 잘 지킨다. 일부 고수위 로맨스 소설을 제외하고 일반적으로 19금 로맨스는 자신의 성적 욕망에 솔직하다고 하더라도 사회적으로 용인될 수준으로만 개방적인 여자 주인공들을 선호한다. 여전히 한국 19금 로맨스에는 성 경험이 없는 여자 주인공들이 많으며, 있더라도 손에 꼽을 정도에 그다지 좋은 경험도 아니었던 것으로 설정된다. 남자 주인공과의 관계의 탁월함을 강조하기 위한 것이지만 다른 한편으로는 아직까지도 현대 한국의 여성들이 성적으로 억압되어 있음을 보여준다.

여성 작가와 독자가 여자 주인공의 성적 무지를 선호하는 경향은 사회적으로 가치가 더 높고 바람직하다고 생각하는 여성상이 '성녀'의 이미지임을 반영하는 결과다. 잘 알려진 바와 같이 '성녀'와 '창녀'의 이분법은 결혼 상대이자 미래의 어머니로서의 여성과 성적인 쾌락 대상으로서의 여성을 분리하는 것이다. 우에노 지즈코가 지적하듯이 성녀와 창녀의 이분법은 남성이 만들어낸 분리 통치 정책이다.[6] 이로 인해 여성 또한 남성 사회 내부에서 자기와 다른 이미지를 가진 여성을 서로 증오한다. 한편으로 로맨스 장르가 여전히 '성녀' 이미지를 버리지 못하는 것은 사회적 인식이 아직 완전히 바뀌지 않았기 때문이다. 다른 한편으로 로맨스 장르는 현존하는 가부장제 질서 안의 남녀 불평등 구조 속에서 여성성의 온전한 승리와 보상을 꿈꾸기 때문에 이러한 사회적 인식을 반영한다. 보통 19금 로맨스는 재생산과 보살핌을 위한 '성녀'가 남자 주인공의 성적 욕망의 대상이 되면서도 '창녀'는 되지 않는 것을 추구한다.

이를 위해서 로맨스 장르는 몇 가지 설정과 서사적 전략을 사용한다. 첫째로는 로맨스 장르에서 문제적인 것으로 유서 깊은 강간 모티프다. 강간 모티프는 여자 주인공이 헤퍼 보이지 않으면서도 성적인 영역을 탐험할 수 있는 변명이 된다. 강간 모티프를 사용할 경우 대개 강간 이후 남자 주인공이 여자 주인공의 육체적 매력에서 헤어나지를 못하고 나중에 자신의 감정을 깨닫고 처절하게 후회하는 노정을 따른다. 이 경우에 여자 주인공은 죄 없는 어린양으로, 매우 수동적이지만 결국에는 남자 주인공과의 권력 투쟁에서 승리하게 된다. 물론 정치적으로 올바르지 못한 전략이고 그만큼 비판도 많이 받는다.

많이 쓰이지는 않지만 여자 주인공이 분명히 허락을 했으나 그것을 그녀가 기억하지 못하는 상황도 있다. 예를 들어, 여자 주인공이 술에 취해 인사불성이 된 경우가 이에 해당한다. 사실 엄밀히 따지자면 강간에 해당하지만 진위를 알 수 없기에 관계를 시작하기 위한 계기로 이용하는 것이다.

두 번째는 하늘가리기 작가가 「루시아」에서 쓴 방식으로, 계약 결혼이라는 합법적 형식을 빌려 남녀 주인공의 성관계를 정당화하는 방법도 있다. 여자 주인공은 초야의 의무를 명분으로 삼아 자신이 원하는 것을 입 밖으로 내지 않고 성취하고 남자 주인공은 이를 알면서도 묵인한다.

세 번째로는 주로 고수위 로맨스 판타지에서 사용하는 방식으로, 어쩔 수 없는 세계관을 설정하는 것이다. 애초에 세계관이 다르기 때문에 여자 주인공이 잦은 성관계를 맺는 것이 용납된다. 예를 들어, 흰설탕 작가의 「꽃의 여왕」은 여자 주인공이 남자들의 정력을 흡수해야만 성장하는 정령이라는 설정을 사용하고 있다. 이 소설은 한 명의 여자 주인공에 여러 명의 남자 주인공이 등장하는 역하렘물인데 애초에 인간이 아니고 성관계가 생존 및 성장에 필요하다는 설정을 넣어 도덕적인 비난으로부터 손쉽게 벗어난다.

독자들을 흥분시키는 고수위 로맨스의 양식

앞서 온건한 19금 로맨스는 문화적 위계질서에 따라 포르노와 구별 짓는 욕망에 동조한다고 이야기한 바 있다. 그러나 2012년 이후 등장한 고수위 로맨스는 이와 결이 다르다. 이들은 이 위계질서에서 이탈하고 전자책과 웹소설 시장을 중심으로 쾌락과 소비 논리에 따라 포르노의 기능을 적극적으로 수용했다. 물론 고수위 로맨스도 온건한 19금 소설처럼 내용적인 측면에서 사랑 이야기를 진행하고 섹스신을 남녀 주인공의 관계 발전과 유기적으로 연결한다. 이야기의 전개보다 섹스신 묘사에 더 신경을 쓰더라도 그 안에서 육체적 교류와 감정적 교류가 동시에 일어나고 있기 때문에 완전히 로맨스 서사와 별개라고 할 수는 없다.

다만 고수위 로맨스의 경우 '좋은' 섹슈얼리티의 가치 체계를 따를 필연성을 별로 느끼지 못한다. 섹슈얼리티의 금기를 위반

하는 것이 예사인 포르노와 구분 지을 필요가 없으니 소재의 범위도 넓어진 것이다. 보통 변태적이거나 도착적이라고 일컬어지는 행위들이 표현되기도 하고 여성과 남성의 성기, 성관계를 속되게 설명하는 더티 워드dirty word가 사용되기도 한다. 성적으로 무지하고 순진한 여자 주인공을 설정할 필요성도 온건한 19금 로맨스보다는 적다는 점에서 차이가 있다. 다만 시장성의 측면에서 여전히 '성녀'의 이미지를 따르는 여자 주인공에 대한 선호도가 높고 작가 또한 여주인공의 도덕성 문제를 피해갈 수 있다는 이점이 있어 자주 사용되는 것으로 보인다. 고수위 로맨스 소설 중 역하렘물에는 순진한 여주인공만큼이나 자신의 성적 욕망을 적극적으로 추구하는 여주인공도 눈에 띈다.

고수위 로맨스를 결정짓는 것은 이러한 내용과 서사, 설정뿐 아니라 섹스신 자체를 읽는 목적으로 만드는 형식과 양식적인 측면에 있다. 이 양식이 제공하는 것은 온건한 19금 로맨스에서 보여준 서사를 통해 고조되는 '좋은' 사랑과 섹스에 대한 환상과는 다르다. 앞으로 나열할 고수위 로맨스 양식은 언제나 보장되는 오르가슴의 환상과 독자들이 소설을 읽으며 감정과 함께 신체적인 감각까지도 공명시키는 기능을 한다. 이러한 양식은 한국 로맨스에서 완전히 자생적으로 발생했다기보다는 남성을 겨냥하고 제작된 포르노 소설, 2013년 한국에 정식으로 번역·수입된 일본의 TLTeen's Love 소설 등의 영향을 받은 것으로 추정된다.[7] 이

         비주류 선언

러한 경향의 차이는 온건한 19금 로맨스를 쓰는 작가들과 고수위 로맨스를 쓰는 작가들의 세대적 차이와 향유하는 문화적인 토대가 다르기 때문인 것으로 보인다.

고수위 로맨스에서 가장 특징적으로 발견되는 것은 여자 주인공의 잦은 오르가슴이다. '눈앞이 하얗게 반짝'이거나 '쾌락이 허리에서부터 파도처럼 밀려오는' 등 여성 오르가슴을 암시하는 관습적 표현들은 이 하위 장르의 기본 환상이 이를 중심으로 형성되어 있음을 보여준다. 남자 주인공은 언제나 여자 주인공의 오르가슴을 위해서 최선을 다해 봉사한다. 다르게 말하면 고수위 로맨스의 섹스신은 여자 주인공의 쾌락이 중심이며 남자 주인공의 쾌락은 부수적이다. 남자 주인공은 이를 위해서 뛰어난 체력과 정력을 지니고 있는 인물로 설정된다.

소설의 형식은 만화나 영상과 달리 시각적으로 보이지 않는 여성 오르가슴을 효과적으로 표현하기에 알맞다. 고수위 로맨스에서 남자 주인공의 자극과 행위에 여자 주인공이 내외적으로 반응하는 모습이 매우 자세하고 감각적으로 묘사될 수 있다는 것은 소설이 여성을 위한 포르노 기능에 있어 특권적인 위치에 있다는 것을 증명한다. 고수위 로맨스에서 성관계의 묘사는 행위에 대한 시각적인 표현, 피부와 내장 기관의 반응을 보여줄 수 있는 촉각적 표현과 앞으로 설명할 신음 소리에 의한 청각적 표현의 복합체다. 이에 미각적인 표현이 추가되기도 한다.

또 고수위 로맨스에서 흥미로운 지점은 신음 소리의 리드미컬한 사용이다. 신음 소리는 2005년 쇼콜라 작가의 소설에서 주로 사용되었지만 이후 로맨스 작가들의 작품에서는 잘 나타나지 않았다. 그러다가 2010년대에 들어 고수위 로맨스 계열에서 안정화된 양식으로 활용되는 것을 볼 수 있었다. 이러한 신음 소리의 사용은 일본 콘텐츠로부터 영향이 있었을 것으로 보인다. 2000년대 중후반까지 간헐적으로 신음을 표현할 때 쓰이던 기역 받침이 사라졌기 때문이다. 과거에 쓰던 기역 받침의 신음성은 신음보다는 비명에 가까운 느낌이 든다. 이후 기역 받침은 대부분 시옷 받침으로 대체되었다. 이는 한국 독자가 일본에서 넘어온 에로틱한 콘텐츠에 더 익숙해졌기 때문일 수 있다.

고수위 로맨스는 보통 주인공들 중 한 명의 신음 소리를 연이어 표현하여 숨소리가 헐떡이거나 절정에 오른 것을 묘사하고 일정한 리듬감을 형성한다. 2음절로 나오던 신음성이 1음절로 바뀌었을 때, 독자들은 본능적으로 행위의 속도 자체가 빨라졌음을 느낀다. 관계를 묘사하는 속도 또한 이러한 리듬감에 기여한다. 이러한 리듬감은 스크린 너머 독자들의 몸과 공명하며 일정한 반응을 일으키는 기능을 한다. 우리는 단순히 여자 주인공의 몸에 이입을 했기 때문에 성적인 쾌락을 느끼는 것이 아니다. 이 전체적인 리듬감 자체가 독자의 신체와 글의 속도를 조율하는 것이다. 이러한 반응은 글에 몰입하고 좀 더 쉽게 감각적으로 집중할 수 있는 기반이 된다.

고수위 로맨스의 성립은 19금 로맨스의 장을 순식간에 바꿔 놓았다. 이제 로맨스 장르는 여성 취향의 사랑 이야기일 뿐 아니라 성적인 욕망을 상대적으로 자유롭게 탐색할 수 있는 공간으로 가능성이 확대되었다. 단순히 행위를 시각적이고 객관적으로 표현하던 시절에서 벗어나, 이제는 여성 신체의 반응을 시각, 촉각, 청각, 미각을 총동원하여 표현하는 입체적인 성관계 묘사가 가능해졌다. 신음 소리를 통한 리듬감 형성과 독자의 신체와의 공명은 앞으로도 계속 살펴볼 만한 지점이다. 앞으로도 여성 독자들은 이렇게 확대된 로맨스 시장 속에서 자신의 취향과 욕망을 발견해나가며 로맨스의 형태를 발전시킬 것이다.

1) 닉네임 '병아리'의 댓글 "러브신과 베드신이 없는 로설은 왠지 앙꼬없는 찐빵이라고 할까나" 참조(http://new.toto-romance.com/bbs/view.asp?idx=29&page=1&Flag=31&S_STR=야설&S_Kinds=3, 1&S_PageSize=20).

2) 2019년 5월 5일을 기준으로 검색한 내용(http://lovepen.net/index.php?_filter =search&mid=board_AlAv23&search_target=extra_vars1&search_keyword=%EC%87%BC%EC%BD%9C%EB%9D%BC&document_srl=136902).

3) 로맨스 소설과 야설을 둘러싼 논쟁(http://new.toto-romance.com/bbs/list.asp?Flag=31&S_Kinds=3&S_Kinds=1&S_STR=%BE%DF%BC%B3&htext=).

4) 「女中高生 저질 로맨스小說 선풍」, 〈동아일보〉, 1987년 2월 27일 자 기사. 「청소년用 圖書 부족하다」, 〈매일경제〉, 1986년 5월 22일 자 기사. 「청소년 연애 소설 선정-저질 판친다.」, 〈동아일보〉, 1996년 8월 7일 자 기사 참조.

5) 게일 루빈, 『일탈』, 임옥희 외 옮김, 현실문화, 2015, 303쪽.

6) 우에노 지즈코, 『여성 혐오를 혐오한다』, 나일등 옮김, 은행나무, 2012, 55쪽.

7) TL 소설은 일본의 소녀 취향 소설에 이전까지 없었던 성관계를 포함하는 소설이다. 명칭이 주는 혼란이 있으나 보통 10대 후반에서 20대 초반 여성을 겨냥한 소설이며, 한국에서는 노골적인 성관계 묘사가 포함되어 있기 때문에 19금으로 분류된다. 삽화가 들어가 있으며 주로 판타지 배경인 것이 특징이다.

아이돌 음악에 숨겨진
스토리텔링

**케이팝을 둘러싼
이야기**

1981년 MTV 개국 이래로 음악 산업에서 뮤직비디오가 중요한 위치를 차지하게 되었듯이, 2010년대에 들어서는 유튜브 시장의 폭발적 성장으로 인해 케이팝에서 뮤직비디오의 역할이 더욱 중요해졌다. 2000년대 초 한국 음악 시장에서는 조성모의 「To Heaven」이나 이승환의 「애원」 등 뮤직비디오에 드라마타이즈 기법을 도입해 거대한 드라마를 정직하게 구현하려 했던 시도가 있었다. 유튜브 시대에 돌입한 2010년대부터는 케이팝 뮤직비디오 양식이 조금씩 달라졌다. 가장 특징적인 변화는 뮤직비디오를 설명하는 데 세계관이라는 말이 등장하기 시작했다는 것이다.

요즘 케이팝이라는 장 안에서는 세계관이라는 말을 심심치 않게 찾아볼 수 있다. 여기에서 세계관이란 사전적 정의인 '개인의 가치나 견해 등을 설명하기 위한 단어'가 아니라 '가상의 세계에 대한 설정'을 의미한다. 세계관이라는 말은 필연적으로 픽션을 상정하고 있다. 사실 세계관이라는 단어는 장르의 언어다. 장르적으로 구성된 세계를 뜻한다. 하나 이상의 곡 또는 앨범이 하나의 세계를 전제한다. 그 세계는 현실의 세계, 공간, 시간을 완전히 달리하는 거대한 이야기의 배경이다. 또한 점점 팽창하는 그 세계는 수수께끼로서 분석과 해답을 요구하는 문제의 일종이기도 하다.

음악을 중심으로 하는 대중음악과 이야기의 배경이 되는 세계관은 어떻게 조우하고 있을까. 이 가운데 가장 중요한 역할을 하는 것은 영상이다. 뮤직비디오에서는 새로운 세계를 충분히 보여줄 수 있고 그사이에 이야기를 언뜻 비출 수 있다. 세계관은 이 과정에서 발견된다. 이 과정을 통해서 누군가는 다른 세상에서 건너온 초능력자(EXO)가 되기도 하고, 마법학교의 학생(우주소녀)이 되기도 한다. 이를 통해 소녀·소년들은 우연히 만나서 하나의 팀으로 데뷔한 것이 아니라, 필연적으로 만날 수밖에 없었던 사이가 된다. 물론 그들이 하나의 그룹으로 만나게 된 것뿐만 아니라 팬이 가수를 좋아하게 된 이유까지 모든 것은 운명이 된

비주류 선언

다. 이야기 속에는 팬의 역할이 반드시 있기 때문이다.

케이팝의 세계관에 대해서 본격적으로 논하기 전에 먼저 이해해야 할 케이팝의 특징들이 있다. 작금의 케이팝은 전 세계 대중을 대상으로 하는 거대한 대중 산업이면서, 동시에 매우 폐쇄적인 팬 커뮤니티를 주축으로 지속되는 산업이다. 다시 말해, 일반 대중들이 소비하는 지나치게 열린 세계로서의 케이팝과 팬 커뮤니티가 소비하는 닫힌 세계로서의 케이팝 사이에는 약간의 괴리가 있다는 말이기도 하다. 케이팝에 대한 첨예한 분석을 위해서는 같은 콘텐츠를 소비하는 두 가지 다른 세계 사이의 괴리를 이해할 필요가 있다.

두 개의 다른 세계를 위해 케이팝이라는 산업이 기본적으로 제공하는 재료는 같다. 앨범을 구성하는 티저Teaser,[1] 뮤직비디오, 가사. 그리고 더 이상 그것만으로 귀결되지 않는 새로운 콘텐츠에 이야기를 담기 시작한다. 어떤 경우에는 웹툰의 형태[2]로, 어떤 경우에는 전시의 형태[3]로 제시된다. 흥미로운 것은 케이팝 콘텐츠의 이미지들이 어느 순간부터 분명하지 않은 서사를 가지게 되었다는 점이다. 이미지에서 드러나는 사건과 관계들은 파편화된 서사의 한 조각일 뿐이다. 그것이 하나의 온전한 서사로 기능하기 위해서는 이어 붙이기가 필요하다. 팬 커뮤니티 속에서는 수많은 익명의 개인이 각각의 이야기를 만들어낸다. 이러한 이어 붙이기는 경우의 수가 무한하기에 어떤 이야기로든 만들어질 수 있다. 이는 모두 각각 개별의 스토리텔링으로 성립한다.

여기서 대중음악으로서 케이팝의 이미지는 두 가지 층위로 분리된다. 하나는 기술 복제 가능한 대량생산의 산물이라는 표면적 층위와 또 다른 하나는 경험, 감정, 상징 따위가 혼합되어 전혀 다른 의미를 생산해내는 이면적 차원이다. 이면적 차원의 이미지는 관계에서 시작된다. 팬과 아티스트라는 특수한 애정 관계. 다수의 인원으로 구성된 아이돌 그룹 멤버 사이의 관계. 표면적 이미지와 이면적 이미지 사이의 관계. 그리고 우리는 여러 관계 사이의 균열에 대해서 주목해야 한다.

**루프하는 아이돌,
루프하는 팬**

먼저 케이팝의 이미지 속 서사가 어떤 방식으로 작동하고 있는지를 살펴볼 필요가 있다. 케이팝의 서사는 철저하게 멤버들 사이의 관계에 중심이 맞춰져 있다. 생각해보면 명료하다. 뮤직비디오를 중심으로 펼쳐지는 케이팝 서사는 섬광처럼 지나가는 이미지의 연속에서 가까스로 포착되는 것에 가깝다. 불확실한 이미지 가운데 그나마 포착될 수 있는 것은 서로를 바라보는 인물 사이의 관계다. 수많은 인물 사이의 관계. 어떤 때는 서로 모순되고, 어떤 때는 망상에 가까운 관계에 대한 가설. 그 가설들이 배타적인 팬 커뮤니티에서 쌓이고 공유된다.

그렇기에 케이팝의 서사는 본질적으로 팽창하는 우주에 가깝다. 세계관을 다른 말로 유니버스universe라고 하는 것은 이런 의미에서 아주 타당하다.

그렇기에 작은 것들의 통합체인 케이팝의 서사는 애정을 가지지 않으면 포착되지 않는다. 아무런 대가 없이 온전히 애정으로만 이뤄지며, 영상과 사진, 가사 등을 수없이 반복해야만 가까스로 세울 수 있는 가설이 바로 케이팝 서사다. 아주 작은 힌트와 사소한 오브제에 집착해서 여러 가설을 세우는 과정 속에 다양한 영화와 소설, 회화, 역사적 사건, 종교적 상징 등이 등장한다. 여기서 아이돌 멤버는 어떤 작품 속의 주인공에 빙의하기도 한다. 그 예로, 샤이니의 〈Sherlock〉은 '셜록 홈스'라는 아주 분명한 모티프를 가진다. 각각의 멤버는 코난 도일의 『셜록 홈스』 속 인물의 역할을 맡는다.

팬들은 다양한 방식으로 주어진 콘텐츠를 보고 추리를 시작하는데, 이것은 개인 단위로 이루어지기보다 인터넷 커뮤니티를 기반으로 한 집단으로 이루어진다. 여러 가설이 제시되고 덧붙여지고 수정되거나 전복되기를 반복하면서 점점 서사는 거대해진다. 티저 이미지가 공개되면 팬들은 참조가 되는 이야기나 작품을 찾아내고 그 작품 안의 관계성을 바탕으로 각각의 아이돌 멤버가 어떤 역할을 하고 있는지 추리한다. 역할을 찾고 나면 그 이후에 그것이 뮤직비디오나 사진, 가사 속에 어떤 식으로 드러나는지를 추적한다. 시간 순서와 인과 관계가 파괴된 이미지 속에서 겨우 건져낸 관계 혹은 역할은 매우 불분명하기 때문에, 이러한 이미지를 편집하고 각각의 가설을 세우는 과정, 다시 말해 구체화를 필요로 한다. 여기서 팬 커뮤니티는 서사에 대한 가설을 제시하고 반박하고 수정하는 과정을 거친다. 정답이 정해지지 않은 가설로서 서사는 거대한 잠재태가 된다. 변화와 운동 속에서 끊임없이 형태를 바꾼다. 케이팝의 서사는 팬들이 그것을 이야기로 불러주기 전까지는 이야기로 성립하지 않는다.

다양한 앨범은 각기 다른 콘셉트로 진행되지만, 인물의 관계성은 어쩔 수 없이 반복된다. 이는 기획사의 의도가 분명히 개입된 결과이기도 하지만 동시에 의도되지 않은 것이기도 하다. 예를 들어, A라는 멤버는 계속해서 B를 사랑하고 있거나, C라는 멤버는 계속 죽은 인물로 암시되기도 한다. 지속적으로 이어지는 관계의 반복은 하나의 거대한 연작 혹은 하나의 거대한 연대기로서 아티스트의 앨범을 바라보게 한다.

이때 기획자는 반복되는 관계에 대한 효과적인 대안으로 '루프Loop'를 제시한다. 루프는 한 인물이 같은 시간을 반복하고 있음을 의미한다. 그는 무한 반복되는 시간에 강제로 갇혀 거기에서 탈출하기 위해 노력하거나, 혹은 자발적으로 그 속에 갇히기도 한다. 가령 전자의 경우는 본인이 죽은 날에 다시 살아나 죽음을 반복하며 끊임없이 싸워야 하는 영화 〈엣지 오브 투모로우〉

비주류 선언

를, 후자의 경우는 사랑하는 사람을 위해 시간을 거슬러 과거로 돌아가는 애니메이션 〈시간을 달리는 소녀〉를 생각할 수 있다. 초현실적인 상황 혹은 타임머신 같은 SF적 요소로 인해 시간이 반복될 때, 어떤 인물은 그 사실을 알지만 어떤 인물은 그것을 모를 수 있다는 것이 루프물의 핵심이다.

루프물은 반복되는 관계와 사건을 설명하는 데 아주 효과적이다. 서로 다른 공간과 시간에서 이루어지는 각각의 아이돌 서사는 루프물이라는 설명 아래 하나의 거대한 세계로 통합된다. 전혀 다른 콘셉트는 사실 하나로 이어지는 연대기라는 것이다. 현재 어떤 콘셉트를 갖고 노래를 하든 그들은 과거를 기억한다. 그래서 완전히 다른 세계의 다른 콘셉트이지만 서로를 여전히, 언제나 사랑한다. 2015년 데뷔한 여자친구의 「시간을 달려서」는 케이팝 속에 있는 루프적 구성을 인식하고 있는 대표적인 노래다. "시간 속에 갇혀 길을 헤매도 그렇지만 우린 결국 만날 거야." 방탄소년단의 경우 또한 웹툰 「화양연화 Pt.0 〈SAVE ME〉」에서 "루프를 기억하는 방법을 알려줄게"라고 분명하게 언질을 주며 루프하는 세계관임을 내세우고 있다. 세계관을 설명하는 무엇, 서로 다른 콘셉트를 아우르는 하나의 논리가 있다는 것은 항상 매력적이다. 루프하는 것이 아이돌 멤버의 역할이라면, 남들은 모르는 시간의 반복을 알아차리는 것은 팬의 일이다. 팬은 세계의 균열을 알아차리지 못하는 일반 대중과 차별되고, 이 거대한 이야기 속에서 시간의 반복을 눈치채는 '나'의 역할을 맡는다. 여기서 만들어진 '나'는 일반 대중과 분리됨과 동시에 세계와도 분리된다. 루프는 세계가 흐르는 방식을 거역해서 다른 시간으로 돌아가는 행위이기 때문이다.

다시 강조하자면, 지금 케이팝의 첨단에서 이루어지는 것은 '나'와 세계 사이의 균열이다. 여기서 '나'는 아티스트 자신이기도 하며 팬이기도 하다. 먼저, 아티스트는 많은 사람의 협력으로 완성된 기획 속에서 이미지를 입는다. 이것은 주어진 캐릭터를 연기하는 일이며, 필연적으로 아이돌로서 수행해야 하는 캐릭터와 '원래' 자신 사이의 괴리를 만들어낸다. 이러한 미묘한 균열들은 분명한 콘셉트를 가지는 사진, 동영상 등 여러 이미지 속에서 포착된다. 예를 들어, 매우 많은 케이팝 뮤직비디오는 카메라 자체를 전방에 내세우거나 카메라를 의식하는 인물[4]을 표현한다. 아이돌의 멤버 자체를 공장에서 찍혀져 나오는 인형[5]으로 인식하기도 한다.

이러한 괴리는 상상된 것이라도 상관없다. 사실 여부를 떠나 아이돌 개인의 진짜 모습을 많이 알고 있다고 생각하는 팬들에게는 충분한 설득력을 가진다. 그러나 일반 대중에게는 쉽게 포착되지 않기 때문에 팬들은 그 속에서 아이돌의 자의식을 발견하고 여러 증거를 수집하여 그럴듯한 서사를 만들어내면서 일반 대중과 분리된다. 추리의 과정은 이미지의 표면뿐만 아니라 서

비주류 선언

브텍스트의 차원에서도 이루어진다. 팬들은 분명하지 않고, 균질적이지 않고, 연속적이지 않기 때문에 발생하는 세계의 균열을 '해석'한다.[6]

해석하는 행위는 팬이 선각자先覺者의 자의식을 갖도록 만든다. 또한 팬은 선각자이면서 능동적으로 이야기를 만들어나가는 창작자로서 케이팝이라는 매체에 더욱 탐닉하게 된다. 동시에 '해석'이라는 말이 내포하듯이 이 행위는 미리 표현되어 있는 어떤 것을 읽어낸다는 의미다. 케이팝의 서사적 기획이 사실은 누군가가 의도한 것이라는 점은 자의식의 발견을 다시 무효화하는 힘이 있다. 팬이 갖게 된 선각자로서의 자의식은 사실 모든 앨범이 철저하게 기획되어 있다는 사실과 긴장을 일으키며 케이팝의 세계에 균열을 일으킨다.

이처럼 케이팝이라는 매체가 그 자체를 의식하고 있음이 반영되는 현상은 '자기반영성self-reflexivity'의 일례로 충분히 이야기할 수 있을 것이다. 자기반영성은 매체 스스로 그것이 만들어진 것임을 드러낸다는 의미다. 소설 안에 소설이 쓰이는 과정이 담길 때, 영화에 영화가 만들어지는 과정이 담길 때 자기반영성이 드러난다. 그것뿐만 아니라 자기반영성은 다양한 방식으로 드러날 수 있다. 카메라에 대고 이야기하는 배우, 독자에게 말을 거는 소설이 그 예가 될 것이다. 케이팝이 자기반영성을 가진다고 한다면 그것은 매체로서의 케이팝이 '케이팝이란 무엇인가' 질문하고 그것에 답하는 과정에서 생긴다. 케이팝은 어떻게 만들어지고 소비되고 있는가를 케이팝 이미지 안에 담을 때, 그것의 대답으로 선택된 이미지는 수많은 카메라 앞에 선 아이돌이다. 카메라 앞에 선 자신과 카메라 앞에 서지 않은 자신 사이의 괴리는 자연스럽게 꿈과 거울 속 이미지로 암시된다. 이를 통해 아이돌은 연기하는 그들 자신을 연기하게 된다.

그리고 팬들은 자신을 연기하는 아이돌과 자신이 생각하는 아이돌 사이의 괴리를 발견하고 수많은 관찰과 학습을 통해 그들만의 서사를 만들어나간다. 그 과정은 그들 모두에게 세상의 많은 사람과 나를 차별화하게 한다. 진짜와 가짜 사이의 긴장 상태를 보고 있다는 팬들의 믿음이 케이팝의 세계를 지탱하는 힘이다. 케이팝의 서사적 재현에는 팬 커뮤니티가 절대적으로 필요하다. 이러한 이야기 만들기를 수행하는 팬 커뮤니티가 있기에, 그것은 팬들에게만 서사로 성립한다. 그리고 그 서사를 들여다보면, 자의식에 대한 매우 날카로운 반영이 존재한다. 기존의 문학이나 영화에서 보여준 자기반영성이 그것이 가짜임을 폭로해 '몰입'의 과정을 방해하고 그 자체에 질문을 제기하는 형태였다면, 케이팝의 자기반영성은 여전히 유혹을 포기하지 않는다. 충실히 매혹되고 가장 적극적으로 그 쾌락으로 받아들이는 것은 팬이다. 그러나 그들은 그 매혹의 구조를 기꺼이 해체하면서 반복되는 시간과 공간을 멈추고 그것에 대해서 사유한다. 사유는 케이팝의 세계를 확장시킨다. 고로 팬들이야말로 세계를 확장시키는 주체다.

꿈과 현실 그리고 죽음, 그 어디쯤의 케이팝

원작을 가져오지 않는 오리지널의 서사 또한 케이팝 세계관을 지탱하는 하나의 축이다. 현재 케이팝 이미지에서 가장 반복되고 있는 테마는 꿈에 대한 것이다. 정확히 말하면 꿈과 현실 사이의 괴리. 밝고 아름다운 꿈과 우울하고 어두운 현실. 혹은 우울하고 두려운 꿈과 가장 아름다운 현실. 이는 상당히 의미심장하다. 무대 위에서 조명을 받으며 살아가는 아이돌의 숙명은 항상 현실의 그들과 괴리를 만들기 때문이다.

방탄소년단의 연작 앨범 화양연화 시리즈(〈화양연화 pt.1〉, 〈화양연화 pt.2〉, 〈화양연화 Young Forever〉)의 서사는 진이 다른 멤버들을 자신의 꿈으로 초대하면서 시작된다. 끔찍한 현실과 아름다운 꿈을 오간다. 분명하지 않은 이야기가 이어지면서, 아름다운 것이 현실인지 끔찍한 것인 꿈인지 도저히 구분할 수 없는 지점까지 이야기가 팽창한다. 2016년 데뷔한 NCT는 모든 앨범의 아트워크artwork가 꿈이라는 테마를 공유한다. 멤버들은 서로 다른 꿈을 꾸고 가끔씩 그 꿈은 연결되어 모두의 꿈이 되기도 한다. 여기서 중요한 것은 꿈과 현실 사이의 경계를 인식하고 더 나아가 그것을 넘어가는 일이다. 2017년 데뷔한 드림캐쳐의 경우, 악몽을 중심으로 꿈과 현실의 경계를 끊임없이 오가며 악한 대상과 싸우며 생존하는 이야기를 하고 있다. 꿈이라는 테마는 위에서 언급했듯이 아이돌로서의 '나'와 자연적인 '나' 사이의 괴리를 표현하는 은유다. 자아 분열로 초래된 세계의 균열을 케이팝은 여러 가지 전략으로 안정화한다.

안정화 방식 중에 하나로 케이팝은 '특별'하고 '이상한' 나를 언제나 긍정한다. '비정상적인 나'지만 이대로도 괜찮다는 말들이 가득하다. "네 기준에 나를 맞추려 하지 마 나는 지금 내가 좋아 나는 나야"(ITZY 「달라달라」), "난 나라서 행복해"(레드벨벳 「행복」), "나쁘다고 해도 잘 모르겠어 나 이런 게 바로 나인걸"(드림캐쳐 「Chase Me」), "이젠 나도 점점 자연스러 내 눈에도 내가 사랑스러"(우주소녀 「MoMoMo」) 같은 가사들을 보라. 위의 가사들은 모두 걸그룹의 데뷔곡에서 인용했다.[7] 보통 10대에 데뷔한 케이팝 아이돌은 '어른'의 법질서에 편입되는 것을 강력하게 거부하며 화려한 색채로 자신의 신체와 자아를 꾸미며 그것을 사랑하라는 주문을 건다. 이러한 메시지가 반복되는 이유는 역설적으로 그것이 힘든 일이기 때문이다. "다르다면 뭐 어때"(태연 「Something New」)라는 메시지는 균열이 일어나기 시작한 케이팝의 세계를 지탱하는 주문이다. 다른 많은 사람과 '나'는 너무 다르지만 그래도 괜찮다고 되뇌면서 케이팝의 세계는 멸망 직전

비주류 선언

에서 멈춘다.

케이팝 서사에 끊임없는 루프가 필요한 까닭은 그들이 소녀 혹은 소년이기 때문이기도 하다. 그들은 영원히 아름다움과 젊음의 화신으로 자신의 신체를 반짝이며 무대 위에 선다. 현실의 그들은 성장하고 나이를 먹어도 무대 위의 아이돌은 나이 먹지 않는다. 루프라는 논리는 아이돌 소녀·소년들이 성장하지 않는 상태를 합리적으로 만든다. 현재 케이팝의 첨단에서는 자아의 정체(停滯)와 자기 반복의 무한궤도 속에서 분열된 자기 자신을 긍정하기 위해 과도하게 자기애를 뽐낸다.

지나친 나르시시즘은 살해로 이어지기도 한다. 이 지점에서 태연을 언급할 필요가 있다. 태연은 '소녀'시대의 리더로 2007년 19살에 데뷔한 이래 성공적으로 솔로 활동을 이어가고 있다. 그런 태연의 솔로 앨범의 궤적을 훑어보자. 첫 솔로 데뷔곡인 「I」는 직접 '나'를 주인공으로 하여 '나'의 이야기에 집중한다. "빛을 쏟는 Sky 그 아래 선 아이(I)……. 힘겨웠던 난, 작은 빛을 따라서 아득했던 날, 저 멀리 보내고 찬란하게 날아가." 이 곡의 뮤직비디오에서 두 명의 분열된 '나'는 서로 다른 길을 거쳐 마지막에 서로를 마주한다. 분열된 자신을 과도하게 긍정하는 방식으로, 정체된 소녀에서 미래로 나아가고자 한다. 그리고 2018년 발표된 「Something New」의 뮤직비디오에서 태연은 수많은 카메라와 함께 등장하며 혼자의 공간으로 들어간 순간 타인을 살해하기 시작한다. "틀에 박혀 버린 듯 비슷비슷해진 꿈……. 대체 어디까지 찾길 바라 Something New……. I don't care 난 나답게 더." 분열된 자신을 화해시키는 방식으로 미래로 나아가고자 했던 그는 이제 괴물로 변신해 타인을 살해한다. 가장 자기다운 것은 타인을 살해하면서 성취된다.

살해라는 메타포는 이제 더는 케이팝에서 낯설지 않다. 레드벨벳의 모든 정규 앨범 아트워크에는 죽음의 이미지가 등장한다. 그들의 데뷔곡인 「행복」의 뮤직비디오에는 히로시마 원폭을 다룬 기사 이미지가 등장한다. 후속곡인 「Ice Cream Cake」에서는 "I Scream You Scream"을 외치며 입맛을 다신다. 나를 다치게 하면 너도 다칠 거라는 선언이다. 「7월 7일」의 뮤직비디오에서는 바다 이미지와 함께 떠내려가는 소녀의 이미지, 그리고 세월호 사건의 화두 중 하나였던 AIS(선박자동식별장치)를 영상에 직접 등장시키며 분명하게 세월호 사건을 추모한다. 「러시안 룰렛」의 뮤직비디오에서는 멤버들이 학교로 보이는 공간에서 서로를 다양한 방식으로 괴롭히고 살해한다. 이후 발표된 「피카부」에서는 멤버 모두가 합심해 피자 배달부를 잔인하게 살해한다. 이어진 「Bad Boy」에서 그들은 멤버 사이의 분명한 성애 관계를 표명하며 '나쁜 남자'에게 주도권을 빼앗는다. "정답은 정해져 있어 자연스럽게 넌 따라와." 「RBB」에서 남성을 길들이는 일은 또다시 그들에게 하나의 유희거리가 된다. "괜찮다면 내가

비주류 선언

널 길들여 볼게." 단언컨대 이들은 언제나 공격적인 이미지를 남겨두었다. 그들은 폭력을 즐기거나 혹은 사유하는 공격적인 소녀이며 동시에 지나치게 아름다운 연약한 신체를 전시해온 것이다. 어떤 소녀의 이미지에도 고정되지 않은 채로 세계와 불화를 일으킨다.

그리고 동시에 분열된 자아 사이의 불가능한 연대를 계속해서 시도하는 전략 또한 있다. 이 선두에 방탄소년단이 있다. 방탄소년단은 데뷔곡 「No More Dream」에서부터 "꿈 따위 안 꿔도 아무도 뭐라 안 하잖어 전부 다다다 똑가같이 나처럼 생각하고 있어"라고 소리 높여 외친다. 특별하지 않아도 괜찮다는 말은 꿈으로만 가득한 케이팝의 세계에서는 일종의 균열이다. 그들은 데뷔 이후에 끊임없이 방황하고 반항하고 상실하면서도 "자기 자신을 사랑하라"[8]고 직접적으로 소리치고 있다. 방탄소년단의 세계관에서 가장 중요한 것은 성장이다. 그들은 매번 다른 종류의 절망에 집중하고 시간을 되돌려서라도 혹은 어떤 방식으로든 극복하려 한다. 그리고 절망에 대한 가장 중요한 치료제는 그들 사이의 연대다. 그러나 그들은 분명한 루프 속에 있기 때문에 행복한 순간은 언제나 파멸을 맞이하고 계속해서 그 결과를 바꾸려 하지만 그것은 가능하지 않다. 그러나 케이팝의 주인공들은 세계와 화해하지 못하며 계속해서 견고한 세계와 싸우고 있다. 이들의 고민이 가득 담긴 이야기는, 대중가요라는 이름으로 우리의 시간을 꽉 채운다. 음악은 시대를 표상하는 가장 강력한 매체다. 우리가 듣는 음악이 이 시대를 규정한다. 그렇기에 우리의 생생한 고민 역시 동시대의 노래에 담긴다. 세계와 화해하지 못하고 있는 것은 사실 음악을 듣고 있는 우리다. 우리는 그들의 싸움에 주목해야 한다.

1) 티저(Teaser)는 아이돌 가수의 컴백을 예고하며 컴백 이전에 미리 발표되는 사진, 영상 클립 등을 포함한다. 티저는 티저 광고(teaser ad)라는 마케팅 용어에서 비롯된 말로 관련 정보를 일부러 알려주지 않는 방식으로 호기심을 갖고 다음 광고에 주의를 기울이게 한다는 의미다.

2) 방탄소년단의 「화양연화 Pt.0 〈SAVE ME〉」 웹툰(https://comic.naver.com/webtoon/list.nhn?titleId=722382).

3) f(x)의 「'4 WALLS' AN EXHIBIT」 전시(http://fx.smtown.com/Intro/Exhibit/L).

4) 샤이니의 「데리러 가」 뮤직비디오(https://www.youtube.com/watch?v=7dGwk5-QMpc).

5) 레드벨벳의 「Dumb Dumb」 뮤직비디오(https://www.youtube.com/watch?v=XGdbaEDVWp0).

6) '해석'이란 팬 커뮤니티에서 곡과 이미지의 서브텍스트를 분석하는 행위 자체를 지칭하는 말로 통용되고 있다.

7) 2019년 3월 기준, 한국기업평판연구소에서 분석한 걸그룹 브랜드 평판에서 상위 10위권 안에 든 걸그룹의 데뷔곡에서 인용했다.

8) 방탄소년단은 앨범 연작 'Love yourself'를 통해 계속해서 "자기 자신을 사랑하라"는 주제 의식을 표현한 바 있다. 또한, 2018년 9월 24일 미국 뉴욕 유엔본부에서 청년 안건 발표 행사에서 'Love Myself'를 주제로 연설했다.

　　　　　　　　　　　　　　　　　비주류 선언

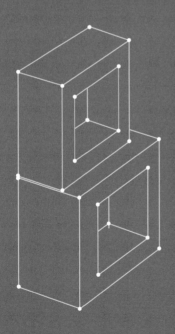

2장

비평의 눈으로 본
장르

웹소설의 작가는
여전히 예술가인가

**웹소설 출판·유통
환경의 변화**

먼저 간단한 질문으로 이 글을 시작해보기로 하자. 네이버시리즈, 카카오페이지, 문피아, 조아라 등 대표적인 웹소설 플랫폼들을 출판사라고 부를 수 있는가? 혹은 그들이 웹소설이라는 특정한 양식의 '출판 주체'로서 역할을 전담한다고 할 수 있는가? 이런 질문을 던지는 이유는, 웹소설 플랫폼을 출판사처럼 여기는 웹소설 작가나 독자를 상당히 자주 만나볼 수 있기 때문이다. 작가가 각 플랫폼에 직접 회원가입을 통해 곧바로 자신의 웹소설을 연재할 수 있다는 점에서, 그리고 독자가 그곳에 접속해서 이들 작품을 곧바로 읽을 수 있다는 점에서, 언뜻 이들은 출판사의 역할을 겸하고 있는 것 같기도 하다. 작가가 작품을 쓰고, 이 플랫폼을 통해 작품을 직접 유통하는 형태로 보이기 때문이다.

하지만 이 경우 정말로 출판을 플랫폼이 맡고 있는 것일까? '종이책'을 기준으로 생각해보자. 작가와 독자 사이에서 책이 유통되기 위해서는 최소한 두 개의 업체가 필요하다. 바로 출판사와 서점. 그런데 웹소설에서는 작가와 독자 사이에 서점이 존재하지 않는다. 대신 플랫폼 하나만 있다. 그러면 서점 역할은 누구에게 간 것일까? 여기에는 몇 가지 가설이 생긴다. 첫째, 서점과 출판의 역할을 플랫폼이 겸한다. 둘째, 서점 역할은 플랫폼이 하고, 출판사 역할은 작가가 가져간다. 셋째, 서점의 역할은 플랫폼이 하고, 출판사의 일을 작가와 플랫폼이 나눠 가진다. 이런 다양한 선택지가 존재하기 때문에 '플랫폼=출판사'라는 등식을 고착시키는 것은 성급하다. 예컨대 구글의 '플레이스토어'나 애플의 '앱스토어'에 애플리케이션(앱)이 출시된다고 해서, 우리는 그러한 스토어들을 '제작사'라고 부르지는 않는다. 앱의 제작자가 존재하고, 그들은 이러한 스토어에 자신의 앱을 '발행·출판publish' 한다. 가까운 전자책 시장만 봐도 웹소설과는 사정이 다르다는 것을 알 수 있다. 우리는 전자책을 판매하는 애플북스나 리디북스를 출판사라고 부르지 않는다.

최근 최고의 인기를 구가하고 있는 웹소설 「전지적 독자 시점」의 경우를 살펴보자. 이 작품은 2018년 최고 인기 웹소설로, 다수의 플랫폼에서 서비스되고 있다. 네이버시리즈에 연재되는 판본의 경우 '출판사 문피아'라고 표기되어 있다. 원래 문피아에서 연재되던 작품이 외부 플랫폼으로 유통된 사례인데, 문피아에서 연재되는 판본의 서지 사항을 살펴보면 정작 '펴낸 곳'에 대한 표기가 없다. 「전지적 독자 시점」의 경우, '문피아'는 상황에 따라 플랫폼이나 출판사의 역할을 하는 것이다. 좀 더 엄밀히 말하면, 문피아의 영업 영역 중에는 출판사 영역과 플랫폼 영역이 나뉘어 있다고 해야 할 것이다. 이 사례를 통해 우리는 경우에 따라 출판사의 일을 작가와 플랫폼이 어떻게 나누어 가지는가에 대한 대답이 다양하게 나올 수 있다는 사실을 확인했다. 웹소설의 시대라 불리는 요즘, 한 번쯤은 웹소설 출판 유통의 복잡한 양상에 관해 고민해볼 필요가 있다.

웹소설 출판·유통 문제를 논하기에 앞서 먼저 콘텐츠 제공 업체contents provider(이하 'CP')를 언급하지 않을 수 없다. 웹소설과 웹툰 시장이 성장하면서, 웹 콘텐츠와 그 작가들을 관리하고 출판 과정을 대행해주는 CP들이 양산되어 시장에서 활발한 경쟁을 벌이고 있다. 그중에는 웹 콘텐츠의 성장과 함께 새로 창업한 업체도 있고, 원래 출판사였다가 CP의 영역으로 옮겨 오거나 작업 영역을 확장한 업체도 있다.

네이버시리즈와 카카오페이지의 경우, 작가 개인이 직접 플랫폼에 투고하거나 업로드해서 작품을 유통할 수 없다. 따라서 이 두 플랫폼에 연재되는 웹소설 작품은 대부분 '펴낸 곳'으로 이런 CP의 이름이 표기되어 있다. 이 경우에는 상당히 고전적인 의미의 '출판사' 역할을 CP가 담당하고 있는 것으로 보이기도 한다. 이 경우에는 작가-출판사-출판 시장으로 이어지는 전통적인 단계가 그대로 웹소설 작가-CP-플랫폼으로 옮겨온 것처럼 보이기도 한다. 그러나 이렇게 명확한 단계가 형성되는 일이 웹소설 유통에서 일반적인 상황이라고는 할 수 없다. 유료화되지 않은 작품의 유통까지 더하면 세 단계로 명확하게 나뉘는 방식은 오히려 소수일 정도다. 여기에는 생각해볼 문제가 숨어 있다.

처음 얘기했던 것처럼, 네이버시리즈와 카카오페이지를 제외한 대부분의 웹소설 플랫폼은 작가의 직접 출판을 허용하고, 권장한다. 이 경우 CP는 출판 유통 과정에서 빠지거나, 작가가 출판 유통에서 혼자 할 수 없는 일(일러스트레이터 섭외, 홍보, 원고 교정 등)을 대행해주는 역할에 그친다. 그리고 문피아나 조아라 같은 플랫폼 역시 작품을 업로드하는 시스템만 마련해줄 뿐, 작품을 유통하는 일까지 담당해준다고 보기는 어렵다. 출판 유통의 핵심인, 작품 게시판을 생성하고 작품을 회차로 나누어서 업로드하는 일은 여전히 작가에게 맡겨져 있는 것이다. CP가 대행해주는 일이 출판의 중요한 영역이라고도 할 수도 있지만, '작품을 출시하고 발표한다'라는 출판의 본질적인 영역은 여전히 작

비주류 선언

가의 몫인 셈이다.

무료 작품의 경우에는 출판 업무의 상당히 많은 부분을 작가가 도맡는다. 유료의 경우에도 본질적인 상황은 변하지 않는다. 플랫폼의 정책에 따라, 또 CP의 업무 관행에 따라 작가가 직접 올릴지, CP가 대신 올릴지가 다양하게 결정된다. 가령 네이버시리즈는 작가 개인이 업로드할 수 있는 시스템이 마련되어 있지 않기 때문에, 업로드 과정에서 CP와 네이버 관리자가 모두 관여한다. 하지만 문피아나 조아라의 경우 유료 작품이라도 작가가 직접 업로드하는 경우를 어렵지 않게 찾을 수 있다. 어쨌든 플랫폼이 가지고 있는 시스템 때문에 그 출판 과정이 간소화되기는 했지만, 여전히 출판의 상당한 과정이 작가에 의해 이루어지고 있다는 사실만은 부정하기 어렵다.

지금까지 언급한 몇 가지 사례를 정리해보면, 웹소설의 출판 유통 과정에서 다양한 주체가 출판의 역할을 나누어 맡고 있다는 사실을 알 수 있다. 작가, CP, 플랫폼 업체가 웹소설 제작과 출판, 유통에 관여하는 주요 주체일 텐데, 세 주체가 모두 '출판 주체'로 기능한다는 것이다. 달리 말하면, '출판 주체'라는 자리를 놓고 세 주체가 각축하고 있다고도 할 수 있다.

소위 '종이책' 시장에서는 출판사와 작가의 영역이 겹치거나 혼동되는 경우가 거의 없었다. 하지만 위의 사례에서 볼 수 있듯이 웹소설 시장에서는 출판 주체를 명확히 가리는 게 그리 간단한 일이 아니다. 웹 콘텐츠에 관심이 있는 사람이라면 일차적으로 웹 콘텐츠의 '출판 주체'와 관련하여 유통 방식과 시장의 성격이 다변화되었음을 명확히 인식하는 것이 필요하다. 결국 작가로서의 작업은 물론, 작품 활동 전반에 영향을 미치는 문제이기 때문이다.

웹소설 시대, 작가는 누구인가

웹소설이라는 양식과 그 명칭이 정착될 무렵, 한국 문학을 논의하는 담론의 장에서는 작가에 대한 시각 변화가 본격적으로 일어났다. 우선 '작가=소설가'라는 등식에 대한 반성이 본격화되었다. 엄밀히 말하면 '작가'와 '소설가'는 서로 구별되는 개념이다. 애초부터 두 개념은 같은 의미를 갖고 있지 않았다. 하지만 실제로 이 개념들이 사용된 사례를 보면, 거의 동의어로 쓰이는 경우가 많았다. 이는 '이야기 창작'이라는 행위가 '소설'이라는 양식에 묶여 있었던 것이나 마찬가지이기 때문이다.

하지만 최근 이 두 개념을 구별해서 써야 한다는 관점이나, 실제로 구별해 사용하는 사례를 많이 발견할 수 있다. 이는 OSMU One Source Multi Use가 활발히 이루어지게 된 콘텐츠 시장의 환경 변화와도 관계가 있다. 작가는 OSMU의 과정에서 '원천 소

비주류 선언

스original source'가 되는 '이야기story'를 만드는 주체이고, '소설가'
는 그 이야기를 '소설'이라는 양식의 문법에 맞게 적용하는 주체
라는 인식이 강해지고 있는 것이다. 이제 소설이라는 양식은 원
천 소스를 활용use하는 한 가지 사례에 불과하다. 웹소설의 창작
자들은 자신들이 '웹소설'이라는 양식을 책임지고 발전시켜야
하는 자가 아니라, 원천 소스가 될 이야기를 창작하는 자라는 인
식을 갖고 있다.

  작가에 대한 또 하나의 시각 변화는 '작가'라는 개념이 갖고
있던 예술가적 '아우라'가 많이 벗겨졌다는 것이다. 소설 창작을
예술 활동이라고 보는 관점에서, 작가는 작품을 창작할 뿐 유통
이나 판매에 대해서는 관여하지 않는다는 불문율이 있었다. 즉,
작가는 작품이 어떻게 해야 많이 읽힐지, 많이 팔릴지에 대해 관
심을 두지 않는 존재였고, 오히려 그 과정에 관심을 두는 것이 부
끄럽거나 '예술가답지 못한' 것으로 여겨지던 시대가 꽤 길게 존
재했다. 종이책 시대에 작가와 출판사의 작업 영역을 명확하게
구분하는 것이 쉬웠던 이유에는, 이렇듯 작가에게 씌워진 '예술
가적 후광'도 큰 역할을 했다.

  하지만 OSMU 시대의 작가는 이러한 '예술가적 후광'으로부
터 아주 자유로워졌고, 또 '예술' 자체에 대한 인식도 많이 변화
했다. 따라서 웹 매체에서의 작가는 자신의 작업 영역을 '창작'에
한정시키지도 않으며, 또 어떤 특정한 양식을 재현하는 것에 예

전만큼의 공을 들이지도 않는, 예전과는 이질적인 주체로 변모한 것이다. 그리고 이제 작가는 자신의 작품에 맞는 효과적인 유통·홍보 방법에 대해서도 신경 쓸 수 있게 되었고, 적극적으로 개입할 수 있게 되었다. 지금까지 그런 행위를 머뭇거리게 했던 '예술가적 아우라'가 많이 걷혔기 때문이다.

관점을 달리해서 말하면, '예술가'라는 기호에 얽힌 의미도 많이 변화했다. 예술가가 경제적·사회적 상황이나 배경을 신경 쓰지 않고 자족적인 작품 활동만 한다는 생각은 낭만주의나 유미주의 시대의 산물이며, 이런 관점에 대한 도전과 반성이 끊이지 않고 있다. 출판과 유통 과정에 적극적으로 개입해야 할 작가는 최소한 '전통적' 의미에서의 예술가는 아니다. 그리고 이런 변화는 바로 출판과 유통의 장이 웹으로 넓혀지면서 이루어진 중요한 사건이라고 할 수 있다. '나는 작가이기 때문에 창작과 관련된 것 이외에는 생각하지 않는다'라는 말은 최소한 21세기에는, 그리고 웹소설의 장에서는 통하기 어려운 말이 되었다.

또 하나 짚고 넘어가야 할 것이 있다. 그간 소설은 공동 작업이 아니라 '작가 개인의 작업'이라는 사실이 통념으로 받아들여졌다. '릴레이 소설' 같은 형식의 공동 창작이 실험된 적은 있었으나, 웹소설에 와서야 비로소 소설이 작가 한 명의 창작물이 아닐 수 있다는 시각이 보편화되었다. 〈소년점프〉로 대표되는 일본의 만화 잡지 시스템에서 편집자가 상당한 권한을 행사한다

비주류 선언

는 사실에 대해서는 이제 국내의 많은 사람이 알고 있다. 그 유명한 『나루토』나 『원피스』조차 편집자가 달랐으면 작품 내용이 바뀌었을 거라는 소문이 퍼졌을 정도로, 만화 잡지의 편집자들은 작품 창작에 상당 부분 개입하고 있다. 잡지사의 직원이지만, 사실 창작에 직접적으로 개입하고 있는 것이다. 그리고 이는 국내 웹소설 시장에서도 빈번하게 일어나는 일이다. 편집자는 작품을 기획하는 데에도 개입하고, 작가가 쓴 분량을 미리 읽어서 내용을 바꾸도록 종용하기도 한다. 물론 작가 중에서는 편집자의 개입을 불쾌하게 여기고 이런 시스템에 저항하는 경우도 있다. 하지만 그것은 최근 작품이 창작되는 방식에 대한 여러 가지 태도 중 하나일 뿐이지, 그게 당연한 거라고 할 수는 없다.

작가들은 이제 블로그나 카페, 그리고 CP나 플랫폼에서 제공하는 게시판이나 SNS를 통해 활발히 소통한다. 그리고 이들은 출판 동향에 대한 정보뿐 아니라, 작품의 창작 방향이나 방식에 대해 적극적으로 다른 작가들의 의견을 구하기도 한다. '다음 화에서 이 주인공을 이기게 만들까요, 지게 만들까요?'라는 식으로 말이다. 이처럼 전적으로 작가에게 맡겨져야 할 것 같은 창작 영역에 관한 질문도 서슴지 않게 주고받는 모습을 어렵지 않게 목격할 수 있다. 또한 이들은 댓글에 어떻게 대응해야 할지, 어떤 작품이 어떤 플랫폼에 어울릴지 등 창작 외 영역에 대해서도 매우 다양하게 논의를 진행하고 있다. 이제 작가들에게는 그런 것도 중요한 논의 사항이 된 것이다.

출판의 이런저런 영역에 개입하는 일, 그리고 자신의 창작 과정에서 편집자나 동료 작가 등 다른 사람이 개입하여 영향력을 행사하도록 하는 일은 고전적인 의미의 작가에게는 용납할 수 없는 일이었다. 하지만 현재 웹소설 작가들에게 이런 일들은 그다지 낯선 것이 아니다. 그리고 자신의 작품이 더 좋아질 수 있다면, 과연 그게 삼가야 하는 일인지에 대해서도 새롭게 문제 제기가 이루어지고 있다.

작가, 예술가, 그리고 창작에 관련된 마인드 자체가 다양하게 바뀌고 있다. 의식적으로는 '오리지널리티'가 근본적으로 존재할 수 없다는 포스트모더니즘적 마인드가 저변을 확대하고 있다. 또 매체의 발달에 따라 한 작품의 제작에 근본적으로 여러 사람이 개입될 수밖에 없다는 인식이 더욱더 보편화되고 있다. 웹소설 작가가 된다는 것, 그리고 그게 어떤 일인지 고민한다는 것은 기존에 우리가 알던 '소설 창작은 개인 창작의 영역'이라든가, '작가·예술가에게 오리지널리티는 절대적인 가치'라는 식의 통념을 반성해보는 일을 포함한다. 웹소설 작가는 예술가가 아닐 수도 있다. 혹은 예술적 영역과 비예술적 영역에서 두루 활동해야 하는 존재일 수 있다. 다르게 말하면, 우리가 생각하는 예술가의 일, 혹은 예술 창작의 영역 자체가 예전과는 달라졌다고 표현할 수도 있다. 어쨌든 분명한 것은, 웹소설 작가는 옛날에 우리가

비주류 선언

알던 작가나 예술가와는 상당히 달라진 사람들이다.

웹소설 창작의 다면성, 그 바쁨에 대하여

웹소설 유통에서 CP의 영역이 점점 확대되고 있지만, 그들이 필수적으로 웹소설 출판과 유통 과정에 참여하는 것은 아니다. CP 없이 직접 플랫폼에서 유료 연재를 진행하는 작가도 아직 많다. 그리고 CP가 있다고 해도 업로드 작업을 작가가 직접 하는 경우도 적지 않다. CP의 유무와 상관없이 작가는 웹소설을 창작하면서 동시에 스스로 플랫폼과 상대하며 출판 주체의 역할을 겸해서 수행해야 하는 것이다.

하나의 행위는 여러 가지 관점에서 조명될 수 있다. 웹소설을 업로드하는 행위는 '연재'일 수도 있고 '출판'일 수도 있지만, 동시에 플랫폼의 회원으로서 활동하는 것이며, 또 게시판에 게시물을 업로드하는 것이기도 하다. '그렇다면 종이책 작가에게도 그것은 마찬가지 아닌가?'라는 질문이 나올 수도 있다. 하지만 종이책 시대의 작가는 출판 과정에서 '책'이라는 매체에 직접적으로 접촉하지 않았다. '웹'이라는 매체와 직접적으로 상호작용하는 웹소설 작가에 비할 바는 아니다.

웹소설 작가는 작품을 창작한 후, 어떤 플랫폼에 업로드하여 자신의 작품을 유통할 것인지 결정할 수 있다. 또한 자기 작품의 타깃이 되는 독자층을 '경제성의 관점'에서 설정할 수 있다. 업로드의 시기와 주기를 결정할 수 있으며, 광고나 리뷰 게시판을 이용해 플랫폼 내에서 적극적으로 홍보 활동을 펼칠 수도 있다. 그리고 플랫폼에 웹소설을 연재한다는 것은, 그 작품의 제목으로 개설된 게시판을 운영하는 일이기도 하다. 웹소설 연재는 플랫폼 내에 게시판을 개설해서 거기에 작품을 매회 순서대로 업로드하는 방식이기 때문이다. 하지만 게시물을 업로드하는 것이 게시판 운영의 전부가 아니다. 작가는 작품이 업로드되는 게시판의 운영 원칙을 정하고 실행할 수 있는 권한을 가진다. 그렇기 때문에 독자들에 의해서 작성되는 댓글에 어떻게 반응할지도 생각하고 결정해야 한다. 작가는 자신의 판단에 따라, 그리고 작품의 특성에 따라 게시판의 댓글 기능을 막아버릴 수도 있고, 독자가 평점을 매기는 기능(조아라의 경우)을 비활성화할 수도 있다. 물론 이 과정에서 플랫폼의 정책과 시스템이 변수로 작용하기는 한다. 하지만 여전히 결정권은 웹소설 작가에게 있다.

웹소설 작가 중 어떤 이는 '댓글을 아예 보지 말라'라고 충고하기도 한다. 웹소설의 댓글은 모든 인터넷 댓글이 그러하듯 '악플'로부터 자유롭지 않기 때문이다. 그리고 악플이 아니라고 하더라도, 작품에 대한 부정적인 피드백이 달린 경우 거기에 휘둘려서 작품이 산으로 가는 경우도 생긴다. 악성 댓글을 다는 사람들은 자신의 작품에 대해 가장 부정적인 반응을 보이는 독자이니, 그 사람들의 말에 귀를 기울일 필요가 없다는 말도 나름의 근거가 있다. 하지만 모든 작가가 댓글에 대해 그런 입장을 취하는 것은 아니다. 작가와 작품에 따라 댓글에 대한 대응은 저마다 다르게 나타난다. 그리고 그것이 곧 작가의 개성으로 독자에게 받아들여지기도 한다. '이 작가는 댓글을 무시한다'거나 '이 작가는 댓글에 성실히 대응한다'라는 식으로. '작가님은 원래부터 독자들 의견을 완전히 무시하잖아요!'라는 불만이 담긴 댓글을 보면, 독자들 중에는 자신의 요구에 따라 작가가 전개될 내용을 수정하는 것이 당연하다고 생각하거나, 혹은 댓글로 그 요구에 대응해야 한다고 생각하는 경우가 적지 않음을 확인할 수 있다.

게시물을 올리는 것, 그리고 댓글에 대응하는 것 말고도 게시판을 관리하는 일은 여러 가지가 있다. 가령 공지를 작성하는 것도 작가의 몫이다. 문피아나 조아라를 보면 작가에 따라 공지를 작성하는 방식도 천차만별이다. 공지가 별거 아니라고 생각할 수 있지만, 공지에 민감하게 반응하는 독자들도 간혹 있다. 가령 공지가 많아지면 게시판 첫 화면에 표시되는 작품의 수가 그만큼 줄어들기 때문에 이에 대해 불평하는 목소리가 생기는 것이다. 그 때문에 공지를 어떻게 운영할지 걱정하지 않는 작가가 치러야 할 대가는 생각보다 클 수 있다. 네이버시리즈나 카카오페이지는 CP가 공지를 올리지만, 이 경우도 CP가 작가에게 공지의 형식, 내용 등을 적극적으로 물어보는 편이다. 그렇기 때문에 CP

와 계약을 맺었다고 해서 작가가 그 업무를 업체에 일임했다고 단순화하면 안 되는 것이다. 게시판 운영은 이렇게 '유통'과 관련해서 작가가 개입해야 할 여러 가지 과정을 새로 만든다.

하지만 출판사의 역할이 유통에만 국한되어 있는 것은 아니다. 작품의 '제작'도 원래 출판사의 역할이었다. 제작 관련해서는 어떻게 상황이 변화했는지 간단히 살펴보자. 아무리 웹소설이 웹을 통해 구현되기에 작가가 쓰는 그대로의 모습에 가깝게 독자에게 전달된다지만, 여전히 '단행본'의 개념도 남아 있어 조판과 편집도 이루어져야 하고, 삽화와 표지같이 일러스트가 들어가야 하는 부분도 있다. 특히 연재를 시작할 때 일러스트 포함 여부에 따라 독자의 유입이 달라지기 때문에, 일러스트는 최근의 웹소설 작가들이 반드시 고려해야 하는 변수다.

단행본을 묶는 일이나 단행본 표지를 제작하는 일은 출판사의 역할을 겸하고 있는 CP나 출판사에 맡길 수도 있다. 실제로 웹소설이 단행본으로 묶이는 과정에서는 아직 전통적인 의미의 출판사들이 작품 제작과 유통에 개입할 여지가 존재한다. 하지만 표지나 삽화의 경우에는 다르다. 표지는 단행본이나 작품의 표지이기도 하지만, 게시판의 표지이기도 하다. 일러스트는 웹에서 작품의 얼굴 역할을 하기 때문에, 작가는 연재 기획 단계에서부터 일러스트레이터와 개별 접촉하여 자신의 작품에 들어갈 일러스트를 직접 결정하고 실행할 수 있다.

비주류 선언

지금까지 언급한 일들은 현재 수많은 웹소설 작가가 실제로 하고 있는 작업들이다. 이런 작업 영역 중 일부, 혹은 상당 부분이 '출판 주체'의 작업 영역과 겹친다는 것을 굳이 논증할 필요는 없을 것이다. 어떤 콘텐츠의 '출판 주체'가 누가 되는지는 해당 콘텐츠에 대한 이권, 발언권, 내용 결정권 등 다양한 권한이 걸려 있는 문제다. 기존의 출판사든, CP든, 작가든, 플랫폼 제공사든, '출판 주체'를 둘러싼 문제에 주목해야 하는 이유다. 웹소설 시대의 작가가 자신이 출판 주체의 영역에 해당하는 작업을 하고 있다는 사실을 깨닫지 못하는 것은 상당한 위험성을 내포하고 있다. 이는 웹소설 작가를 지망하는 이, 그리고 이런 사항들에 무지한 채 작품 활동을 하고 있는 이에게도 도움이 되는 화두다.

웹소설과 관련된 출판 환경은 종이책 시장보다 분명 복잡다단해졌다. 그리고 웹소설 작가는, 여러 가지 의미에서 상당히 바빠졌다. 이건 멀티미디어와 웹으로 매체가 다양해진 21세기에 작품을 창작하고 제작하는 사람들의 숙명 같은 것이다. 자신이 해야 할 일에 무엇이 포함되는지 파악하고, 이에 대해 여러 가지 준비를 해놓는 것이 중요하다는 사실은 굳이 반복해서 강조할 필요가 없을 것이다.

게임이 바꾼
판타지 세계

**한국 판타지 소설과
게임이라는 키워드**

1990년대 초 『퇴마록』이 출간된 이후 벌써 30년 정도의 시간이 흘렀다. 스마트폰이라는 매체가 발명된 이후 장르 문학은 더욱 흥행했고, 이에 따라 장르 문학의 역사를 정리하고자 하는 시도가 몇 차례 있었다. 최초로 장르 문학의 역사를 정리한 사람은 장르 편집인이자 작가인 이도경으로, 2005년 자신의 블로그에서 「한국 판타지 연대기」라는 글을 통해 매체와 서사의 화소를 바탕으로 세대론적인 분류를 시도했다. 그는 과거 인쇄 매체 시대의 소설을 0세대로 두고, PC 통신을 이용해 창작하던 1세대, 이후 인터넷 공간에서 창작되던 2세대, 그리고 게임이라는 소재를 통해 융합을 시도한 3세대까지 장르를 구분했다. 이러한 구분은 소설의 퓨전화 경향이나 게임의 경향, 통신 매체의 변화 등에 주목했던 국문학계의 연구와도 별다른 차이가 없었다.[1]

그가 시도한 세대 구분은 한 장르의 흥망성쇠 기록이 아니다. 그는 '동시대 작품들이 어떠한 이데올로기를 기반으로 창작되었는가'를 기준으로 하여 시대정신과 체험으로서의 세대를 구분했다. 그가 2세대로 명명한 퓨전 판타지나 이 글에서 논하고자 하는 3세대 게임 판타지는 현재까지도 왕성하게 창작되고 있으며, 이제 웹소설에서 '게임'이라는 요소는 빼놓을 수 없는 핵심 키워드로 자리 잡았다.

그러나 안타까운 점은 장르 문학에 관한 역사 연구가 몇 번의 시도로 그쳤을 뿐, 작품과 시대의 이데올로기를 총망라한 총론까지는 도달하지 못했다는 것이다. 한 해에도 수천 권씩 쏟아지는 작품들을 모두 정리하는 것은 소수의 연구자나 업계 관계자의 개인적 역량으로는 여러모로 역부족이었다. 총론을 연구하기 위해 필요한 하위 장르의 미시사조차 제대로 갖춰져 있지 않은 실정이니, 지금 필요한 것은 하위 장르를 제대로 톺아볼 수 있는 토대를 마련하는 것이다. 어떤 작품이 있는지, 어떤 요소들을 중요시했는지, 해당 작품이 창작되었을 시기의 이데올로기는 무엇인지 데이터를 바탕으로 이야기해야 한다.

이 글은 그중에서도 '게임'이라는 요소에 주목했다. 게임 판타지 소설, 그리고 게임에 대한 이해는 한국 판타지 소설 전체를 관통하는 주제 의식과 연결되어 있으며, 판타지 소설의 팬덤을 이해하고자 할 때 중요한 통로로 자리매김한다. 한국의 판타지 소설이 게임 플레이 감각 그 자체와 연결되어 있기 때문이다.

게임 판타지 소설의 시작

한국 장르 판타지의 카테고리 중 '게임 판타지 소설'이라는 하위 장르는 HMD Head Mounted Display(머리 착용 디스플레이)를 쓰고 가상현실 게임 속에서 뇌파를 이용해 가상의 신체인 아바타를 움직여 게임을 플레이하는 내용을 담은 소설을 뜻한다. 이러한 장르가 탄생하게 된 배경에는 네 가지 이유가 있다. 첫째, 한국 판타지 소설이 TRPG인 〈던전 앤 드래곤〉을 서사화한 작품들을 수입하며 시작되었던 만큼 게임 체험에 대한 창작자와 독자의 거부감이 적었다. 둘째, MMORPG의 원체험이 보편화되었다. 셋째, TV를 통해 '보는 게임'에 익숙해지면서 게임이 상품화된 대상으로 보편화되었다. 넷째, 만화책『유레카』가 유행했다.[2] PC 통신의 발달 이후 온라인 게임에 관한 관심이 늘어나고 다양한 대중문화가 상호교차되며 문화 지형도를 만들었다. 게임은 다양한 소재를 찾아 퓨전화 경향을 이루고 있던 판타

비주류 선언

지 소설에 아주 매력적인 무대였을 것이다.

한국 판타지 소설의 계보에서 등장한 최초의 게임 판타지는 1999년 출간된 『옥스타칼니스의 아이들』이다. 김민영 작가의 『옥스타칼니스의 아이들』은 에브왐EBWaM이라고 불리는 전자기 뇌파 모듈레이터를 포함한 멀티 세트를 통해 가상현실 게임에 접속해서 모험을 떠나는 서사로, 주인공 원철이 〈팔란티어〉라는 게임 공간에서 보로미르라는 캐릭터로 살아가며 일어나는 현실과 가상의 이중 서사를 다룬다. 이것은 후속 세대들이 보여주는 '고글을 통한 게임 접속' 장면과 다르지 않다.

에브왐이란 인간의 모든 느낌과 생각이 대뇌 피질의 전기 신호로 나타난다는 사실에 착안하여 그 신호를 해독하려는 시도에서 출발한 장비이다. 즉, 'ㄱ'이라는 글자를 생각할 때의 뇌파는 이것, 'ㄴ'이라는 글자를 생각할 때의 뇌파는 이것, 이런 식으로 뇌파 신호를 풀어나갈 수 있다면 굳이 키보드로 치지 않아도 '송아지'라고 생각하는 것만으로 컴퓨터가 그것을 '송아지'로 인식하게 할 수 있다는 것이다. 다시 말해서 다른 장비 없이 뇌로부터 직접 입력을 실현시키려 한 장치였다.

나아가서 최소한 이론적으로는, 역으로 전기 자극을 주어 대뇌 피질에 자장 변화를 유도함으로써 그 실제 감각을 느끼는 것처럼 착각하게 만들 수도 있었다. 즉, 눈을 감고 귀를 막고 있어도 자장

에 의한 뇌파 조작만으로 영화를 보는 것 같은 환상을 일으킬 수 있다는 것이다.[3]

그러나 『옥스타칼니스의 아이들』은 특정한 장르적 관습을 형성하진 못했다. 당시 인터넷 세대가 아닌 일반 독자들이 '온라인 게임'이라는 개념 자체를 잘 이해하지 못했기 때문이었다. 후일 이 소설의 개정판인 『팔란티어』의 장르 표기가 '장편 스릴러 소설'로 되어 있는 것도 『팔란티어』가 게임이라는 소재를 차용했을 뿐, 후반의 장르군과 함께 연결되지 못했음을 보여준다. 『옥스타칼니스의 아이들』이 추구한 것은 게임 공간을 배경으로 한 사건의 전개였을 뿐이다. 그 때문에 이후 소설들이 '게임 판타지 소설'이라는 이름으로 다른 장르와 차별화하는 것과 달리 『옥스타칼니스의 아이들』은 같은 시기 출간된 다른 장르 소설들과 큰 배타성을 찾기 힘들다. 또한 단순히 '게임'을 소재로 한 작품을 '게임 판타지'라는 분류로 엮기에는, 1999년도에 출간된 게임 〈스타크래프트〉를 다룬 소설이나 동시기 게임 잡지에서 연재된 이문영 작가의 「울티마 온라인 여행기」 같은 작품과의 변별점을 찾는 데도 무리가 있다.

게임 접속 방식과 서사의 내용이 관습화되어 장르군으로 묶이게 된 것은 그로부터 4년이 지난 2003년 무렵부터였다. 2003년 한 해 동안 『EDES이디스』를 비롯해 『더 월드』, 『이터널 월드』,

『러/판 어드벤처』,『리얼 판타지아』,『엘레멘탈 가드』,『어나더 월드』등 10여 종의 작품이 게임 판타지라는 분류로 출간되었다.

넷에 접속한 승진은 마음을 가다듬으며 화면을 주시했다.
"접속 완료. 오늘도 렉이 걸리지 않기를."
곧 이디스의 세계가 펼쳐졌다.
동시에 바람이 그의 검은 로브를 흔들며 산뜻하게 스치고 지나갔다. 네트워크상에서 느끼는 것인데도, 바람은 실제와 별반 다르지 않았다.[4]

일단 PX헬멧을 쓰면 5초에서 10초 정도 브레인 웨이브 검사를 한다. 플레이어의 정신과 게임의 융합을 위해서다. 그 검사가 끝나면 카도라스 오프닝이 시작된다.[5]

[리얼 판타지아의 세계에 오신 것을 환영하며 기존의 캐릭터와 새로운 사용자와의 신체 리듬 동화비율을 높이기 위하여 수치 조정 작업에 들어갑니다. 아울러 새로운 사용자의 운동 신경 비율과 뇌파를 캐릭터에 입력시키오니 약간의 현기증에 대비하시기 바랍니다.]
찌잉
"크윽!"

[얼굴 모델링 수치의 측정과 캐릭터 간의 동화가 끝났습니다. 즐거운 시간되시길…….][6]

위의 예시에서 확인할 수 있듯이 장르화된 해당 소설들은 게임 판타지 소설의 핵심 코드인 'HMD 계열의 고글을 통해서 가상현실 게임으로 접속하는 장면'을 전면에 내세웠으며, 'MMORPG 플레이', '10~20대의 젊은 주인공', '길드전' 등의 세부 코드를 만들며 교류했다. 이후 게임 판타지 소설은 꾸준한 인기를 누렸고, 2004년 『TGP』와 『레이센』, 2005년 『올마스터』와 『반』의 연달은 성공으로 그 세를 넓혀갔다. 이후 2007년 1월 출간된 『달빛조각사』의 성공으로 확고히 자리 잡게 된다.

게임 판타지 코드의 기원

『옥스타칼니스의 아이들』의 출간으로부터 4년 뒤에 등장한 '게임 판타지 소설'의 변모는 단순히 유행 여부로 축소할 수 없다. 두 소설이 보여주는 간극의 핵심은 '게임이라는 세계를 어떻게 바라보는가' 그리고 '그 게임 바깥의 현실은 어떻게 조형되어 있는가'이다.

1990년대 한국 판타지 소설이 소설 속 만들어진 세계를 바라보는 시선은 2000년대로 들어오면서 두 번의 변곡점을 거친다. 한국 판타지 소설은 현실 세계의 위험을 이차 세계라는 공간적 은유로 표현하고, 그 공간을 모험으로 돌파하려는 서사의 연속이었다. 초기 판타지 소설 작가들이 이차 세계를 구현하며 환상적 공간을 역사적 사실처럼 위장하여 오로지 꿈을 꾸는 공간으로 만들고자 했다면, 이후 '퓨전 판타지'에서는 이차 세계를 현실 세계의 어려움을 극복하기 위한 마법적 소망 구현의 공간으로 변화시켰다. 특히 10대 작가들은 수능 제도와 학업이라는 교육 이데올로기의 억압을 판타지 세계에서 풀고자 소망했다. 게임 판타지 소설은 이러한 경향 이후에 탄생한 장르다.

게임 판타지의 게임 공간은 앞서 살펴보았던 이차 세계와는 정체성이 다르다. 가상현실 게임 공간은 디지털로 조형된 공간이기에 필연적으로 불완전할 수밖에 없다. 게임 공간은 현실 공간에 기생하는, 온라인-오프라인의 이분법을 벗어날 수 없는 종속적 공간이며, 플레이어는 이차 세계의 모험에서 어떠한 소득을 거두지 못하더라도, 심지어 시련과 좌절을 겪더라도 필연적으로 현실로 귀환할 수밖에 없다. 우리는 이러한 두 공간의 관계에 주목해야 한다.

기존의 연구들은 대부분 『대장장이 지그』, 『달빛조각사』, 『아크』를 예시로 들며 현실의 어려움을 돌파하기 위해 게임 공간으로 나아가 욕망을 성취한다고 주장했다. 현실과 게임 공간은 서로 대치되는 공간으로, 하나의 세계에 존재하기 위해서 다른 한 세계의 죽음(온라인-오프라인)이 전제되는, 그렇기에 배타적인 단절 공간으로 이분화했다. 그러나 이러한 주장이 성립하기 위해서는 '게임 플레이'라는 것이 현실의 어려움과 욕망을 해결할 수 있어야 한다. 그러려면 게임에 대한 보편적 인식과 그 인식을 바탕으로 이루어진 사회·경제적 구조가 갖춰져야 한다. 게임 판타지를 읽는 독자들이 당연하게 여긴, '게임을 잘하면 경제적 성취, 이성과의 만남, 사회적 성공이 가능하다'라는 명제는 왜 누구에게도 의심받지 않는가.

결국, 게임 판타지 소설에서 근미래로 설정된 현실 세계는 단순히 가상현실 기술이 구현될 정도의 막연한 미래 시기가 아니다. 가상현실의 게임을 잘하는 것이 현실의 문제까지 해결해줄 수 있는 시뮬라크르 세계의 조형이며, 현실과 게임 공간이라는 두 세계는 서로의 욕망을 마주 본다.

이러한 구조 속에서 주인공은 이중의 가상 세계를 유영한다. 그들은 끊임없이 접속하고 해제하며 두 세계를 오간다. 그들이 현실도 아닌 게임 세계에 몰두하는 것은 가상현실의 현실적 구현 때문이 아니라, 두 세계 모두 가상적 공간이기 때문에 일어나는, 끊임없이 미끄러지는 행위의 착시다. 이렇듯 안정된 세계를 균열 내며 서사를 만드는 건 '게임에 접속하는 것' 자체가 아니라 MMORPG의 보편성을 뛰어넘어 '남들과 다른 플레이를 하는 것'이며, 이것은 과거 판타지나 무협에서 얻는 기연, 비급, 고대

의 유물과 같은 방식으로 재현된다. 바로 히든 피스Hidden Piece의
탄생이다.

히든 피스라는
균열

히든 피스라는 고유명이 처음 등장
한 것은 손희준 스토리, 김윤경 작화
의 만화책 『유레카』에서부터였다.
2000년에 1권이 출간된 이 만화책은 '헤드기어를 통한 가상현
실로 접속, MMORPG의 플레이, 죽어버린 천재 개발자, 게임 속
죽음과 고통이 현실과 연결되는 사건과 음모' 등 게임 판타지 소
설들이 참고한 기초적 문법을 다양하게 가지고 있다. 그중에서
도 작품의 특이성을 강조하는 것이 바로 '히든 피스'의 존재다.

히든 피스는 만화책 『유레카』의 무대가 되는 게임 〈로스트사
가〉를 만든 한 천재 개발자의 소산으로, AI와 프로그래밍을 뛰어
넘어 게임 개발자조차 예상하지 못한 결과치가 나타나는 것을
말한다. 이것이 처음 등장한 것은 만화책 5권의 내용으로, 두 가
지 형태로 구현된다. 첫 번째는 모든 공격을 방어하는 방어막을
뚫는 장면이다. 주인공은 방어막을 뚫기 위해 자신에게 마법 반
사 주술과 공격 마법을 사용한다. 이러한 꼼수는 JRPG에서 종종
나오던 클리셰로, 시스템을 이용한 팁에 가까웠다. 두 번째는 플
레이어가 NPC(사람이 직접 조작하지 않는 캐릭터)를 위해 자기 희

생 주문을 사용하자, 자신을 위해 희생한 플레이어의 시체를 보고 '시스템의 한계치'보다 더욱 강력한 힘을 발휘하는 NPC의 모습이다.

게임 판타지 소설의 작가들이 주목한 것은 두 번째 형태였다. 게임 판타지는 가상공간의 삶이니만큼 서사 속에서 죽음을 다루는 것이 덜 충격적일 수밖에 없다. 게임 속에서 죽음은 재시작 한 번으로 회복되는 일시적 현상으로, 죽음이란 그 캐릭터가 서사에서 추방되는 것이 아니라 경쟁에서 도태되는 저항에 불과했다. 이러한 서사는 독자에게 긴장감과 대리만족감을 주기 어려웠다. 그리하여 게임 판타지 소설 작가들이 찾은 결론이 바로 '히든 피스'[7]였다.

서버에 하나밖에 존재하지 않는 특별한 직업, 서버에 하나밖에 존재하지 않는 테이밍 몬스터, 서버에 하나밖에 존재하지 않는 퀘스트 등 이러한 유일성은 유저들에게 공평한 서비스를 제공해야 하는 기존 MMORPG에서는 허락되지 않는 버그에 가까웠다. 게임 판타지 소설은 그러한 불공평을 용인했고, 주인공에게 부여된 특별성은 독자에게 환상을 제공했다. 버그와 기발한 플레이를 오가는 서사는 호기심과 상상력을 자극했고, 동시에 노동으로서의 게임에 익숙해진 유저-독자에게 대리만족의 욕망을 충족시켜주었다. 이러한 과정이 코드화되며 게임 판타지 소설은 게임 플레이 그 자체에 대한 메타적 소설로 변하게 된다. 이

비주류 선언

후 게임 판타지 소설은 극악한 확률로 떨어지는 아이템과 단순 노가다 반복을 통한 레벨업을 거부하고, 빠른 레벨업과 고급 아이템의 습득을 강조하는 방식으로 변해갔다. 게임적 체험을 강조하는 동시에 게임을 균열 내며 대리만족하는 것을 중시하는 이중적 소설로 자리 잡게 된 것이다.

그러나 연계 퀘스트의 경우에는 어떤 보상이 뒤따를지 모른다. 2차에서 **히든 클래스**로 안내해 주는 퀘스트였다. 거절을 했어도 유용한 스킬을 4개나 알려 주었다. 중간 단계가 이 정도인데 만약 끝을 보았을 때의 성과는 어떨까?

위드는 굴러 들어온 복을 찰 만큼 바보가 아니었다.[8]

이러한 히든 피스의 특성을 잘 드러내는 것이 대표적 게임 판타지 소설인 『달빛조각사』다. 현실적인 직업이 아니라, 게임 속에서 유니크한 퀘스트를 받아 주인공만 선택할 수 있는 히든 직업은 분명 탈脫게임적 요소다. '히든 피스'를 전면에 내세운 전략은 이후 '히든 직업'을 내세운 수많은 모방작을 만들어냈다.

게임 판타지가 웹소설에 남긴 흔적

게임 판타지 소설은 작금의 웹소설 시장에서도 주요한 축을 차지한다. 디다트 작가의 『솔플의 제왕』이나 박새날 작가의 『템빨』, 란델 작가의 『70억분의 1의 이레귤러』를 비롯한 다양한 작품이 뒤를 이었으며, 게임 판타지 소설의 코드 중 '히든 피스'는 게임 판타지를 넘어 거의 모든 장르 문학의 보편적 코드처럼 자리매김했다.

게임 판타지 소설을 주목하는 것은 단순히 과거에 유행했던 소설을 살펴보는 역사 연구라는 의의에서 그치지 않는다. 웹소설 전반에 깔려 있는 주제 의식을 살펴보기 위한 중요한 작업임에도 불구하고 게임 판타지를 중심으로 한 미시사는 별달리 주목받지 못했다. 이는 비단 게임 판타지에서만 일어나는 일이 아니다. 퓨전 판타지나 레이드, 헌터, 어반 판타지 등 국내에서 나타난 다양한 범주의 작업들은 유행으로 치부되었고, 따라서 이 작품들 사이의 계보에 주목한 연구자 또한 없었다. 연구자들은 이러한 작업을 외면하거나, 관심을 가졌지만 제대로 된 결과를 만들지 못하고 난항을 겪었다.

이는 기존의 연구자들조차 장르의 요소를 바라보는 시각을 갖추지 못했기 때문이다. 개별 서사들, 또는 일군의 작품군에 대한 독해는 해내었으나 해당 작품을 만들어낸 전후의 인과관계, 그리고 창작적 리터러시에 무지한 탓이다. 게임 판타지를 단순히

비주류 선언

유행의 한 경향 또는 상업주의의 요구로 바라보던 시선은, 결국 게임 판타지를 '게임'이라는 시스템에 접속해서 모험을 떠나는 서사로 정의하는 데 그치고 말았다.

게임 판타지를 향한 시선은 게임학에 대한 관심과 맞물린다. 게임 판타지와 관련된 기존의 논의들은 온라인 게임에서 모바일 게임으로 이어진 게임 산업의 폭발적인 성장으로 인해 게임과의 연결점을 찾으려는 노력뿐이었다. 그들은 오로지 가상현실 접속 기기를 이용해 게임 공간을 모험하는 것, 서사의 형식 그 자체를 규명하는 것에만 주력했다. 어쩌면 이것은 게임이라는 현상 자체가 낯설던 때의 시대적 한계일지도 모른다. 앞서 살펴보았듯이 게임 판타지 소설에서 주목할 지점은 게임이 아니다. 게임과 마주 보는 근미래의 현실 세계가 어떻게 조형되었는지 이해해야 한다. 이러한 이해가 선행되어야지만 비로소 게임 이후의 게임 소설, 게임 시스템 소설에 접근할 수 있다.

게임 판타지 소설의 체험이 가장 크게 바꿔놓은 것은 숫자로 표현되는 성장 감각이었다. 판타지 소설의 핵심 서사는 이차 세계에서 모험을 통해 주인공이 성장하는 것이며, 작가들은 이러한 성장을 독자에게 어떻게 전달할 것인가 오랫동안 고민했다. 작가들은 판타지 소설에서 '소드유저-소드익스퍼트-소드마스터'나 '일류, 절정, 화경' 등의 고유명을 등장시켰고, 이러한 지표를 통해서 주인공의 추상적인 성장을 드러내고자 했다. 게임 시스템을 이용하는 것도 그 방법 중 하나였다. 판타지 소설의 기원에 TRPG 체험이 있었던 만큼 익숙한 시스템은 별다른 거부감 없이 소설 속에 녹아들었다. 연구자들이 게임 판타지 소설의 원류로 『옥스타칼니스의 아이들』 외에 1998년 출간된 『탐그루』를 함께 언급하는 것도 그러한 까닭이다.

게임 판타지 소설의 유행 이전까지는 게임 시스템을 다수의 소설에서 보편적으로 찾아보기 힘들었다. 몇몇 소설이 해당 기법을 독자적으로 사용했을 뿐이었다. 게임 판타지 소설이 유행한 이후, 현실 세계에서 게임의 스테이터스 창이 보인다거나 게임의 능력이 현실에서 구현되는 등 마주 보던 병렬적 세계가 합치되기 시작했다. 이러한 경향은 지금의 웹소설에서 '전문가물'이나 '레이드물', '헌터물' 등으로 구분되는 게임 시스템 소설로 귀결되었다. 이제 작가는 보다 정확하게 주인공의 성장 정도를 수치로 표현할 수 있고, 독자들의 쾌감은 그러한 수치로 좌우된다. 이러한 자본주의적 수치의 집착은 한국 판타지 소설의 팬덤이 보여주는 뚜렷한 특징이라 할 수 있다.

이처럼 한국 게임 판타지 소설의 역사를 살펴보는 것은 단순히 게임 판타지 장르군뿐만이 아니라 지금, 여기에서 일어나는 판타지 소설 팬덤의 욕망이 어떻게 기원했는지 규명할 수 있는 단초가 된다. 현재 웹소설 작품에서 보이는 세계의 구조와 주인공이 가진 성장 욕망의 기원은 게임 판타지에 있으며, 게임 판타

비주류 선언

지는 단순한 유행이 아니라 한국 판타지 소설의 변곡점을 만들어냈던 주요한 사건이었다.

1) 허만욱, 고훈, 손남훈 등이 이와 같은 시선으로 한국 판타지 소설의 역사를 정리·연구하고 비평하려 노력했다.

2) 혹자는 2003년 10월 출시된 〈리니지 2〉의 흥행을 게임 판타지 소설이 유행하게 된 원인 중 하나로 꼽기도 한다. 그러나 당시 판타지 소설이 종이책으로 출간될 때까지 한 달에서 두 달가량 온라인 연재 기간을 거쳐야 했다는 걸 고려한다면 이러한 연결 짓기는 무리한 지적임을 알 수 있다.

3) 김민영, 『팔란티어』 1권, 황금가지, 2006.

4) 이승희, 『EDES이디스』 1권, 북박스, 2003, 28~29쪽.

5) 장민규, 『러/판 어드벤처』 1권, 청어람, 2003, 17쪽.

6) 김주광, 『리얼 판타지아』 1권, 북박스, 2003, 17~18쪽.

7) 여기서 만화책 『유레카』가 게임 판타지 소설의 형성에 끼친 영향을 짐작해볼 수 있다. 손희준 작가의 증언에 따르면 '히든 피스'는 만화 스토리를 창작할 당시 '이스터 에그(Easter egg)'라는 명칭을 몰라서 만들어낸 고유명사라고 한다. 그러나 이후 출간된 게임 판타지 소설에서 끝내 '이스터 에그'라는 명칭이 등장하지 않고 '히든 피스'라는 명칭이 계속 사용된다는 점을 주목한다면, 게임 판타지 소설은 게임 그 자체에 대한 이해보다는 만화책 『유레카』에서 구현되었던 가상현실과 시스템을 모방한 것이라고 보는 게 옳다.

8) 남희성, 『달빛조각사』 1권, 로크미디어, 2007, 인용자 강조.

무협은 언제나
다시 태어난다

**대본소에서
PC 통신으로**

무협소설은 1960년대부터 현재까지 꾸준히 읽히는 장르다. 오래된 만큼 장르 내외부로 부침이 많았다. 그에 따라 인기도 오르락내리락하기를 반복했다. 장르 자체가 '망했다'라는 말들이 오가기도 했고, 다른 장르의 인기에 묻혀 주목받지 못하기도 했다. 하지만 무협소설은 신문부터 대본소, PC 통신, 웹 연재를 거쳐 현재에 이르기까지, 수많은 위기와 외면, 부침을 겪으면서도 제자리를 지키고 있다. 이 글에서는 PC 통신과 웹 연재 초반을 중심으로 무협소설을 이야기해보고자 한다. 그러기 위해서는 우선 ADSL이라는 초고속 인터넷이 등장하기 이전의 이야기를 잠시 할 필요가 있다.

보통 PC 통신 이전의 무협소설에 대해 이야기할 때 '대본소 무협'이라는 표현을 사용하곤 한다. 요즈음의 만화 카페나 2000년대까지의 대여점과 달리 대본소는 일반 단행본이 아닌 대여를 전제로 출판된 책을 대여해주는 곳이다. 이때의 무협소설 출판은 기성 출판 시장에 유통하는 것이 목적이 아니라, 일정 고료를 작가에게 지급하고 대본소에 공급하는 것이 목적이었다. 무협소설이 PC 통신을 통해 '연재'의 형태를 갖추고 단행본으로 출판·판매되자 대본소는 대여점으로 형태를 바꾸었고, 현재에 이르러서는 만화 카페의 형태로 바뀐 것이다. 이러한 변화는 무협소설의 변화와도 밀접하게 관련되어 있다. 무협소설은 대본소를 벗어나 본격적으로 출판 시장에 나오게 되면서 급격히 변화하게 되었는데, 이는 PC 통신과 ADSL이 등장한 시기를 비교함으로써 두 변화의 지점을 짚어볼 수 있다.

우선, 대본소 시절의 무협소설에 대해서 잠시 되짚어보자. 대본소 무협이 가진 이미지는 말 그대로 '저질'이었다. 대본소 무협이 본격화되기 전인 1970년대 중반까지만 해도 무협소설은 대중적으로 부담 없이 편하게 읽을 수 있는 대표적인 장르 중 하나였다. 오히려 고급 양장본으로 비싸게 나왔던 김광주, 와룡생 등의 1960년대 무협소설보다는 좀 더 접근이 쉬웠다. 그러나 갈수록 무협소설의 공급에는 한계가 오고, 질은 떨어졌다. 또한 이를 대체할 수 있는 비교적 양질의 무협 영화나 소위 '이소룡 영화'로 대표되는 쿵푸 영화 등 여타 다양한 대중문화가 등장하면서 무협소설은 사양세에 접어들 수밖에 없었다. 또한 대본소의 고질적인 문제 때문에 이러한 양상은 한층 심화되었다.

대본소 무협 중 빼어난 작품이 없었던 것은 아니지만, 당시의 무협소설은 소설이라기보다는 그 이하의 어떤 것처럼 인식되었다. 대본소 전문 출판사들은 당시 유력한 작가의 이름 아래에 많은 작가를 두고 있었다. 유력한 작가의 필명을 출판사의 대표 필명으로 써가면서 무협소설을 출간했다. 이 체제는 '공장'이라고도 칭해졌다. 소위 말하는 1980년대 4대 작가라 불린 금강, 사마달, 야설록 모두 대표 필명이었으며, 예외적인 경우는 4대 작가 중 고故 서효원[1]과 4대 작가는 아니었지만 그 못지않게 유명했던 검궁인 정도였다. 극단적일 정도의 자기 복제와 재생산의 과정에서 무협소설은 말 그대로 나락으로 떨어지고 있었다.[2]

무협소설은 대본소 체제에서 최소한의 판매 부수는 보장받을 수 있었다. 그렇기 때문에 작가들에게 작품을 '구매'하는 방식에 가깝게 원고를 받아가며 '공장'처럼 찍어냈고, 스스로 발전할 길도 막아버리고 있었다. 대본소에 공급되는 만화·소설은 일반 독자에게 판매되지 않았고, 독자들은 대본소에 직접 가서 빌려보지 않는 한 무협소설 및 무협 만화를 즐기기 어려웠다. 이렇듯 다양한 독자층을 포섭하기 어려운 환경이다 보니 무협소설은 자

비주류 선언

연스레 극단적인 취향으로 나아가게 되었으며 속칭 '노루표'(포르노를 비꼰 표현이다) 무협이 한때 대본소 무협의 대세가 되기도 했다. 이런 문제는 김용의 『영웅문』이 고려원에서 1986년 일반 단행본으로 출간되고 비공식 집계로 800만 부가량 팔리면서 한층 심화되었다. 독자의 입장에서는 반길 수밖에 없는 일이었다. 비록 그것이 1950~1960년대의 작품일지언정 비교적 양질의 번역과 좋은 내용으로 무장한 무협소설을 '직접 골라 살 수 있는' 상황에서 굳이 대본소 무협을 볼 이유가 없었던 것이다.[3] 자연스럽게 대본소 무협은 서서히 사양세로 접어들게 되었다.

왜 『태극문』이고 왜 『대도오』인가

1990년대 이후 무협 장르를 접한 사람이라면 야설록이나 사마달의 이름을 소설가보다는 만화 스토리 작가로 알고 있는 경우가 더 많을 것이다. 폐쇄적인 대본소 시장의 한계와 몰락은 결국 무협 작가들의 직업을 바꿔버리는 결과를 낳기도 했다. 그러나 PC 통신이 등장하면서 이야기가 달라졌다. 말 그대로 무협 장르의 독자들이 재미 삼아, 혹은 좌백 작가의 진술대로 더는 읽을 것이 없어서[4] 혹은 이와 비슷한 이유로 직접 창작에 뛰어들거나, 대표 필명 아래에 있던 무협 작가들이 개별적으로 PC 통신에서 연재를 시작한 것이다. 여기서 야설록 작가가 설립한 도서출판 뫼는 한국의 '신무협' 작가들이 데뷔할 수 있는 토대가 되었다. PC 통신 하이텔의 '무림동'에서 자체적으로 주도한 공모전이나 무림동 이외에도 나우누리의 '무림천하', 천리안의 '무림동호회' 등에서 이루어진 여러 아마추어 작가들의 자체적인 연재와 활발한 교류를 통해 무협 장르는 이전의 색채를 벗어나게 되었다.

대표적으로 1994년 용대운 작가의『태극문』이 하이텔 무림동에서 연재되면서 무협소설에는 '신무협'[5]이라는 새로운 장르적 명칭이 대두했다. 물론 이전에 PC 통신에서 연재된 무협 장르가 없지는 않았다. 1992년 김영하의『무협 학생운동』, 이우혁의『퇴마록』같은 작품이 연재되었는데, 전자는 정치 풍자 소설에 무협적 감각을 덧붙인 작품이었으며, 후자는 무협을 일종의 코드로서만 활용한 작품이었다. 이 와중에 등장한『태극문』은 상당한 충격이었다.『태극문』은 본격적으로 대본소를 벗어나 일반적인 출판 시장에서 독자에게 판매[6]되었으며 상당한 인기를 끌었다고 한다. 이를 통해서 무협소설은 더 이상 '대여를 목적으로 하는' 수준에서 창작되지 않았다. 물론 이들은 다시 대여점을 중심으로 소비되었지만, 단순히 대여만을 목적으로 하지 않고 독자들에게 직접 다가가면서 장르의 변화가 일어난 것이다.

평론가 전형준에 따르면[7]『태극문』에서 주인공 조자건은 무도를 통해 자아의 완성에 이른다고 한다. 일반적으로 무협소설은 주인공의 복수라는 서사가 중심을 이루는데,『태극문』은 복수

비주류 선언

라는 서사의 얼개만 유지한 채 주인공의 '완성'에 초점을 맞춤으로써 이전의 무협과는 다른 길을 열었다. 이는 주인공의 주변 인물만 보아도 알 수 있다. 대협의 풍모를 가진 번우량, 천하제일의 지략을 가진 모용수, 비정하고 복수에 매진하는 위지혼이 그러하다. 섭보옥은 여자라는 한계가 과도하게 부여된 측면이 있어 다른 사형제에 비해 다소 격이 떨어져 보이기는 하지만, 천하제일의 미녀로 나름의 세력을 구축한다. 조자건을 제외한 태극문의 사형제들은 제각기 이전 시대의 무협소설 주인공과 진배없다. 주인공인 조자건은 이들에 비해 딱히 잘나진 않으나, 굳센 심지를 가진 인물로 복수와 무도, 자아의 완성이라는 목표를 향해 굳건히 나아갈 따름이다.

조자건과 『태극문』은 이후 무협소설의 한 전형이 된다. 딱히 천하제일의 기재가 아님에도 굴강한 의지를 가지고 나아가 끝내 성취를 이루는 인물형이 신무협 주인공의 한 전형이 된다. 주어진 완벽함이 아니라, 완벽을 향해 나아가는 인물이 주인공이 되면서 무협소설에서 복수는 굳이 추구할 필요가 없는 부차적인 서사로 변화할 여지가 생긴 것이다. 다만 『태극문』을 완전한 탈피라고는 할 수 없었다. 『태극문』이 촉발한 '신무협'은 좌백 작가를 통해 구체적인 형태를 갖추게 된다.

『대도오』의 주인공 대도오는 이전 무협소설의 인물들과는 확연히 다른 인물형을 구축한다. 성장이 거의 배제된 채로 진행되는 서사에서 대도오는 기존 질서에 끊임없이 질문을 던지고, 이를 통해 작품의 의미가 드러난다. 대도오는 이미 완성되어 있는 인물이며 성장한다기보다는 세계와 정면충돌하는 유형이라고 할 수 있다. '고아'에 '하급 무사'인 대도오와 그의 '흑풍조' 동료들은 하급 무사라는 정체성을 끝까지 유지한다. 흑풍조라는 작은 집단은 지속적으로 외부의 거대한 단체, 질서와 충돌한다. 이들은 자신의 정체성을 유지하기 위해서라도 혹은 살아남기 위해서라도 이들과 계속 싸워나간다. 이들에게서 승리를 거둠에도 불구하고 흑풍조는 자신들을 여전히 '하급 무사'라고 칭하며 세상의 질서에 대한 냉소를 보여준다. 성장하지 않는 주인공 대도오는 당시 무협소설의 전형적인 주인공에 대한 다른 방식의 부정이다.『대도오』는 무협 장르에 으레 기대되는 성장과 복수의 서사를 부정하며, 장르에 대한 일반적인 기대를 즐겁게 배반한 것이다.

『대도오』를 통해서 무협소설의 주인공들은 성장이라는 강박을 벗어던질 수 있었으며,『태극문』의 조자건을 통해 비범하고 이질적인 주인공이 아니라 '평범'한 주인공이 등장하게 되었다. 두 작품으로 인해 무협소설은 기존의 단조로운 서사에서 다소 벗어나 다양한 시도를 할 수 있게 되었다. 또한 두 작품은 제각기 자아와 자아의 외부에 질문을 던지면서 '신무협'이라는 장르를 형성하는 바탕이 되었다. 무협소설은 더 이상 장르 안에서만 이

비주류 선언

루어지는 유희가 아니라, 독자들의 세계로 확대될 수 있는 장르로 변모한다.

　이 무렵 데뷔한 작가들 중 다수가 현재까지도 창작 활동을 이어나가고 있다. 다만 이 시기에 데뷔한 작가들의 공통적인 문제는 창작에 오랜 시간이 걸린다는 것이었다. 『쟁선계』, 『군림천하』 등 몇몇 작품은 상당히 장기간에 걸쳐 완결되었거나, 연재 중이다. 용대운 스스로도 "당시 (신무협) 작가들이 너무 적게 썼다"[8]고 회고할 만큼 독자들의 수요를 충분히 만족시킬 양이 부족했던 것이다. PC 통신 시절의 작가들은 대부분 1980년대의 공장식 무협에 대한 안티테제적인 성격을 가지고 있다. 자연스레 이들은 작품마다 더 공을 들이고, 좀 더 신중한 창작 활동을 이어나가는 모습을 보인다. 질적으로는 훌륭하지만, 양적으로 부족하다는 사실은 새로운 수요를 부르기 마련이고, 때마침 ADSL을 통한 인터넷 환경이 본격적으로 구축된다.

PC 통신에서 ADSL로

2000년대 초반 초고속 인터넷이 보급될 무렵, "따라올 테면 따라와 봐"라는 광고 문구가 가장 기억에 남는다. PC 통신과는 비교할 수 없는 빠른 속도와 비교적 저렴한 요금에 사람들은 큰 호응을 보냈다. 초고속 인터넷, 즉 'ADSL'을 통해 구축된 인터넷 환경은 무협 장르의 또 다른 전환점이 되었다. 다만, 여기서의 전환은 완전한 흐름의 변화라기보다는 새로운 흐름의 형성이라는 의미다. PC 통신과 인터넷 환경 사이의 시차는 상당히 짧았던 터라 어떤 세대가 형성되기보다는 서로 뒤섞여 있었다고 보는 것이 온당하기 때문이다. 따라서 여기서 PC 통신과 인터넷 환경의 신무협을 구분하는 것은 어디까지나 대체적인 경향성을 따라 구분하는 것이며, 엄밀한 구분이라고 하기에는 어렵다는 점을 밝히고자 한다.

PC 통신 이후 신무협에서 가장 뚜렷한 변화는 '클리셰'의 변화와 재구성이라고 할 수 있다. 1961년 김광주의 『정협지』가 〈경향신문〉에 연재된 이후, 무협소설의 클리셰는 주로 대만의 것을 직접적으로 수용했다. 1980년대 들어서 대본소 무협이 본격적으로 창작되는 과정에서 작가들은 어떤 식으로든 무협소설에 대한 클리셰를 교육받게 되었다. 대본소 사무실의 소위 '실장'[9]을 통해 무협소설의 클리셰가 지식으로 계승되었고, 또한 작가 스스로 무협소설을 읽으며 다양한 클리셰를 접하기도 했다.

신무협 시대에 이르러서는 이러한 시스템이 붕괴되었다. 비교적 초창기의 용대운을 위시한 일군의 작가들은 서로의 글을 읽고 공유할 수 있었으나 ADSL 도입을 전후하여 이러한 과정이 끊기게 된다. 이때 PC 통신과 인터넷에서 홀로 연재하기 시작한 작가들은 말 그대로 독자로서 학습한 일부 클리셰를 통해 무협소설을

비주류 선언

창작하게 되었던 것이다. 일부 도제식으로 배우며 창작하는 경우가 있긴 했으나, 상당수의 작가는 자신의 취향대로 소설을 창작하기 시작했다. 이 과정에서 하이텔이나 '북풍표국' 등 인터넷 사이트를 통해 일종의 무협 창작 가이드가 구성되고 유포되었다. 물론 확고한 수준의 가이드는 아니며 참고 사항 수준이었다고 할 수 있다.

ADSL을 전후하여 기존 무협소설의 클리셰는 상당히 경계가 약해졌다. 이전까지 비교적 엄밀하게 지켜왔던 창작의 관습, 가령 무림의 구성이나 서사 방식 등은 대부분 그 흔적만 남게 되었다. 이때 빈 곳을 채우는 것은 새로운 클리셰였다. 새로운 클리셰는 장르 내에서 재구성되는 것만이 아니라 다른 대중문화에서 유입되기도 했다. 이를 잘 보여주는 것이 목정균의 『비뢰도』에 나오는 '천무학관' 같은 공간이다. 무림이 문파와 낭인, 표국 같은 단체들의 공간이 아니라 전혀 다른 공간으로 변모하기 시작한 것이다.

무협소설뿐만 아니라 무협 장르 전체적으로 보면, 엄격한 클리셰는 곧 진입 장벽이 된다. 작가의 자의이든 타의이든, 더 다양해진 연재처와 다양한 독자를 만족시키기 위해서는 클리셰를 일정 부분 포기할 수밖에 없었던 것도 사실이다. 여기서 무협소설의 고유한 클리셰들은 다른 대중문화의 클리셰와 결합하면서 비교적 이해하기 쉬운 개념으로 변화했다. 대표적으로 내공이나,

무공의 성취도를 표현하는 수단이 좀 더 쉬운 감각으로 표현되었다. ADSL을 전후하여 무협소설의 주인공들은 비교적 명확한 수치를 통해 강력함을 표현한다. 갑자甲子(60년) 단위의 내공만이 아니라 삼화취정, 오기조원 등의 경지를 재배치하고, 화경, 현경 등 경지를 표현하는 용어가 확대[10]된다. 주인공의 강력함이 '최강'이라고 모호하게 표현되기 보다는, 마치 『드래곤볼』의 전투력이나 게임의 '레벨'이라는 감각처럼 이해되는 것이다.[11]

이러한 척도는 때로 '승급'처럼 이해되기도 한다. 삼류, 이류, 일류, 절정. 그리고 그 이상의 경지들이 무협소설에 등장하는데, 여기서 이러한 경지의 구분은 내공의 총량 및 여타의 기준을 통해 표현된다. 그렇기 때문에 무림인들은 서슴없이 등급을 표현하고, 마치 진화의 단계를 밟는 것처럼 경지를 올려간다. 이러한 설정이 구체화되자, '싸움'과 경지의 단계는 일종의 딜레마를 유발한다. 종종 "싸움에는 하수고 고수고 없다"는 식의 서술이 등장하는 것이 이러한 설정에서 기인한 것이라고 할 수 있다. 구무협은 단순히 내공의 총량이나 수준을 모호하게 표현했다면 ADSL을 전후한 신무협에서는 이 부분이 차근차근 진행해야 할 진화 내지는 강화처럼 이해되었다고 할 수 있다.

오래된 클리셰가 부정되는 대표적인 한 가지 예시를 들어본다면 무협소설의 가장 대표적인 클리셰인 '기연'을 들 수 있다. 구무협에서 주인공은 으레 절벽에서 떨어지고, 때마침 적당한 동굴에 어찌어찌 들어간다. 그리고 그 앞에 책이 한 권 놓여 있으며, 때로는 진귀한 약도 하나쯤 준비되어 있다. 책은 보통 "연자緣子여, 이 비급은…" 하는 투로 시작하며 주인공에게 절세의 무공을 친절하게도 알려준다. 그러면 주인공은 이걸 따라 몇 년 혹은 몇 개월만 수련하고 나와 무림의 강자로 군림한다. 가령 고서효원의 『대설』에서 주인공은 3년 동안 천 종의 절기를 익혔다.

그러나 신무협에 와서 이러한 클리셰는 부정되거나 변화한 채로 수용된다. 부정의 경우는 앞서 말한 『태극문』의 조자건이 기초적인 기술과 끈질긴 노력으로 자신의 무공을 완성한 것이 대표적이다. 변화의 경우는 가우리 작가의 『무위투쟁록』을 들 수 있다. 주인공 장무위가 절벽에서는 떨어지는데, 제대로 된 입구로 들어가지 않고 으레 지켜야 할 순서를 지키지 않아 400년간 진법에 갇힌다. 장무위는 혼자 좌충우돌하며 스스로 무공을 익혔고, 오랜 시간이 흐른 후에야 이름도 거창한 '청령삼재무한시공진'에서 탈출하게 된다.

구무협의 클리셰는 이렇게 부정되거나 변용되기만 하지 않았다. 장담 작가의 경우, 구무협의 클리셰를 수용하면서 내부의 밀도를 높이는 경우라고 할 수 있다. 버려진 주인공과 복수의 과정, 세계와 대결할 수 있을 만큼 거대한 세력의 구축과 행복한 결말을 보여주는 서사는 구무협의 그것과 크게 다르지 않다. 하지만 클리셰를 현대적인 감각에 맞춰 재해석하고 있다. 지난 백년간 무협소설이 그래왔듯이, 무협소설은 자신의 생존 혹은 변화를 위해서라도 다른 장르를 받아들이고 변화해야 했다. 신무협 시대가 시작되면서, 이전의 대본소 체제와 단절된 새로운 창작 체제(혹은 개별적인 창작)가 이루어지는 과정은 클리셰의 계승을 단절시켰고, 그 내부를 다른 장르 혹은 대중문화의 요소로 채울 여지를 마련했다.

또한 주인공의 변모는 으레 기대되었던 '무림'이라는 판 자체를 붕괴시키기도 한다. 주인공이 비범해야 한다거나, 원수에게 복수해야 한다는 강박에서 벗어나면서 무협소설의 기본적인 서사 구성도 변화한다. 서사 구성이 변하면서 무림 또한 굳이 복수의 무대가 될 필요가 없어졌다. 그에 따라 무림은 다양하게 표현된다. 때로는 가벼운 웃음의 공간이 되기도 하며 때로는 해결사를 위한 음모의 공간이 되기도 한다. 주인공은 무림이라는 강고한 판을 흔드는 인물이 되어 기존의 클리셰를 넘어서게 된다. 앞서 언급한 『무위투쟁록』의 장무위는 패잔병이라는 정체성을 유지하고, 『삼류무사』의 장추삼 또한 무림인이라기보다는 직장인이자 건달 같은 모습을 보인다. 무림이라는 세계에 어울리는 인물에 국한되지 않고, 다양한 유형의 주인공이 등장하며 새로운 형태로 서사가 변모했다고 할 수 있다.

무협소설적 인물이 될 필요가 서서히 사라지면서, 주인공은 좀 더 현실의 독자에게 다가간다. 무림에서 고뇌하는 주인공이 아니라, 현실의 고뇌가 무림을 통해 재해석되고 그것이 주인공을 통해 드러나면서 무림은 닫힌 공간이 아니라 열린 공간으로 변모했다. 이 과정에서 무협소설의 무림은 더 이상 고리타분하고 지루한 클리셰의 공간이 아니게 되었다. 신무협이 보여준 다양성의 여지는 ADSL을 통해 재구성되며, '지금, 여기'의 감각으로 무림을 재해석하는 바탕이 되었다.

무협소설은 더 이상 무림이라는 공간 내부의 리얼리티를 추구하는 것만 미덕으로 삼지 않았다. 용대운, 좌백, 이재일 등 PC 통신 초창기의 신무협 작가들은 세계관을 구성할 때 그 세계관 내의 리얼리티에 대해 깊이 고민했다. 하지만 ADSL을 전후로 새로이 등장하는 일군의 작품들에서는 이러한 고민이 구체적으로 보이지 않는다. 무림이라는 세계의 리얼리티는 개별 작품마다 현격히 달라지고, 작가가 말하고자 하는 바에 따라 재구성된다. 이곳의 리얼리티는 온전한 것이 아니며, 부분적으로 무림이라는 감각을 주기 위해 이용되는 경우도 나타난다. 세계관 밖의 현실이 무협소설로 틈입하고, 이 과정에서 기존의 클리셰들은 껍데기만 남게 된다.

'나'에서 나의 주변으로

ADSL 이후의 신무협은 PC 통신 시절 신무협의 서사와는 다소 다른 양상을 보인다. 앞서 살핀 대로『태극문』이나『대도오』는 상당히 진중한 서사를 가지고 있으며, 자아에 대한 고민의 흔적이 여실히 드러난다. 이때까지 무협소설의 서사는 대부분 '무림'이라는 공간 내에서 여러 방식으로 의미를 찾아가는 과정의 이야기였는데 ADSL 이후의 신무협에서는 이러한 흐름이 다소 변화한다.

무협소설에서 늘 있었던 클리셰들은 서서히 붕괴하고 있었으며, 이에 따라 새로운 클리셰가 형성되고 구무협의 무림은 해체되어가는 경향을 보인다. 해체된 무림의 틈새로 들어오는 것은 당시의 현실이라고 할 수 있다. 무림은 더 이상 그 자체로 온전한 유희의 공간이 아니라, 불안하고 불쾌한 '여기'의 현실이 틈입하는 공간이 되어간다고 할 수 있다.『대도오』의 한 장면과 김석진의『삼류무사』의 한 장면을 비교해보자.

『대도오』에서 운기준과 독고청청이 살벌하게 싸우는 장면이 있다. 여기서 운기준은 "아직은, 아직은 아냐! 네년의 사악한 근성을 뿌리까지 뽑아주고야 말겠다. 누가 위인지, 누가 누구의 말을 들어야 하는지도 말이야!"라고 외친다.[12]『삼류무사』에서 정혜란은 무림에서 여성으로서 겪는 고민에 대해 풀어놓는데, 장추삼이 "여자들이 그런 얘기를 하는 게 뭐가 나빠? 여성들도 마찬가지로 무공을 수련하면서 확실한 목표 의식을 가져야 진정한 성취를 얻고 무언가 보람된 일을 하게 될 거야. 무공에 취미가 있고 자질도 있다면 여자라고 망설일 필요가 뭐 있겠어. 무림은 어차피 실력이 모든 것을 말해주는 세계라고. 성별로 규정지어진다고 생각한다면 그건 해보기도 전에 패배 의식에 먼저 지는 게 아닐까?"라고 한다.

이러한 두 언술은 현실의 변화를 보여주는 동시에, 무림이라는 강고한 클리셰의 세계가 서서히 무너져가고 있음을 드러낸다. 『대도오』의 무림은 중국적인 세계라는 배경과 어떤 특정한 시기를 암시하며 당시의 시대를 반영하고자 한다. 그러나 『삼류무사』의 무림은 지금 여기의 현실이 클리셰의 담장을 넘어 무림이라는 공간에 틈입해 있음을 보여준다. 2001년 무렵은 호주제 폐지가 사회적으로 큰 이슈였으며, 당시 사회 전반에 걸쳐서 여성의 인권에 대한 논의가 다양하게 이루어지고 있었다. 이러한 현실의 문제가 무협소설 속 무림이라는 공간에서 암시적인 언술이 아니라, 인물의 입을 빌려 직접적으로 언술되고 있다는 점에 주목할 필요가 있다.

이는 작품의 우열을 나누고자 하는 것이 아니다. 각 작품, 혹은 작가가 무림에 대해 가지는 시각과 던지는 질문이 변화했다는 점을 지적하는 것이다. 좌백 작가가 묘사하는 무림이 역사적 배경을 갖추고 그에 어울리는 행동을 하는 인물들로 구성된 공간이라면, 김석진 작가가 묘사한 무림은 그보다는 지금의 현실에 더 민감하게 반응하고, '여기'의 서사를 더 틈입시키고자 하는 욕망이 도드라지는 공간이라고 할 수 있다. 즉, 무협소설에서 가장 강고한 클리셰였던 무림은 ADSL 이후 그 경계가 서서히 허물어지며 현실에 자신들의 자리를 내어주기 시작했다.

무협이라고 해서 반드시 특정한 시대와 배경을 가진 무림을 묘사해야 하는 것은 아니다. 즉, 무림이라고 해서 꼭 전근대적인 감각으로 해석할 필요는 없다. 작가의 마음에 따라 무림은 재구성될 수 있으며, 현대의 감각을 통해서 재구성될 수도 있는 것이다. 물론 이러한 재해석의 과정에 전제되는 것은 당대에 대한 혹은 '무림'에 대한 최소한의 이해와 합의다. 최근 카카오페이지에 연재 중인 「무협지 악녀인데 내가 제일 쎄!」의 경우가 이러한 상황을 잘 드러낸다. 이 작품의 문제로 지적되는 것은 '무림'의 특수성과 주변의 관계에 대한 이해가 과도하게 생략됐거나 부족하다는 점이다. 기존에 기대되는 클리셰의 이해와 그에 따른 전복이 이루어지는 것이 아니라, 단순히 '분위기'를 위한 제시처럼 나타남으로써 문제가 된 것이다.

물론 지난 수십 년간 무림은 서서히 강고했던 자신의 구성을 포기하게 되었으며, 빈틈을 현실의 감각이나 다른 대중문화로 메꾸게 되었다. 주인공 또한 기존에 보였던 무협소설적인 인물이 아니라 당대 현실 감각에 가까워지면서 독자 주변의 이야기가 서사에 개입하게 되었다. 무림이라는 무협소설만의 아성을 허물자 이는 무협소설의 클리셰를 해체하고 재조합하는 바탕이 되었다. 물론 여전히 무림이라는 벽은 자기의 구실을 하면서 '무협다움'의 기준점처럼 존재한다.

무협소설은 지난 60여 년간 꾸준히 변화해왔다. 그 목적이나 원인이 무엇이든 무협소설은 당대의 독자들에 호응하고자 노력하는 장르라고 할 수 있다. 다만 그 변화의 과정에서는 계속 진통이 있을 따름이며 시대에 맞춰 변화하는 데 자연스레 따라오는 고난이 수반되는 것이다. ADSL 이후 본격적으로 온라인 환경이 대중화되고 그에 따라 다양한 작가, 그보다 더 다양한 독자 계층이 형성되면서 이에 맞춰 무협소설이 변화했다고 할 수 있다. 또한 좌백 작가가 지난 뉴미디어 비평 스쿨의 강연에서 말했듯이, 이미 클리셰를 다루는 다양한 방법은 대부분 시도되었고 변주될 수 있는 만큼 변주되었다.[13] 변화 과정에서 기존 클리셰는 서서히 자신의 자리를 내주어야 하며, 이 과정에서 생기는 빈틈으로 당대 독자와 작가들의 현실이 틈입한다.

2010년대 들어서 신무협은 더 이상 무림만의 이야기로 무협을 구성하지 않는다. 오히려 무림이라는 공간은 단지 이야기를 풀어놓고 인물들이 행동하기 위한 공간이 된다. 『무위투쟁록』이 그러한 경향을 잘 보여주고 있다. 장무위가 강제로 시간을 넘어 도착한 곳에서 그는 스스로를 무림인이라 생각하지도 않는다.

그는 다만 가족을 이루고 행복하게 살기를 원하지만, 무림이라는 공간이 그와 그의 가족에게 실제 위협이 되자 장무위는 그에 분노하며 무림과 충돌하게 된다. 이러한 서사의 과정에서 무림이라는 공간은 더 이상 핵심적인 공간이자 주인공이 자아를 확립하는 공간으로 기능하지 않는다. 오히려 무림은 가족을 구성하기 어렵게 만드는 당시 현실이자 한 개인에게 세계가 행사할 수 있는 강대한 폭력을 의미한다. 더 이상 무림은 절대적이고 강고한 공간이 아니다. 무림은 이제 클리셰로 구성된 닫힌 공간이 아니라, 세계를 향해 개방된 공간이 되었다.

PC 통신과 ADSL을 전후하여 무협소설의 클리셰는 이전의 것과는 상당히 멀어진 상태다. 이 과정에서 무협소설을 구성하는 가장 중요한 클리셰인 무림은 이전처럼 단일한 목적이나, 역사적인 의미만을 가지는 공간이 아니게 되었다. 현재의 무협소설은 더 이상 신무협이라는 틀로 묶기에는 너무 다양한 방향으로 변화했고, 변화하는 중이다. 무협소설은 더 이상 '나'의 이야기가 아니다. 지금, 여기의 현실이 비집고 들어와 '나'와 그 주변을 포함하는 이야기가 되어가고 있다.

또, 세계가 격렬하게 변화하고 무협소설 주변의 개개인들이 변화하기 때문에 무협소설이 변화하는 양상은 지금 당장 갈피를 잡기 어려운 것이 사실이다. 혹자는 변화하지 않고 사멸한다고 하기도 하며, 혹자는 다른 장르에 흡수되고 있다고도 한다. 하지

비주류 선언

만 지금의 시점에서 이러한 문제를 단정지을 수는 없다. 대본소 무협이 철저하게 몰락하는 와중에, 신무협이라는 장르가 태동할 것이라고 누가 상상할 수 있었을까? 그렇기 때문에 지금 무협소설은 장르적 구분과 장르의 클리셰에 얽매이는 것에서 벗어나 또 다른 방식의 '신무협'을 고민하고 있는 중이라고 할 수 있다. 다만 우리는 그 형태를 아직 모를 뿐, 어디선가 새로이 시작되고 있을지도 혹은 이미 나타나 있을지 모른다.

1) 서효원은 지금까지도 회자되는 작가 중 하나다. 대표작으로 『대자객교』와 『실명대협』 시리즈 등이 있다. 1992년 만 33세로 요절하기 전까지 12년간 128편, 근 1천 권에 달하는 무협소설을 집필했다. 워낙 많이 쓰다 보니 자신이 직접 다른 필명으로 소설을 발표하는 등 압도적인 수준의 창작량을 보였다. 검궁인 또한 "다작을 한 것은 사실이지요. 생활을 위해 한 달에 한 질 쓰는 걸 원칙으로 삼았었으니까요. 실제로 한 달에 한 질을 정확히 쓴 것은 서효원과 나뿐이었습니다"라고 인터뷰(〈인터뷰365〉 2010년 1월 18일 자)에서 회고할 정도로 다작한 작가였다.

2) 1980년대 대본소 무협은 1970년대 번역 중심의 무협과 달리 창작 무협이 중심이 되었다. 하지만 원고를 쓰는 사람이 번역가에서 작가로 바뀐 것을 제외하면 시스템상 큰 차이는 없었다.

3) 이 무렵, 1960년대 출간되었던 와룡생의 무협소설이 재번역되거나 재출간되었는데, 대부분 무협소설이라는 표제보다는 '역사소설' 혹은 '대하소설' 등의 표제를 달고 나왔다. 김용의 작품 또한 대하소설류로 표현하는 경우도 잦았다. 그만큼 '무협'이라는 장르 명칭이 부정적으로 인식되었다는 사실을 알 수 있다.

4) 좌백, 「좌백자서」, 『대도오』 1권, 뫼, 1995.

5) 엄밀히 말하자면, 이미 김용이나 양우생, 와룡생 등의 무협소설이 '신무협'이라고 불렸다. 1910년대 시작된 중국의 무협에 대한 '신'무협으로 1950년대 김용과 양우생 등이 등장한 것이지만, 이 글에서 신무협은 편의상 한국의 신무협을 의미한다.

6) 신무협으로서 자리를 잡은 경우다. 무협소설이 본격적으로 일반 독자를 대상으로 판매되기 시작한 것은 서효원의 『대자객교』부터라고 할 수 있다.

7) 전형준, 「용대운, 낭만적 자아를 추구하는 복수담과 완성담」, 『태극문이 있었다』, 새파란상상, 2014, 56~60쪽.

8) 텍스트릿 인터뷰 「지금, 신무협은 어디에-용대운 선생님을 만나다(1편)」 참조(http://textreet.net/board_KsZr90/30232).

9) '실장'의 지도방식은 실제 무협소설을 창작한 경험을 바탕으로 문하생을 지도하는 형식이 아니었다. 일종의 편집자 겸 독자로 어색한 부분을 간단히 지적하거나, 간단한 감상을 해주는 수준이었다고 한다.

10) 이러한 명칭은 전동조의 『묵향』을 통해 ADSL 이후 무협소설에 확실히 정착한 것으로 보인다.

11) 이러한 명확한 수치의 제시는 서사에서 빚어지는 '애매함'을 회피하기 위한 것이기도 하다. 주인공의 강력함이 명명백백하게 드러나면서, 허무한 전개라는 불안감을 해소하는 장치가 된다. 좌백은 『대도오』를 통해 이런 수치화의 감각을 한차례 부정하고, 강함에 대한 새로운 담론을 무협 장르에 도입했다. 하지만 그것이 가지는 불안함의 문제로 인해 ADSL을 전후로 다소 지양되는 면이 없지 않았다.

12) 이 장면은 그저 폭력을 행사하기보다는 두 인물 사이의 애증과 선대부터 이어진 해묵은 갈등이 동시다발적으로 터지는 장면이라고 할 수 있다. 이후 두 인물은 화해하며 부부로서 가족이 된다.

13) 뉴미디어 비평 스쿨 3기 우리장르 사용설명서-5강 무협(https://youtu.be/xj-nqkhFCZY), 2:14:00~2:18:00 참조.

비주류 선언

[SF]

미래는 이미
도래했다

2013년에 개봉한 알폰소 쿠아론 감독의 영화 〈그래비티〉는 지구 600km 상공의 우주에서 허블 망원경을 수리하다가 사고로 궤도를 이탈하게 된 우주비행사가 지구로 귀환하는 이야기다. '우주'라는 배경과 '우주비행사'라는 주인공의 역할만을 본다면 이야기의 시간적 배경이 최소 근미래 이상이라고 생각할 수도 있다. 하지만 이 작품의 장르는 SF Science Fiction 이자 '재난물'이다. 이 영화 이전에 재난물에 속하는 영화들은 토네이도, 홍수, 화산 분출, 지진이나 해일 등 대부분 지구 안에서 벌어지는 일을 소재로 삼았다. 그러나 〈그래비티〉에서 그려지는 상황은 지구에서 벌어지는 일은 아니지만 분명 현재도 충분히 벌어질 수 있는 재난 상황이다.

생각해보면, 우주비행사는 1960년대에도 있었으며, 허블 망원경도 실제로 우주에 있다. 작품 속에서 주인공인 스톤 박사가 거쳐 가는 중국의 톈궁天宮도 실제로 2011년에 발사되어 2018년 남태평양에 추락한, 현재로서는 과거의 우주정거장이다. 주인공을 끊임없이 위협하던 우주 쓰레기Artificial Space Debris도 현실에서 우주비행사들을 위협하는 장애물 중 하나다.

과학의 발전은 SF의 발전이다

쥘 베른의 장편소설『지구에서 달까지』를 각색해서 만든 조르주 멜리에스의 1902년 흑백 무성 영화 〈달세계 여행〉을 보면, 우주는 신비로움과 환상으로 가득한 공간으로 제시된다. 달 표면에 사람 얼굴 모양이 있고, 한쪽 눈에 우주선이 박힌다. 실제로 가보지 못한 달을 상상으로 만들어낸 것이다. 그러나 인류가 1960년대 달 착륙에 성공한 이후 우리는 실제 달의 모습을 알고 있다. 이제 우주는 환상의 영역이 아니라, 과거의 대항해 시대처럼 개척과 탐사의 영역이 되었다. 〈그래비티〉는 공상이 아니라 우리가 바라보는 밤하늘 어디에선가 벌어지는 이야기다. 현재는 과거를 살던 사람이 생각하던 SF의 배경인 셈이다.

비주류 선언

1900년대 초반에 〈달세계 여행〉을 관람한 과거 사람이 2019년의 세상을 볼 수 있다면, 그는 우리 세상을 어떻게 느낄까? 인터넷과 통신 기술의 비약적인 발달로 사람들은 길거리에서 스마트폰으로 뉴스나 동영상을 시청하고, 지구 반대편에 있는 사람과 실시간으로 화상 통화를 한다. 모든 사람과 기기는 연결되어 있다. 과거 사람은 우리의 일상을 바라보며 SF 작품 속에 들어와 있는 것 같다고 생각할지도 모르겠다. 그러나 우리에게는 놀랍지도 않으며 지극히 당연한 현실이다. 이러한 기술의 가속은 최근 들어 점점 더 빨라지는 것처럼 보인다. 그것은 비단 몇몇 선진국뿐만 아니라 전 세계에 해당하는 일이다.

과학이 발전하면, SF 장르도 함께 발전한다. 이전에 SF의 주인공이라고 하면 백인 남성을 떠올리고, 그에 따라 자연스럽게 영미권의 배경을 연상하는 경우도 많았지만, 최근에는 예전보다 훨씬 다양해진 인종과 성별을 가진 캐릭터가 등장하고 있다.

〈철완 아톰〉이나 〈은하철도 999〉로 유명한 일본은 예전부터 SF 강국으로 평가받고 있었고, 중국은 1979년 SF 잡지인 〈과환 세계〉를 창간한 이래 지금까지도 매월 13만 부 가량을 발행하고 있으며, 2015년에 류츠신의 장편소설 『삼체』가 SF계의 노벨상이라고 불리는 휴고상을 받기도 했다. 영미권뿐 아니라 인도, 싱가포르, 필리핀, 말레이시아, 베트남, 심지어는 북한에서도 SF를 찾아볼 수 있다. 과학이 학문 영역만이 아니라 우리의 실생활 어디서나 존재한다는 의식 전환이 이루어지고 있기 때문이다.

한국 SF의 다양한 시도들

우리나라에 SF가 첫선을 보인 시기는 일본이나 중국이 SF를 받아들인 때와 크게 차이 나지 않는다. 1907년 쥘 베른의 『해저 2만 리』가 「해저여행기담」이라는 제목으로 〈태극학보〉에 일부 번역·연재된 것을 시초로 친다면, 한국의 과학소설 역사는 112년이나 된다.

그러나 이웃 나라인 일본이나 중국과 달리, 유독 우리나라에서는 SF가 큰 인기를 끌지 못했다. 그 원인은 여러 가지가 있겠지만, 아무래도 역사적 맥락이 제일 클 듯하다. 20세기에 들어서면서부터 지금까지 우리나라에는 일제강점기와 한국전쟁, 독재정권 등 큰 사건이 끊임없이 있었다. 이러한 시대에서 SF는 현실도피적인 분야로 인식되어 독자층에 관심을 불러일으키지 못했던 것으로 추측된다.

그러나 최근 한국의 SF는 성장세를 보이고 있다. 공모전, 출판, 온라인 플랫폼, 예술 장르, 국제 교류 등이 눈에 띄게 많아졌다. 2004~2006년에 개최되었던 '과학기술 창작문예' 공모전 이후 한동안 SF 공모전이 열리지 않다가 최근 몇 년 사이에 공모전들이 개최되기 시작했다. 2014년부터 시작된 'SF 어워드'

비주류 선언

는 SF 소설, 영화, 애니메이션, 웹툰 등 매체 구분 없이 프로 작가들에게 주는 상이다. 2016년에는 머니투데이가 주최하는 '한국과학문학상'이 개최되어 2018년에 3회째를 맞았다. 첫해에는 중단편만 모집하였으나, 2회 때부터는 장편 부문이 신설되었다. 1회부터 3회까지 중단편 수상 작품은 『한국과학문학상 수상작품집』으로 출간되었으며, 2회 장편 수상작인 『에셔의 손』도 출간되었고, 3회 장편 수상작은 2019년 가을 출간을 앞두고 있다. 또한 2019년 6회째를 맞이하는 '한낙원과학문학상'과, 2018년부터 개최된 '김진재 SF 어워드 공모전'도 있었다. 이러한 공모전은 새로운 SF 작가들을 배출하고, 그들이 꾸준히 글을 쓰게 되는 동력이 되고 있다. SF 공모전의 증가는 SF에 대한 관심과 독자층이 성장세를 보이고 있다는 사실을 알려준다.

한국의 SF 출판은 외국 SF 번역서를 중심으로 이루어졌으나, 창작 SF를 출간하는 비율도 점점 높아지고 있다. 창작 SF는 작가들의 단편을 모은 앤솔러지 형태로 제작되는 경우가 많다. 작년 한 해만 해도 국내 최초로 시도된 『여성작가SF단편모음집』, 태양계 안의 각기 다른 공간에서 일어나는 일을 다룬 『아직 우리에겐 시간이 있으니까』와 한국식 히어로를 다룬 『근방에 히어로가 너무 많사오니』 등이 출판되었다. 2019년에는 과학 전공 작가들의 단편집인 '토피아 단편선'과 SF 허스토리 앤솔러지 『우리가 먼저 가볼게요』가 출간되었으며, 환상문학웹진 거울 필진의 작품을 엮은 중단편선 『아직은 끝이 아니야』와 같은 앤솔러지가 다수 출간되었다. 특히 『아직은 끝이 아니야』는 2003년 창간 후 매해 동인지를 발표하여 장르 작가들을 배출하던 거울의 15년 만의 첫 정식 출간 도서다. 또한 앤솔러지뿐만 아니라, 한 작가의 단편들을 시리즈화하는 '한국SF작가선'도 출간되고 있다.

매년 문화체육관광부가 주최하고 한국문학예술위원회가 주관하는 문학나눔 도서보급사업의 2018년 대상작이 발표되었는데, 소설, 수필, 시, 아동청소년, 평론과 희곡을 합쳐 총 243편 중 5편이 SF 소설이었다. 소설 부문 심의 총평 중에서는 '장르면에서 SF의 약진이 주목할 만했다'고 쓰여 있을 정도다.

과거 한국 SF를 재출간하는 움직임도 있다. 1960년대 잡지 〈학원〉에 연재되었던 한낙원의 장편 SF 『금성 탐험대』와, 같은 작가의 단편을 엮은 『한낙원 과학소설 선집』이 출간되었고, 한국 근대 SF 단편선인 『천공의 용소년』이 대중에게 선보였다.

단행본 말고도 온라인으로 SF를 읽어볼 수 있는 곳도 있다. 아시아태평양이론물리센터APCTP에서 발행하는 '웹진 크로스로드(crossroads.apctp.org)'에서는 매월 한 편씩 단편 SF가 업로드되며, '환상문학웹진 거울(mirrorzine.kr)'에서는 SF를 포함한 장르 문학, 비평, 논픽션 등을 읽을 수 있다. 2017년에는 황금가지 출판사의 장르 소설·웹소설 플랫폼인 '브릿G(britg.kr)'가 출범되어 SF를 온라인에서도 쉽게 접할 수 있게 되었다. 소설 시장

비주류 선언

이 아닌 공연계에서도 SF에 대한 시도가 계속되고 있다. 2016년부터 'SF 연극제'가 매해 개최되고 있으며, 2018년 10월에는 제임스 팁트리 주니어의 단편소설을 원작으로 한 SF 창극 〈우주소리〉가 관객들을 만났다.

SF 도서의 출간이 늘어나면서 그간 전무하다시피 했던 SF 평론도 논의가 진행되고 있다. SF는 작품만 생산되고 제대로 된 비평은 없는 상황이었다. 그 와중에 국내 최초 SF 평론 단행본인 『SF는 공상하지 않는다』가 출간되었다. SF를 향유하는 독자층과 작가층이 넓어지며 2017년에는 한국 SF 작가 연대인 '한국과학소설작가연대SFWUK'가, 2018년에는 '한국SF협회KSFA'가 출범했다.

한국 SF는 한국 내에서의 성장뿐만 아니라 해외 교류도 활발해지고 있다. 2017년에는 핀란드 헬싱키에서 열린 '제75차 세계 SF대회Worldcon'에 한국이 최초로 참여했다. 이 대회는 매년 휴고상의 시상식이 열리며, 전 세계의 SF 팬과 관계자가 한자리에 모이는 세계적인 행사다. 2018년에는 미국에서 한국 SF 작품을 모은 『한국 현대 SF 선집』이 출간되었고, 아시아 작가와 연구자, 비평가 등이 참여한 '아시아SF협회ASFS가 발족되었다. 아시아 국가가 모여 SF 협회를 꾸린 건 이번이 처음이다.

작년 11월에는 서울시립과학관에서 10년 만에 SF 팬을 주축으로 한 '한국 SF 컨벤션'이 열리기도 했다. 팬, 작가, 관계자 등이 모여 과학 대담, 영화 상영회, 특강과 같은 다양한 프로그램이 개최되었으며, 많은 인원이 참가하여 성황리에 행사를 마쳤다. 이 행사는 올해에도 진행될 예정이다.

더 이상 픽션이 아닌 이야기들

위에서 이야기한 것처럼, 몇 년 사이에 한국 SF 장르에는 이전까지 볼 수 없었던 많은 일들이 벌어졌다. 신인 작가를 등용하기 위한 SF 공모전들이 열리고, 번역서뿐 아니라 국내 작가를 필진으로 한 창작 SF 소설의 출간이 늘어났으며, 해외에 한국 SF가 소개되기도 했다. 온라인에서 작품을 읽을 기회도 늘어났고, SF 평론집도 출간되었으며, 과거 독자들에게 선보였던 한국 SF가 다시 출간되기도 했다. 그런데 왜 하필이면 지금 SF가 성장하고 주목받는 것일까?

한국에서는 여전히 매일매일 큰 사건이 터지지만, 이제는 전쟁 등 생명의 위협에서는 벗어났다. 안정된 환경 속에서 과학기술은 성장하고 있고, 그에 따라 과학에 대한 대중의 관심도 늘어났다. 그렇기에 SF에 대한 관심이 늘어난 것도 당연하다. SF는 현대 사회를 낯선 시선으로 볼 수 있는 거울 역할을 한다. 알레고리 독법을 사용하여 현실을 은유로 표현하고 풍자할 수 있다는 의미다. 그러나 이제는 세상이 바뀐 만큼, SF를 읽을 때 알레고

비주류 선언

리만을 생각할 수는 없다. 어느 정도 현실적으로 볼 부분이 생겨났기 때문이다.

특히 최근 몇 년 사이에 일어난 사회 현상들은 이제 더이상 SF가 먼 미래의 일이 아니라는 사실을 일깨워주고 있다. 여러 가지 사회현상 중에서도 온 국민이 공감할 만한 사건은 크게 네 가지로 볼 수 있다. 인공지능의 성장, 디지털 화폐, 미세먼지, 나로호와 한국형발사체 시험발사체의 개발과 발사가 바로 그것이다.

첫 번째는 인공지능Artificial Intelligence의 성장이다. 한국에 있던 사람이라면, 2016년 3월의 바둑 대국을 잊지 못할 것이다. 그것은 인간 대 인간의 경쟁이 아닌, 구글 딥마인드사의 바둑 인공지능 프로그램인 알파고와 이세돌 9단의 대결이었다. 대국은 종로의 한 호텔에서 진행되었으며, 우리는 그 대국을 실시간으로 지켜볼 수 있었다. 인공지능은 예전부터 SF 장르의 클리셰적 요소 중 하나였다. SF 소설에서는 말할 것도 없고, 영화 〈인터스텔라〉의 타스와 케이스, 〈A.I〉의 소년 로봇 데이비드나 〈아이, 로봇〉의 써니, 〈에이리언〉이나 〈터미네이터〉 시리즈의 인공지능이 탑재된 안드로이드들은 누구나 알 정도로 유명하다. 〈2001 스페이스 오디세이〉의 HAL이나 〈그녀〉의 사만다는 형체가 없지만 음성으로 인간과 소통하기도 한다.

현재는 실생활에서도 인공지능이 많이 쓰인다. 로봇청소기뿐 아니라 아이폰의 시리, 기가지니, 아마존의 알렉사는 음성만으로 편리하게 명령을 내릴 수 있다. LG 유플러스는 자사의 사물인터넷IoT 기능을 홍보하기 위해 실생활에서 사용하는 장면을 CF으로 구성하기도 했다. 2015년에는 tvN에서 인공지능이 탑재된 로봇과 노인이 함께 생활하는 〈할매네 로봇〉이 방영되기도 했다.

알파고와의 대국 이전에 인공지능과 인간이 같은 규칙으로 경합하는 이벤트가 없었던 것은 아니다. 1990년대에 IBM에서 만든 딥블루는 세계 체스 챔피언 그랜드 마스터 가리 카스파로프와 체스 게임을 겨루었다. 그것은 세계적인 사건이었지만, 한국인에게는 먼 나라의 이야기로 현장감을 느끼기에는 다소 어려웠을 것이다. 하지만 알파고와 겨룬 '바둑'은 동양권 국가인 한국이 좀 더 심적으로 가깝게 느낄 수 있는 종목이었다. 그러나 알파고와 이세돌의 대국은 1996년의 체스 대결과 종목만 다른 것이 아니다. 알파고는 딥블루와 달리 머신러닝 방식의 인공지능이다. 딥블루는 인간이 직접 코딩한 패턴으로 인간을 이겼지만, 알파고는 스스로 패턴을 찾아내 습득한다.

딥마인드사는 알파고에서 멈추지 않고, 알파고의 후속인 알파고 제로를 만들어냈으며, 작년 12월에는 범용 인공지능인 알파제로를 공개했다. 알파제로는 빅데이터 학습 없이 게임 법칙만 알면 스스로 학습하고 승률을 높이는 수를 찾아낸다. 이름에 'Go'라는 바둑의 뜻이 빠졌다시피, 바둑만이 아니라 다른 종류의 게임도 통달할 수 있는 인공지능이다. 딥마인드사는 알파제로의 학습 능력을 현실 문제에 적용하려고 노력하고 있다. 머지않아 전 세계 모든 사회 문제는 인간의 손을 떠나 스스로 목표를 세우고 성취하는 인공지능에 맡겨질지도 모른다.

알파고와의 대국을 중계하면서 여러 언론사에서는 'AI가 인류를 지배하게 되는가?', 'AI는 인류를 넘어서게 되는가?' 등의 기사를 내놓았다. 인간의 손을 떠난 인공지능이 어떤 일을 하게 될지 현실적으로 고민하기 시작한 것이다.

두 번째는 디지털 화폐다. 지폐나 동전 등 실물 화폐를 쓰는 시대에서, 신용카드를 쓰는 시대를 지나 이제는 디지털 화폐가 등장했다.

2017~2018년에 벌어졌던 비트코인 광풍을 기억하는가? 비트코인은 디지털 화폐 중에서도 암호 화폐의 한 종류인데, 이 시기에는 직장인, 주부, 학생까지도 비트코인 이야기를 주고받을 정도로 암호 화폐의 개념이 급속도로 대중에게 알려졌다. 단기간에 적은 투자로 어마어마한 돈을 번 일반인의 이야기가 도시 전설처럼 나돌았다. 그와 반대로 투자에 실패한 사람이 자살했다는 소식도 들렸다. 가상 거래로 손쉽게 큰돈을 버는 사람들이 나타나며 그렇지 못한 사람이 박탈감을 느끼고 우울증을 호소하기도 했다. 비트코인은 손으로 잡을 수 없는 암호 화폐였지만, 그것은 실재하는 사회현상을 만들어냈다.

비트코인과 같은 암호 화폐 이외에도, 요즈음에는 모바일 디바이스의 눈부신 발전으로 더 많은 사람들이 가상 화폐를 실생활에서 사용하고 있다. 금융결제원의 뱅크월렛이나 페이코, 엘포인트, 삼성페이, 카카오페이, 네이버페이 등 다양한 가상 화폐가 나타났다. 이 화폐들은 사용 영역이 넓어지고 생체 인식 사용이 쉬워 접근성이 높은 탓에 이용자가 점점 많아지는 추세다.

다만 이러한 디지털 화폐는 PC나 모바일 기기를 가진 사람, 그리고 그중에서도 디지털 화폐를 사용하려는 데 의지가 있고 습득이 가능한 사람에게만 사용할 수 있는 길이 열려 있다. 개인 컴퓨터나 핸드폰을 가지고 있지 않은 사람들은 사용이 불가능하고, 디지털 환경에 익숙하지 않은 노령층에는 사용이 제한되어 있다는 것이 제일 큰 문제점이다. 기술이 발전하는 것은 편리하고 좋은 일이지만, 한편으로는 그 기술을 사용할 수 있는 사람과 사용할 수 없는 사람의 격차를 늘리는 데도 한몫을 차지한다. 기술이 사람의 삶을 편리하게 해줄 수 있지만 한편으로는 사람들 간의 삶의 격차를 벌리는 것이다. 이러한 상황은 발전된 기술이 어떻게 분배되어야 하는가 생각해보게 한다.

세 번째는 미세먼지다. 이전에는 대기오염이라고 하면 봄철에 불어오는 황사나, 대도시의 자동차와 공장이 뿜어내는 배기가스나 매연 정도를 생각했었다. 물론 1980~1990년대에도 미세먼지가 있었고, 언론에서 그 위험성이 끊임없이 제기되었지만 대부분의 사람들은 봄철 황사만 인식하는 정도였다. 하지만

2014년에 기상청에서 미세먼지 예보가 시작된 이래로, 우리나라 사람이라면 매일 아침 뉴스나 스마트폰 애플리케이션으로 미세먼지 지수를 확인하고 마스크를 챙기는 게 일상이 되었다. 이전에는 마스크 제대로 쓰는 법이나 성능에 대해서 잘 알지 못했는데, 이제는 성능을 인증하는 KF 마크를 확인하고 상황에 맞추어 사용한다.

대기오염 문제가 타국의 영향도 있다는 추측으로 인해, 외교 문제로도 심화될 가능성이 있다. 공기가 인접 국가와의 관계에 변수로 작용할 수 있다니, 과거에는 상상도 못 할 일이다. 혹자는 대기오염으로 인한 대재앙을 뜻하는 단어 '에어포칼립스Airpocalypse'로 현 세태를 표현하기도 한다. 이제 가정용 공기청정기는 필수 가전 대열에 당당히 이름을 올리게 되었다. 영화 〈블레이드 러너〉에서 화면을 뿌옇게 뒤덮는 먼지가 SF 영화 속의 미장센이 아니게 된 것이다.

네 번째는 나로호(KSLV-1)와 한국형발사체 시험발사체의 개발과 발사다. 냉전 시대 군비 경쟁으로 인해 급속도로 발전한 항공우주산업은 지금 우리 삶 전체를 속속들이 변화시키고 발전시키고 있다. 이전부터 항공우주 분야를 전폭적으로 지지한 선진국들보다는 늦었지만, 우리도 2013년 전남 고흥 외나로도의 나로우주센터에서 나로호를 쏘아 올렸고, 2018년에는 한국형발사체 시험발사체를 쏘아 올리는 데 성공했다.

2013년에 발사된 '나로호'를 모르는 사람은 없을 것이다. 나로호는 항공우주연구원이 주관하는 우주발사체 개발 사업의 일환으로 한국과 러시아가 공동 연구로 만든 우리나라 최초의 우주발사체다. 1단은 러시아 흐루니체프사가 현지에서 개발한 액체 연료 로켓이고, 킥 모터라고 부르는 2단 부분은 항공우주연구원이 설계한 것으로 고체 추진 로켓으로 구성되어 있다.

　　나로호는 2003년부터 개발에 착수하여 2005년에 발사 예정이었으나 몇 차례의 발사 중지와 비행 중 폭발, 발사 연기가 있었고, 2013년에 최종적으로 발사에 성공했다. 이로써 한국은 세계 11번째로 자국 기술로 우주발사체를 발사한 나라가 되었다. 이전에는 다른 나라들이 자국의 우주발사체를 쏘아 올리는 것만 옆에서 보고 있을 뿐이었는데, 이제는 당당히 발사 국가 명단에 이름을 올리게 된 것이다.

　　우리나라에서는 나로호 발사를 실시간으로 중계했는데, 2차 발사 순간 최고 시청률이 23~25%에 육박했었다. 국민의 네 명 중 한 명은 이 발사를 생중계로 본 셈이다. 그리고 2018년 11월 한국형발사체 누리호(2021년 발사 예정)를 쏘아 올리기 위한 '한국형발사체 시험발사체'가 발사되었다. 누리호에 들어갈 엔진 성능을 검증하기 위한 이 실험은 발사에 성공했다.

　　앞으로는 세계화를 넘어 우주를 탐사하고, 그곳에서 발견한 자원을 활용하는 자가 세계를 지배할 수 있을지도 모른다. 각 나

비주류 선언

라는 우주개발에 국가 역량을 대거 투입하고 있다. 우주발사체는 먼 나라의 일도, 먼 미래의 일도 아니게 되었다. 나로우주센터에서 나로호가 발사되고 누리호가 발사 준비를 하는 것을 TV 보도나 신문 기사로 접하면서, 우리나라 또한 우주 산업에 뛰어들고 있음을 알 수 있다.

눈앞에 다가온 미래

인공지능과 인간의 바둑 대국이 중계되고, 디지털 화폐의 사용과 투자가 사회적 이슈로 떠오르고, 매일 아침 대기오염 농도를 확인해 마스크를 끼고, 우주발사체의 발사를 지켜보는 것이 최근 한국의 현실이다. 이 속에서 우리는 픽션이라고 생각한 SF에서 구현되었던 사회 현상을 현실에서도 목격할 수 있음을 깨닫게 된다. 과학이 발전하며 사회는 변하고 있다. 발전으로 인하여 편안하고 안락한 삶을 누리게 되었다는 이점도 있지만, 예상치도 못한 새로운 사회 문제들이 생겼다. 'SF적'인 사건은 현실과 아주 먼 미래의 사건을 말하는 것이 아니게 되었다. 미래는 이미 도래했다.

지금, 여기, 한국에서 SF를 읽는다는 것은 먼 미래를 바라보는 것만을 의미하지 않는다. 미래는 이미 바로 눈앞에 있기 때문이다. SF는 현대사회를 이해하는 데 큰 도움이 된다. 과학의 발전으로 일어난 사회적 이슈에 대해 다른 시각을 제공하고, 낯선 시선으로 사회를 바라보게 해준다. 이렇듯 독자들에게 좋은 시각과 시선을 제공할 수 있는 장르가 바로 SF다.

판타지가
로맨스를 만났을 때

처음 읽었던 판타지 소설이 무엇이냐 물으면, 나는 보통 『퇴마록』을 언급했다. 현재 『퇴마록』이 판타지라는 말에 이의를 제기할 사람은 별로 없겠지만, 판타지 소설이 한창 출간되던 2000년대에 이러한 의견은 대부분 반박당했다.

1990년대 『퇴마록』을 비롯한 PC 통신 소설이 등장한 이래, 독자들은 후에 나온 판타지 소설을 세대로 구분하기 시작했다. 1세대는 『퇴마록』과 『드래곤 라자』처럼 PC 통신에서 연재된 소설들이다. 그러나 PC 통신은 2002년 넷츠고를 끝으로 사라졌고, 작가들은 PC 통신에서 인터넷으로 이동했다. 이렇게 이동한 세대를 1.5세대로 호칭한다. 2세대는 PC 통신과 상관없이 인터넷에서 연재를 시작한 세대를 가리키며, 라니안, 워터가이드, 마녀넷과 같은 대규모 개인 사이트가 주력이었다. 3세대부터는 각기 의견이 분분하나, 군이 지칭해야 한다면 2세대와 같은 개인 사이트가 사라지고 조아라, 문피아와 같은 사이트가 기업형으로 변화하던 시기를 3세대로 보고 있다. 이 뒤의 4세대, 5세대를 구분하려는 시도가 있으나 실질적으로 3세대 이후의 구분은 무용하다고 생각한다.

1세대부터 3세대까지의 판타지 소설은 IMF를 기점으로 폭발적으로 늘어난 대여점을 중심으로 보급되었다. 하지만 이 흐름 속 이야기의 주인공은 대부분 남성이었고 여성인 경우는 매우 드물었다. 여성 작가와 여성 독자가 없었던 것은 아니다. 여성 작가들은 1세대부터 있었으며 『용의 신전』, 『세월의 돌』, 『에티우』 등 현재까지도 잘 알려진 여성 작가의 작품은 많지만, 여성을 주인공으로 한 판타지는 찾아보기 힘들었다. 그러나 독자들은 자신과 비슷한 것을 원하기 마련이다. 여성 독자들은 여성이 주인공인 판타지를 원했고 이를 찾아 나섰다.

로맨스판타지의 등장

먼저, 로맨스판타지라는 용어를 정리할 필요가 있다. "판타지 장르 아래에서 '여주판타지'(이하 '여주판')가

하위 장르로 분리되었다. 이후 여주판에서 로맨스 중심의 작품이 대두하자 다시 '로맨스판타지'(이하 '로판')라는 명칭으로 분리되었다"는 것이 보편적인 장르 팬덤의 이해이고, 나 또한 그렇게 알고 있었다. 그러나 사실은 이와 달랐다.

판타지 소설이 시장으로서 활성화된 시기는 2000년대이며, 이는 판타지 2세대로 대여점과 개인 홈페이지의 시대다. 당연하게도 독자가 모든 개인 사이트를 돌아다니며 소설을 보지는 않았으며, 주로 포털사이트를 통해 소설 추천이나 리뷰 등 장르 소설에 관한 이야기를 주고받았다. 인터넷과 포털사이트의 발달, 웹을 기반으로 한 한국 장르 소설의 특성이 합쳐져 웹에는 로맨스판타지가 어떤 변화를 거쳐 왔는지 추론할 수 있는 기록이 많이 남아 있다.

다음 그래프는 2003년부터 2015년까지 네이버 지식인에서 '여자 주인공 판타지, 여주판타지, 여주판, 로맨스판타지, 판타지 로맨스, 로판, 러브 판타지'라는 키워드를 검색한 검색량 추이를 합산한 결과다. 네이버 지식인이 현재까지도 장르 소설을 추천하는 커뮤니티로 이용되고 있는 점을 고려해보면 유의미한 통계라 할 수 있다. 로맨스판타지, 판타지로맨스와 같은 폭넓은 검색어는 영화, 웹툰, 만화, 애니메이션 등 기타 매체를 제거하고, 소설에 한정하여 정리했다. 또한 세부 질의 내용까지 살펴봄으로써 유의미한 수치만을 통계화했다. 여기에서 중요한 것은 검색

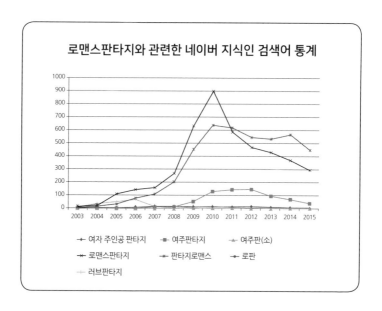

로맨스판타지와 관련한 네이버 지식인 검색어 통계

범례:
→ 여자 주인공 판타지　　■ 여주판타지　　△ 여주판(소)
＊ 로맨스판타지　　＋ 판타지로맨스　　● 로판
─ 러브판타지

량이 아니라, 검색량과 검색어의 사용을 분석하여 그 언어가 '개념'을 만들고 '계系'를 형성했는지, 그 개념이 통용되어 '장르'로서 활용되었는지 살펴보는 것이다.

그 결과, 로판은 2005년부터 '계'를 형성하기 시작했다고 볼 수 있다. 로판이 현재와 같은 작품군을 뜻하게 되는 것은 2009년으로, 그 시기에 갑자기 검색어가 급증하는 것을 볼 수 있다. 이때를 기점으로 로판이 하나의 장르로 형성되었다고 보아도 무방하다. 그러나 로판의 원류라고 생각되었던 여주판은 단어 자체가 존재하지 않는다. 이것이 그나마 등장하는 것은 2009년, 매우 산발적으로 등장하며, 그 이후로도 계를 형성했다

비주류 선언

고 보기 어려운 수준이다. 이는 현재 우리가 생각하는 여주판이라는 개별 작품이 없었다는 말이 아니다. 다만, 여주판 다음에 로판이 등장한 것이 아니라는 것이다. 여주판은 오히려 로판 이후에 나타난 개념이다. 현재 여주판을 호명할 때 무의식적으로 자주 사용하는 '로맨스 없는 여주판'이나 '모험하는 여주판'이라는 말은 여주판이 필연적으로 로맨스를 포함하고 있음을 의미한다.

실제로 질의응답의 내용을 살펴보면, 여주판이라고 추천된 작품도 대부분 로맨스가 있는 내용이고 로판에서도 동시에 추천되며, 정도의 차이는 있으나 지금이라고 해서 로판이 아니라고 부정되지는 않을 작품들이다. 즉, 현재 로판 팬덤 내에서 사실처럼 통용되는 "로판은 여주판이 로맨스 장르로 (남성에 의해) 쫓겨나 억지로 만들어진 것이다", "판타지가 여주판을 쫓아냈다"와 같은 말은 아예 성립되지 않는 결과다. 사실 당대의 상황을 상기해보면 많은 작가들이 보조적이긴 하나 2부 또는 속편 등에서 여자 주인공을 중심으로 이야기를 쓰기도 했거니와, 이에 독자들도 여자 주인공이라고 해서 특별히 다른 반응을 보이지는 않는다.

현재 로판은 '여성 주인공 판타지'의 맥락 아래에서 사용되기 때문에 남자 주인공의 사랑 이야기인 『하얀 로냐프 강』을 로판으로 분류하지 않는다. 그러나 로판은 주인공의 성별이 아닌 로맨스 요소로 결정되는 장르로, 주인공이 반드시 여성이어야 할 필요는 없다. 2000년대 당시 남자 주인공이지만 로판으로 언급되는 작품으로는 『내 마누라는 엘프』, 『드래곤 레이디』, 『더 블루문 게이트』와 같은 작품이 있다. 동시기 『세월의 돌』, 『SKT』, 『불멸의 기사』도 로판이라고 종종 언급되는 것을 볼 수 있는데, 『세월의 돌』은 연애 상대가 있다고 하나 그것이 이야기의 중심은 아니며, 『SKT』의 주인공이 사랑하는 상대는 이미 과거의 인물이고, 『불멸의 기사』는 삭막한 하드보일드 중세풍 판타지로 3부쯤 가면 심지어 SF가 된다. 게다가 전부 남성이 주인공인 작품이다.

말하자면, 구성 성분이 판타지 9.5에 로맨스가 0.5라도 섞이면 로판이라고 봤다는 것이다. 동시에 이 '로맨스'는 현재 로판에 깊게 개입한 '협의의 로맨스 규범'과는 전혀 관계가 없어서, 이들이 맺어지지 않거나, 한 명이 죽거나, 영원히 만날 수 없게 되는 등 비극으로 끝나도 아무런 상관이 없었다. 즉 이때의 로판은 지금의 로판과는 조금 다른 성격을 띠고 있다. 지금까지 우리는 네이버 지식인 검색어 통계를 통해 로판이 여주판에서 뻗어 나온 장르가 아님을 확인할 수 있었다. 그렇다면 현재 장르로 통용되는 로맨스판타지란 도대체 무엇이며, 어떤 과정을 거쳐 하나의 장르로 자리 잡게 되었을까. 이는 판타지 3세대를 이끌었던 기업형 사이트 분석을 통해 살펴보려고 한다.

**로판의 발전기,
그를 둘러싼 갈등**

앞서 판타지 3세대의 시작을 2세대 개인 사이트에서 문피아와 조아라 같은 기업형 사이트로 넘어가는 시기로 정의했다. 다만 문피아는 규모에 비해 늦게 사업화했으므로 조아라가 법인으로 전환한 2007년 전후를 3세대의 시작으로 보고, 조아라를 중심으로 로맨스판타지의 발전기를 살펴보려고 한다. 이 당시 조아라에서 오래 활동했다고 주장하는 서로 다른 성별, 연령의 이용자들에게서 종종 "로맨스가 강조된 여주판이 판타지 카테고리에 등록되며 갈등을 일으켰다"는 말이 들려왔다. 이를 확인하기 위해 조아라의 '투데이 베스트' 카테고리[1]를 살펴보았다.

2008년 조아라 투데이 베스트 카테고리 전체 분류에서는 로판 작품이 10위권 안에 잘 노출되지 않지만, 판타지 분류를 보면 7할이 로판 성향의 작품인 것이 확인되었다. 이 작품들은 로맨스 색채가 있음을 안내하고 있으며, '로맨스판타지'라는 호칭 또한 적극적으로 사용하고 있다. 「왕립 학교 루카드리안」은 "로맨틱한" 이야기, 「다크레이디」는 "미소년소녀 대하렘 건설 프로젝트", 「MONICA」의 소개에는 "로맨스판타지, 역하렘 지상주의"라는 소개가 붙어 있다. 작품 카테고리는 판타지이지만, 2008년에 이미 '[로맨스판타지]대공비 카리아나'와 같이 제목에 '로맨스판타지'라는 태그를 붙인 경우도 발견된다. 2010년 5월 「라비

린느」가 베스트 카테고리 전체 분류에 진입한 이후, 전체 분류 게시판 안에 로맨스판타지 카테고리의 작품이 점점 증가하는 추세를 보인다.

앞서 과거에는 여성 주인공 판타지 작품의 출간이 어려웠다고 말했다. 판타지 2세대 무렵, 많은 출판사들은 작가에게 "여성을 주인공으로 한 판타지는 잘 팔리지 않는다"며 "여성 주인공을 남성으로 바꾼다면 출판해주겠다"고 제안하곤 했다. 여기서 미루어 짐작할 수 있는 부분은 여성 주인공 판타지가 여성 주인공을 남성 주인공으로 바꾼다고 해도 큰 무리가 없는 이야기였다는 것이다. 하지만 로판의 로맨스 비중이 높아졌다고 생각되는 2000년대 말 무렵 판타지 출판사는 로판을 사실상 출간하지 않는다. 이 때문에 로판 작가들은 사이트를 통해 작품을 발표하거나 무료 연재를 진행할 수밖에 없었으며, 이것이 도리어 로판 작가와 독자의 결속과 증식을 강화시키는 결과를 낳았다.

로맨스판타지가 등장한 이래, 로맨스판타지를 두고 팬덤 간 갈등이 일어나기도 했다. 조아라의 경우 남성 독자나 정통 판타지 팬덤이 작품의 댓글난까지 와서 무례하게 구는 경우는 드물었지만, 자유게시판을 통해 여성 취향의 작품을 비하하곤 했다. 2000년 말, 2010년대 초 로판을 쓰는 여성 작가들이 직면해야 했던 불쾌한 레퍼토리는 다음과 같이 축약할 수 있다. "어떻게 궁정에서 연애만 하는 게 판타지인가. 판타지 요소가 없다. 로맨스로 가라." "로판은 연애밖에 안 하고 드레스 묘사 따위나 하고 유치하며 수준이 떨어진다." "질이 낮은 로판 때문에 정통 판타지가 노출되지 않는다." "이런 남자가 세상에 어디 있냐? 완전 오글거린다. 연애/애인이 판타지라서 판타지냐."

사실 이는 압도적인 동원력을 가진 로판에 대한 경계라고 볼 수 있다. 실제로 2012년~2013년 즈음 되면 남성 작가, 남성 취향의 작품은 특별한 일이 있지 않은 한 조아라의 일반 연재란 투데이 베스트에 노출되지 못했다. 또한 이 갈등의 이면에는 로판이라는 거대 분파 아래에서 '장르 개념'을 지키려는 팬덤 간의 싸움이 있었다. 말하자면 '좀 더 로맨스' 대 '좀 덜 로맨스'의 싸움이랄까. 로판을 보는 독자 중에서도 로맨스에 치우친 이야기나 '협의의 로맨스 규범'을 싫어하는 사람은 많았고, 그들 역시 '좀 더 로맨스' 성격을 띤 작품에 대한 비난에 참여하기도 했다. 이러한 갈등은 '궁중물', '황공녀물', '황궁물'이라는 키워드로 대표되는 사건에서 정점에 달한다.

'로맨스판타지는 판타지가 아니다'라는 갈등이 증폭된 배경에는 웹소설 플랫폼 다술에서 '황공녀물'[2]로 통칭된 작품의 대두가 있을 듯하다. 이는 '궁중물' 또는 '황궁물'로 칭해지기도 했는데, 그리 긍정적인 의미로 쓰이지는 않았고 다소 멸시의 뉘앙스가 섞여 있었던 것으로 보인다. 과거, 조아라에서 발견된 로판은 똑같은 로판이라고 하더라도 로맨스 정도의 차이는 있었다. 앞서 로맨스 요소가 0.5만 들어 있어도 로판으로 분류되던 시대가 있었다고 했는데, 장르는 시간이 지나며 발전하고 고도화한다. 로판 역시 '로맨스'의 측면으로 고도화했고, 판타지 7 대 로맨스 3인 작품들을 지나 판타지 5 대 로맨스 5, 또는 판타지 3대 로맨스 7 정도의 작품들이 등장하기 시작했다.

일단 다술에서 '황녀물, 공녀물'이라는 단어는 사이트가 재개관한 2008년부터 발견된다. 당시 이런 작품이 인기가 많았다는 것은 2008년 8월 16일 게시된 게시물[3]을 통해 알 수 있다. 이 게시물의 내용은 "종종 올라오는 글이나, 올라왔다가 지운 글들을 보면 황녀물, 공녀물, 로맨스물은 깊이가 없으며, 순전히 소재 덕에 뜬 것이라고 하는데, 같은 소재라도 그 작가가 글을 잘 끌어갔느냐에 따라 독자가 매력을 느끼는 것이다"라며 인기 소재를 폄하하고 얕잡는 사람들의 편견에 반박하고 있다. 동시에 이 게시물의 댓글을 보면 "인기 있는 소설에는 이유가 있다. 하지만 간혹 이해가 안 가는 소설이 있기도 하다", "겉만 보는 것은 잘못되었지만 솔직히 주관적으로 프리미엄을 받고 있다고 본다", "로맨스나 황녀물도 쓰기 나름이며 인정해주어야 한다. 물론 나는 지금이 판타지 소설의 쇠퇴기라고 생각한다"와 같은 의견도 있다.

로맨스와 판타지는 어째서 이처럼 섞이기 힘들었을까. '황궁물'은 어째서 이와 같은 갈등의 기폭제가 된 것일까. 과거 여주판에서 특별히 '로맨스 없는(적은) 모험 여주판'이라고 호칭했던 것을 떠올려보자. 우리는 기본적으로 '판타지'를 세계의 탐험, 모험에 기반을 두고 생각한다. 때문에 '모험하고 연애하는 이야기'에는 별다른 감정을 가지지 않았던 것이다. 이때의 모험이란 주인공이 모험한다기보다는 독자가 모험한다는 개념으로 이해하는 게 옳을 것 같다. 그들에겐 그것이 '판타지'였다. 그러나 로판이 발전하고, 로맨스가 고도화되면서 로맨스에 좀 더 집중하기 위해 황궁처럼 장소를 고정된 곳으로 옮기는 작품이 증가했다. 선택과 집중에 따른 당연한 배분이며, '세계'는 이야기의 중심, 소재가 아니라 배경에 가까워졌고, 당연히 이는 '모험'을 원하는 사람들에게 '판타지 농도가 떨어진 것'으로 느껴질 수밖에 없었다.

그러나 로맨스를 원하는 사람들에게는 '판타지 배경이라는 것 자체가 중요'했다는 점도 지적해야겠다. 이미 여기가 아닌 다른 세계라는 점이 중요했으며, 단순히 배경일 뿐이라고 해도 그 배경이 주는 차이는 매우 크다. 사람들은 '판타지 배경으로 로맨스가 중심되는 이야기'를 원했고 이는 명백히 주류였다. 호응과 재생산을 반복하여 로판의 주류를 차지하며 더욱 고도화되었고, 장르화되었다. 이때 '다른 세계의 모험'이라는 탈출구를 잃어버린 사람들의 불만이 폭발한 것이다. 이런 갑갑함이 "궁정에서 연애만 하는 게 어떻게 판타지야?"라는 말을 만들었으며, 결국 이말은 '판타지=세계의 탐험, 모험'이라는 공식과 믿음이 존재하기에 생겨난 것이다.

로판이 하나의
장르가 되기까지

앞서 제시한 검색어 그래프를 보면 여주판의 검색량은 2009년에 100건 이하, 2010년에야 100건을 넘기게 되는데, 이미 로판은 2005년부터 100건을 넘겼고 2010년에는 최고치를 찍는다. 다술의 게시판 내용을 미루어 짐작하건데, 2008년부터 로판에 대한 불만이 서서히 쌓였고, 2010년도쯤 불만과 갈등이 폭발한 것으로 보인다. 즉 로판에 대한 관심과 작품이 폭발적으로 증가한 때에 맞추어 불만 또한 폭증했고, 로판 안에서 적당히 머물던 그들은 자신이 원하는 것을 따로 호칭해야 할 필요를 느낀 것이다. 그 호칭이 바로 '여주판'이었다.

그렇다면 그 이전의 여주판, 호칭으로서의 여주판이 아니라 말 그대로 '여자 주인공 판타지'는 무엇으로 불렸는가? 그들은 그냥 '판타지'였다. 예를 들어 『암흑 제국의 패리어드』가 발매된 1999년도 전후에는 굳이 이 작품을 '여주판'이라고 부르지 않았다. 여주판이라는 말이 사용되기 시작하면서, 과거에는 로맨스가 없거나 적은 여주판이라는 장르가 존재했다는 식의 혼란이 생긴 것 같다. 동시에 '여주판'이라는 개념이 로맨스나 로판을 공격하기 위한 도구로 사용되었다. '로맨스가 없거나 적었던 모험 여주판의 황금시대'라는 가상적 개념은 특히 로판이 안착한 이후 '요즘 애들은 진정한 판타지의 맛을 전혀 모르고 로맨스만 잔뜩 넣어 얄팍하게 쓴다'고 주장하기 위한 용도로 자주 활용되었다.

특히 2016년 페미니즘이 대두한 이후에 '여주판'은 '우리는 본디 여주판이었고 로맨스를 굳이 원하지 않았는데, 남성 독자들이 억지로 로맨스라는 말을 붙여 이렇게 되었다'는 식의 주장이 등장한다. 하나 이것은 결국 여성이 선택한 로맨스를 부정하는 것이다. '여성이 좋아하는 로맨스는 하찮은 것'이라는 시각을 내면화한 이들에게서 자주 나타나는 태도이기도 하다. 사실 로판 독자 중에도 로맨스를 경멸하거나 부끄러워하는 사람을 다수 발견할 수 있다. '로맨스의 정도가 지나친 것'을 싫어하는 독자도 많았는데, 이들은 자신이 생각하는 장르의 정체성을 지키기 위해 노력했다. 이로 인하여 몇 가지 사건이 생긴다.

일단 제일 파장이 컸던 사건은 2011년경 다술에서 있었던 일이다. 현재 게시물은 대부분 탈퇴로 인하여 삭제되었으나 '황공녀물은 판타지가 아니다'라는 논조의 제목과 글로, 대다수의 초기 로판 작가들이 논쟁했으며 이후 다술에서 떠났다. 조아라에서는 자유게시판의 여성 이용자가 '로판 로맨스 카테고리로 보내기 운동'을 진행했다. 내용은 단순했는데 판타지 카테고리에 있는 로판 작품을 로맨스 카테고리로 이동시키라고 작가에게 댓글, 쪽지를 남기는 것이었고 여러 이용자의 참여를 유도했다.

2010년 이후, 특히 조아라의 프리미엄 론칭 이후 '로맨스판타지'라는 용어가 자리 잡으며 개념 정리를 하려는 시도가 있었다. 그러나 보통 이는 '너는 판타지가 아니다' '우리는 판타지다'와 같은 말로 귀결되거나, 협의의 로맨스에 대한 이해가 없어서 '남녀가 연애하면 로맨스다' 정도로 끝나는 경우가 많았다. 때문에 '로맨스판타지'와 '판타지로맨스'에 대한 구분도 불가했다.

　일단 로판은 기본적으로 협의의 로맨스 규범과 관계가 없었다. 로판 창작자들은 자신 안의 로맨스를 '여주의 인생과 사건이 주이고, 남주와 서로 좋아하고 중요한 관계' 정도로 정리했는데, 동시에 로판의 로맨스가 '로맨스 소설'이 말하는 로맨스가 아니라는 것은 대강 알고 있었다. 카테고리 이동에 관련한 시비가 있다고 말했는데, 로판 작가와 독자가 로맨스 카테고리로의 이동을 거부한 것은 첫째, 로판이 로맨스 장르의 로맨스가 아니라는 자각이 있었기 때문이며, 둘째, 판타지 장르의 정서를 기반으로 성장·창작·향유하고 있다는 정체성을 갖고 있었기 때문이다. 세 번째는 현실적인 내용인데 로판의 집결지가 된 조아라는 지나칠 정도로 판타지 중심의 사이트이기 때문이다.

　2015년 7월 조아라에 로맨스판타지 카테고리가 생기고 그 기념으로 '로맨스판타지 콘테스트'가 진행된다. 다만 이 로판 카테고리는 판타지 카테고리에 등록된 여주판을 로판으로 간주해 쫓아내는 용도로 사용되었던 것으로 보이며, 이전과 달리 적극적으로 댓글 등을 통해 이런 요구가 이루어졌던 것으로 보인다. 2015년 전후로는 카카오페이지를 통해 인기 로판이 대거 유통되며 그를 통해 로판에 입문한 사람들이 생기기 시작했다.

　　　　　　　　　　　　　　　　　　　비주류 선언

사용자들 사이에서는 꽤 오래전부터 '로맨스판타지'라는 단어가 유통되었지만, 이 단어가 상업 시장에 정착하기까지는 오랜 시간이 걸렸다. 물론 로판이 종이책으로 잘 출간되지 않았다는 게 제일 큰 이유일 것이다. 하지만 그것보다 출판사들은 로판을 어떻게 표기할지 고민했던 것 같다. 예를 들어 2000년 6월 청어람에서 발매된 『엘야시온 스토리』는 표지에 'Romantic Fantasy'라고 적혀 있다. 2011년 어울림 출판사는 『드 모란』, 『라비린느』가 속한 로판 시리즈의 라인업을 '팜므판타지'라는 이름으로 발매한다.

2011년 10월 조아라는 프리미엄이라는 편당 결제 코너를 오픈한다. 이 코너는 같은 해 조아라가 열었던 공모전에서 수상한 로판들이 주로 등록되었다. 해당 코너에서 로판은 높게는 월 70~80만 원 정도의 수익을 올렸는데, 그 시기 도서대여점에 의존했던 판타지 작가들은 한 달에 한 권을 써서 100만 원은 고사하고 60만 원조차 벌지 못했다고 말한다. 여성 독자들의 구매력이 가시화되고 로판 시장의 가능성이 충분히 보이자 장르 소설 출판사에서는 로맨스판타지 레이블을 준비하기 시작한다.

처음으로 '로맨스판타지'를 표방한 것은 2012년 9월 론칭한 파피루스(현 디앤씨미디어)의 '블랙 라벨 클럽' 시리즈다. 그러나 이 표현 역시 상업적으로 안착했다고 보긴 어려운데, 2012년 12월에 론칭한 나비노블은 '메르헨판타지'를 표방했기 때문이다. '블랙 라벨 클럽'은 '로맨스판타지'라는 라벨링을 통해 로맨스 시장으로 진입했다. '블랙 라벨 클럽'은 파피루스의 로맨스 레이블인 파피러브 사이트와 카페를 통해 론칭 알림 및 광고를 진행했으며, 로맨스 카페에 책을 나누어주고 리뷰를 받는 로맨스 소설 출판사의 마케팅 방식을 택했다. 이는 판타지 시장에 로판을 내놓으면 팔리지 않을 것이라고 예측한 이유가 클 것이다. 2000년대를 지나며 판타지는 퓨전 판타지, 현대 판타지가 등장해 중세풍이나 근대풍 판타지 세계관은 유행이 끝났고, 로판은 여성 타깃의 장르이기에 여성 중심 장르 시장은 사실상 로맨스밖에 없었으므로 기업으로서는 당연한 선택이었다.

반면 '블랙 라벨 클럽'과 달리 판타지의 문을 두들기며 로맨스보다 판타지에 가까운 로판을 펴냈던 나비노블은 상당히 고전한다. 마케팅의 차이도 있겠지만, 애초에 마케팅이 가능한 시장이 있었는지조차 의문이었다. '시장'을 만드는 데에는 오랜 시간이 걸리고, 그건 사실 기업의 마케팅으로 해결 가능한 문제도 아니다. 나비노블은 전자책 시장 진입 이후 상황이 점차 좋아진 것으로 보이는데, 이는 전자책 시장의 선구자인 로맨스 시장에 의하여 로맨스-여성, 판타지-남성으로 성별 분업이 이루어진 상태이며 나비노블의 대다수 작품들이 여성 취향이라는 이유로 로맨스 카테고리에 진입함으로서 생긴 변화라는 점을 이해할 필요가 있다. 이후 나비노블의 행보는 로맨스로 이동하며, 그러한 작품들

비주류 선언

이 호응을 얻었다는 점도 특기할 만하다.

상업 필드에서 로판은 로맨스 카테고리 안으로 진입하며 많은 갈등을 겪었으며, 이는 현재 진행형이다. 로맨스에서도 장르성을 지키기 위한 싸움이 일어났다. 로판이 로맨스로 분류되는 것을 문제 삼았는데, 특히 로맨스가 가지고 있는 규칙인 '협의의 로맨스'를 몰랐기에 발생한 갈등이었다. 로맨스 장르, 협의의 로맨스는 정말 명확한 규범과 규칙이 있는 장르다. 말하자면 판타지 20퍼센트, 로맨스 40퍼센트, 로맨스 규범 40퍼센트의 조합이 로맨스에서 통용되는 규칙이었다. 그 규칙에 따라 애절한 감정과 정열, 육체적 부딪힘을 표현해내며 두근거림을 줘야 하는데, 그들의 입장에서 로판이라는 장르는 영 밋밋하고, 열정이 없으며, 두근거림이 없고, 대체 로맨스가 어디 있는지 알 수 없는 이야기였다. 로맨스 독자들은 로판이 자신들의 영역을 침범한다고 여겼다.

자신의 작품이 로맨스가 아니라며 부정당할 줄은 생각지도 못했던 로판 작가들은 로맨스 상업 필드의 반응에 당황한다. 문제는 판매량조차 로맨스 규범에 맞는지 아닌지에 따라 차이가 났다는 것이다. 작가들은 '판타지도 로맨스도 아니다'라는 양자적 배척 사이에서 잠시 방황한다. 그러나 돈은 시장을 만드는 법이다. 2013~2015년 사이 로판은 굉장히 빠르게 '협의의 로맨스화'를 진행한다. 로맨스의 농도를 올리고 세계의 이야기를 많이 덜어내는 방향으로 진행되며 판타지에서 선호하던 비극적 성질도 사라진다. 물론 광의의 로맨스 성질을 가진 로판도 현재 발견할 수 있지만, 이들은 상업 시장에서 좋은 성과나 흐름을 생성하지 못한 경우가 많다. 2014~2015년에는 로판이 돈이 된다는 사실이 알려진 이후로, 데뷔를 목적으로 작품을 쓰는 아마추어 작가들이 다수 등장하는데, 이들은 상업화 이후 로판에 누적된 로맨스 규범을 빠르게 습득하고 발전시킨다. 이쯤 되면 '로맨스 판타지'라기보다는 '판타지로맨스'라고 보아야 할 작품이 다수 등장한다.

로판이 판타지에서 기원한 만큼 사실 근본적으로 바뀔 수 없는 부분은 있지만, 상업 시장에서의 로판은 이제 로맨스 시장에서도 무리 없이 받아들일 만큼 '협의의 로맨스화'했다. 동시에 상업 시장의 발달로 연재 시장과 전자책 시장이 분리되고, 각 플랫폼별로 작품 성향의 분리가 이루어지며, 특히 카카오페이지가 로판의 주요 연재처가 된다.

로판이라는 장르의 변화

사람들이 생각하는 연애 없는 모험 여주판, 무겁고 진지하고 진중한 로판은 언제나 소수였고, 로판은 모험을 하기도 했고 안 하기도 했으며 연애를 했고 상당히 가볍고 코믹한 내용이 다수였다. 현재 '얄팍한 로판'을 보며 로판은 본디 이러지 않았다고 하는 것은 이치에 맞지 않다. 이 장르는 원래 이랬다.

나는 농반진반으로 "문학이란 본디 로망스에서 기원했으며, 모든 이야기는 환상성을 가진 판타지다. 즉 모든 소설은 로맨스 판타지다"라고 말해왔다. 그런데 이 말이 여기서는 더 이상 농담이 아니게 되었다. 정말 로판을 기반으로 분화하게 되었으니 말이다. 어쨌든 장르의 세부적인 내용은 계속 바뀔 것이다. 로판이 로맨스의 정도를 10퍼센트 포함하던 시절에서 30퍼센트, 50퍼센트, 70퍼센트 이상 지분을 늘리는 과정을 거치고, 상업 시장에 진입하며 '협의의 로맨스 규범'을 익히고, '육아물'이 등장하고, '19금'이 대두하고, '가족물'로 향하는 로판은 점점 의미를 확장하고 있다. 아마 여주판도 이 아래에서 성장할 것이다.

이제 사람들은 '로판'이라는 말을 관용어처럼 쓴다. '로판 여주 같다'나 '로판 같다'처럼. 이제 로판은 하나의 대중 장르로서 인식되고 있다. 나는 로판의 정서적 구심점이 1980~1990년대 순정만화에 기반을 두고 있다고 주장하는데, 1980년대 순정만화는 일본의 경우 서구 배경이 중심적이었고, 한국의 경우에는 SF, 판타지, 동양풍 대하 서사가 다수 존재했다. 로맨스에 '판타지라는 배경'이 중요한 이유가 여기 있다. 우리는 언제나 '여기가 아닌 다른 곳'을 원하기 때문이다. 서양풍의 배경은 동양인인 우리에게 '다른 곳'이다. 동시에 아주 모르는 곳도 아닌 곳. 이 이국적인 공간에서 우리는 다른 시도와 다른 즐거움을 꿈꾼다. 또는 그 다른 배경을 통해 우리가 현실에서 할 수 없었던 이야기를 한다. 언제까지 '여기가 아닌 다른 곳'을 원할지는 알 수 없다. 확신할 수 있는 것은, 언제나 사람들은 창작물을 통해 현실을 탈출했다는 것이다.

1) 투데이 베스트는 선호작 등록 수와 조회 수를 산출하여 일별 인기도를 순위화한 것이다. 월간, 주간, 일간 기록을 제공하지만 월간과 주간은 최근 기록만을 보여주기 때문에, 투데이 베스트 중 무료 분야, 그중에서도 각 연월의 1일 자 데이터를 확인했고, 투데이 베스트 내역은 2008년부터 제공되는 탓에 2008년부터 2010년까지의 데이터를 확인했다. 물론 이는 현재(2019년) 시점에서 확인한 내용으로 작품 삭제 등의 요소 등을 감안할 필요가 있다.

2) 황녀나 공녀(공작의 딸)와 같이 신분 높은 집안의 딸을 주인공으로 하여 주로 궁정에서 연애하는 모습을 담은 작품이다.

3) 다술의 게시물 「인기있는 작품에 대해서」 참조(http://dasool.com/bbs/board.php?bo_table=bo_metro&wr_id=2234&sca=&sfl=wr_subject%7C%7Cwr_content&stx=%ED%99%A9%EB%85%80%EB%AC%BC&sop=and%2F).

비주류 선언

[웹소설]

웹소설의 충격,
충격의 웹소설

**웹소설 충격을
다루는 논의들**

『웹소설의 충격』은 2016년 일본에서 출간된 단행본이다. 우리나라에서는 2018년 번역본[1]이 출간되었다. 이 글의 제목도 책 제목에서 착안했다. 이 책이 일본의 상황을 다뤘음에도 불구하고 반가운 이유는, 웹소설의 '매체성'에 대해서 다루고 있는 얼마 되지 않은 논의의 결과물이기 때문이다. 특히 우리나라에서는 더더욱 웹소설이 가지고 있는 매체성, 매체적 특성 혹은 매체와의 관련성에 대해 본격적으로 다루고 있는 논의를 만나기가 쉽지 않았다는 점에서 그러하다.

매체성뿐 아니라, 우리나라 출판 시장에서 웹소설과 관련된 메타적 논의를 담은 단행본을 만나기란 쉽지 않다. 점점 늘어날 것으로 생각이 되지만, 현재로서는 약 10권도 되지 않는 단행본이 출판되었을 뿐이다. 지금 웹소설이 차지하고 있는 위상이나 인기에 비하면 초라한 수치라고 할 수 있다. 그리고 이들은 대개 '웹소설 작법'에 치중되어 있다. 웹소설'이라는 말을 제목에 포함하고 있는 논문의 수도 아직은 손에 꼽을 정도로 적다. 그러다 보니, 여전히 웹소설에 대한 논의는 일정한 방향으로 편향되어 있는 형편이다. 조금 과격하게 말하면, 우리나라에서 웹소설이 정착되기 이전부터 성행했던 장르 소설, 대중소설에서 이루어진 논의들이 그대로, 혹은 자잘한 수정을 거쳐서 옮겨온 것들이 대부분이라고 할 수 있다.

이게 무슨 말이냐 하면, 1990년대와 2000년대에 집필된 장르 소설에 대한 양식적 논의, 예를 들어 판타지나 로맨스 같은 세부 장르와 그 내용에 대한 논의가 '웹소설'에 대한 논의로 그대로 옮겨온 것들이 압도적인 비율을 차지한다는 의미다. '웹'과 '플랫폼'에서 연재되고 유통된다는 이야기를 논외로 하고, 웹소설 작품의 내용만 가지고 장르의 문법과 관련하여 분석하고 그것을 전제로 하여 작법을 제시하는 책들이 주류를 이루고 있는 것이다.

물론 웹소설에서도 무협, 판타지, 로맨스, BL 등 세부 장르는 매우 중요한 역할을 차지하고 있다. 그렇기 때문에 장르 소설 시대에 이루어진 논의의 성과가 웹소설을 쓰거나 읽으려는 사람들에게 큰 도움이 될 수 있는 것도 엄연한 사실이다. 장르 소설과 웹소설에서 모두 호환되는 장르 논의라는 것은 분명하게 존재한다. 따라서 지금 하는 이야기는 '장르 소설에서 개발된 장르 문법과 지식은 웹소설에서 쓸모가 없다'라는 이야기가 아니다. 그리고 이 단행본들의 의의를 폄하하려는 것도 당연히 아니다. 반대로 이런 논의들은 상당한 유용성을 갖고 있다. 장르 소설의 문법은 시시각각 변화하고 있기는 하지만, 여전히 큰 틀에서는 웹소설 작가들과 독자들에 의해서 공유되고 있으니까. 장르 소설의 문법을 참조하는 것이 웹소설 작가나 독자의 리터러시를 높이는 과정에서 유의미한 역할을 할 수 있다는 이야기다.

　다만, 장르 소설의 논의가 그대로 웹소설로 유입되는 것과 관련해서는 두 가지를 고민해보아야 한다고 강조하고 싶다. 하나는 '장르 소설의 장르 논의가 웹소설의 장르 논의에 그대로, 100퍼센트 호환될 수 있는가?'라는 고민이다. 물론 그렇게 볼 수 없는 여지가 매우 많이 존재한다. 장르라는 것은 생물과 같아서, 끊임없이 변화한다. 예컨대 2000년대의 판타지와 2010년대의 판타지를 같은 문법과 기준을 가진 동일한 대상이라고 보는 것은 매우 위험하다는 말이다. 엘프나 드워프가 연상되던 장르 소설의 '판타지'와, '회귀'나 '이세계'가 먼저 떠오르는 웹소설에서의 '판타지'는 명칭만 같지 서로 다른 대상일 수도 있다.

　또 하나, '장르와 문법에 대한 이야기는 웹소설의 논의에서 얼마만큼의 비중을 차지해야 하는가?'라는 고민을 들 수 있다. 장르와 관련된 지식이 중요한 것은 사실이지만, 웹소설 작가는 해야 할 일도 많고, 고려해야 할 사항도 많다. 그리고 매체와 유통 환경이 조성하는 변화가 장르 자체의 모습을 바꾸기도 한다. 따라서 웹소설에 대한 고민은 좀 더 다각적으로 이루어져야 한다. 가령, 웹소설의 장에서 플랫폼의 존재는 상당한 비중을 차지한다. 이 플랫폼에 따라 인기 있는 장르가 바뀌거나 새로 생성되기도 하고, 장르에 대한 작가의 해석이나 독자의 취향이 조성되기도 한다. 플랫폼과 웹을 논외로 하고, 그로부터 소설의 내용을 분리해 가져와서 할 수 있는 논의와 플랫폼과 웹소설의 관계를 적극적으로 살피는 논의는 분명히 다르다.

하지만 아직까지 국내 출판 시장에서 조아라, 문피아, 네이버, 카카오 등 플랫폼에 대해 직접적으로 다루고 있는 단행본은 거의 찾을 수 없는 실정이다. 그리고 이런 플랫폼과 작가 사이에서 적극적인 역할을 하고 있는 CP라는 새로운 형태의 유통 주체에 대한 논의도 없기 때문에, 작가들이 정보를 얻기 매우 힘든 환경이 조성되어 있다. 이에 대한 웹소설 작가나 독자의 수요는 상당할 거라고 예상하기 쉬움에도 말이다.

그렇기 때문에 '소설가가 되자'나 'E★에브리스타' 같은 일본 웹소설 플랫폼의 시스템, 사용자 수나 판매량(구독량), 수위, 작품이나 작가에 대한 통계, 사용자 정보나 마케팅 전략 등을 다루고

비주류 선언

있는『웹소설의 충격』이 신선하게 다가올 수 있는 것이다. 그리고 이 책은 휴대폰, 스마트폰, 인터넷 게시판, 전자책 등 웹소설과 관련된 다양한 매체에 대한 고찰을 통계에 근거하여 풀어내고 있다. 이와 같이 시장성, 매체성을 고려한 다양한 논의들이 우리 출판시장에서도 활발히 이루어져 그 균형을 맞출 필요가 있다는 사실을 환기해준다는 점에서도 가치가 있는 책이라고 할 수 있다.

그렇다면 현재, 웹소설의 내용과 장르에 치중되어 있는 우리나라에서 웹소설의 매체적 측면, 유통적 측면을 공부하기 위해『웹소설의 충격』을 보면 될까? 분명히 도움이 되는 측면이 있다. 하지만 기본적으로는 이웃 나라의 상황을 담은 외서이기 때문에, 그리고 우리와는 성격이 다른 매체 환경과 시장 환경을 다루고 있는 책이기 때문에, 그 역할을 이 책에 그대로 맡기면 곤란한 지점도 분명히 존재한다. 따라서 이 책의 내용을 곧이곧대로 받아들이거나 암기하여 우리나라 웹소설의 장에 적용하려고 하면 안 될 것이다.

이 글은 이런 문제의식과 함께『웹소설의 충격』을 읽고, 그것을 통해서 우리나라 웹소설의 장에 던질 수 있는 몇 가지 질문들과 작가와 독자의 입장에서 웹소설이라는 대상이 가진 역동성과 상대성에 대해 어떤 마음가짐으로 접근해야 하는지에 관한 교훈들에 대해서 논의해보려고 한다.

일본과 한국의 웹소설 환경

『웹소설의 충격』에서 그려지고 있는 웹소설 시장의 사정은 당연히 우리나라와 아주 다르다. 웹소설 이전에 어떤 연관 장르들이 있었고, 또 독자들이 어떤 작품을 읽어왔으며, 무엇을 기대하는가에 따라 다르다. 그렇다면 대중소설과 관련하여 더 큰 규모의 시장을 갖고 있는 일본은 웹소설과 관련하여 우리보다 선진적인 위치에 있다고 할 수 있을까? 그래서 독자를 포함한 한국의 웹소설 관계자가 읽으면 우리 웹소설이 나아갈 방향에 대한 '배움'을 얻을 수 있을까? 혹은 한국 웹소설의 가까운 미래가 어떤 모습일지 일본을 통해 미리 엿볼 수 있을까?

결론은 전혀 그렇지 않다. 「웹소설 선진국 한국」이라는 제목의 챕터가 이 책에 포함되어 있을 정도로 한국의 웹소설 환경은 일본보다 앞서 있다. 이 책의 저자 이이다 이치시는 친절하게 한국어판 서문을 직접 썼는데, "사실 나는 일본의 소설 업계를 뒤덮었던 이 '충격'을, 보다 우수한 비즈니스 모델을 채용하고 있는 한국 독자에게 소개하는 것이 어떤 의미가 있을지, 회의적이었다"[2]라는 대목이 단순한 겸양의 차원이 아니라는 것을, 실제로 작가가 그렇게 생각하고 있음을, 책의 여러 군데에서 확인할 수 있다.

『웹소설의 충격』의 저자가 한국의 시스템이 더 선진화되었다고 판단하는 가장 중요한 기준은, 웹 내부에서의 '과금' 시스템이 완비되었다는 점이다. 즉, 한국의 웹소설 독자는 작품이 연재되는 시점에서 즉시 작품을 구입한다. 웹상에서 바로 구입하는 것이다. 그렇기 때문에 몇 년 전만 해도 웹소설의 가장 중요한 수익 모델이었던 '단행본화'가 한국에서만큼은 힘을 잃었다고 할 수 있다. 이제 한국에서 웹소설을 단행본으로 엮는 행위가 갖는 경제적 의미는 상당히 줄어들었다. '단행본 간행' 경력이 작가의 명예, 혹은 상징적 자본이 되는 경우가 있기 때문에 여전히 단행본을 만들려는 작가들은 존재한다. 하지만 이제 웹에서의 수익보다 단행본에서의 수익이 더 많이 나오던 시대는 완전히 지나갔다고 해도 과언이 아니다. 한국의 웹소설은 웹 안에서 압도적인 수입을 올리고 있다.

반면 일본에서는 아직도 웹상에서의 과금 시스템이 정착되지 않았다는 것을 이 책은 알려준다. 일본의 웹소설 수익은 여전히 웹 바깥에서 나온다. 이 책에서 주목하는 일본의 양대 플랫폼인 '소설가가 되자'와 'E★에브리스타' 모두, 회당 일정 금액을 결제하는 한국의 과금 시스템과는 전혀 다른 시스템을 사용하고 있다. 예전 네이버 웹툰처럼 독자의 구매가 아니라 광고에 의존하는 경우도 있다. 하지만 무엇보다도, 여전히 일본의 웹소설은 종이책으로 출판되어 팔리는 경로가 주류를 이루고 있다. 작가는 단행본을 만들기 위해 큰 노력을 기울이며, 그렇지 않으면 게임이나 애니메이션 같은 2차 저작물로의 이행을 목표로 하게 된다.

사실 일본의 웹소설이 아직 웹에 올라온 형태 그대로가 아니라, 단행본 형태로 재수록이 이루어진 후에 구매되는 비율이 더 높다는 사실은 의외라고 할 수 있다. 우리보다 훨씬 오래전부터 일본의 독자, 혹은 소비자들은 무형 콘텐츠에 돈을 기꺼이 지출하는 습관이 함양되었다고 알려져 왔다. 하지만 디지털 콘텐츠의 형태로 유통되는 것에 더 먼저 지갑을 적극적으로 연 것은 한국 독자였다.

　물론 '웹상에서의 매출' 자체가 웹소설의 선진성을 파악하는 기준이라고 말하는 것은 아니다. 수익을 올리는 방식의 차이는, 웹에서 결제가 이루어지는가, 웹 밖에서 결제가 이루어지는가 하는 유통상의 차이에만 머무는 것은 아니다. 한국의 독자들은 웹소설을 한 화, 혹은 한 회 단위로 구매한다. 반면 일본에서는 연재 분량이 충분히 쌓이고, 그것이 독자들의 인기를 끌거나 출판사의 기준을 통과하여 실제로 단행본으로 엮인 후에야 구입한다(이는 종이책 형태이기도 하고 전자책 형태이기도 하다. 하지만 전자책도 이 맥락에서의 '웹 안'과는 구별되는 개념이다). 즉, 한국과 일본에서 구매되는 웹소설의 단위, 더 정확하게 말하면 패키지의 모양과 규모가 다른 것이다. 이런 구매 단위의 차이는 그것으로 끝나지 않고, 소설을 읽는 호흡 차이를 야기한다. 최근 한국 웹소설의 CP는 작가들에게 한 화 내에서 기승전결을 완벽하게 갖추기를 요구하는 경우도 많다. 이는 구매 단위와 그로 인해 조성된 소설 읽기의 호

비주류 선언

흡에 적응하기 위함이라고 할 수 있다.

　일본 웹소설 시장에서 '단행본'이라는 존재가 여전히 중요한 이유는 또 있다. 일본의 웹소설과 한국의 웹소설은 명칭이 같지만 사실은 전혀 다른 정착 과정을 거쳤다. 일본 웹소설 시장이 형성되는 데에는, 아직 꽤 탄탄한 규모를 유지하고 있는 종이책 출판 시장이 배경으로 자리하고 있다. 일본어를 모국어로 하는 인구는 1억 5천만 명에 달하고, 이는 실질적으로 한국어 인구, 그중에서도 남한에 국한되어 있는 5천만 명보다 약 3배나 더 큰 시장을 형성한다. 그렇기 때문에 상당히 쇠락한 한국의 종이책 시장과는 다른 배경을 갖고 있는 것이다. 일본의 웹소설은 여전히 기댈 만한 종이책 시장을 갖고 있어 그것과의 친연성을 강조해야 한다면, 한국의 웹소설은 종이책 시장으로부터 분리를 선언하고 차별성을 강조하는 전략을 사용해야 한다.

　이것은 출판계에 관심이 있다면 누구나 알 수 있을 만한 기본적인 사항이다. 그리고 출판시장 내부의 문제이기 때문에 많은 사람에게 꽤나 본질적인, 그리고 작가나 독자가 어찌해볼 수 없는 변수로 비추어질지 모른다. 하지만 언뜻 보기에는 관련이 없어 보이는, 혹은 부수적으로 보이는 변수들도 존재한다. 많은 사람이 한 회당 100원씩도 결제가 가능한 소액 결제 시스템이 완비될 수 있었던 요인으로 모바일 게임을 손꼽는다(한국에서는 온라인 게임이, 일본에서는 콘솔 게임이 주류를 이루고 있는 것과 묘하게 닮아 있다). 한국의 청소년들이 이 모바일 게임 덕분에 소액 결제에 대한 리터러시를 습득했고, 웹소설 과금 체계에 어렵지 않게 적응했다는 게 그 논리의 골자다. 그리고 이것은 업계에서 꽤 정설로 여겨지고 있으며, 모바일 게임의 특징인 지속적인 '성장'과 '보상'을 웹소설의 중요한 내용적 요건으로 설명하고 있는 이들이 많은 것도 이와 관련이 있다. 즉 웹소설 독자와 모바일 게임 이용자가 상당히 겹치기 때문에, 모바일 게이머의 취향이 웹소설 독자의 취향을 분석하는 데 중요한 참고자료가 될 수 있다는 믿음이 형성되고 유통된 것이다.

역시 과금 체계에 대한 이해가 향후 창작되는 웹소설에까지 영향을 미치게 된 것인데, 이러한 변수가 '모바일 게임'이라는 웹소설 유통 바깥에 존재하는 콘텐츠 체계에서 온다는 것은 시사하는 바가 크다. 어떤 변수가 웹소설 시스템에 어떤 영향을 미치게 될지 예측하기가 매우 어렵다고 결론 내릴 만한 근거가 되는 것이다. 일본은 우리나라에 비해 전자 소액 결제의 비율이 적고, 신용카드의 사용 빈도도 낮은데, 이것이 웹소설이라는 문학적 현상에 큰 영향을 미칠지 누가 알았겠는가? 또 일본의 대표 웹소설 플랫폼인 '소설가가 되자'는 '비영리'를 선언하고 있는데, 이렇게 상당한 경제적 잠재성을 가진 플랫폼의 대표가 '비영리'를 선언한다는 예외적 현상이 실질적으로 일본 웹소설 환경을 조성하는 데 큰 변수가 되었다. 역시 이런 복잡한 역학 관계들을 어떻게 예측할 수 있겠는가?

『웹소설의 충격』에 '어떻게 될지 알 수 없다'라는 표현이 자주 나오는 것은 그것 때문이다. 웹소설과 관련한 예측은 과연 어렵다. 이 책의 저자는 2016년 출간된 일본어판에서 일본에서도 웹에 실린 그대로의 판매 모델이 활성화될 수 있다고 조심스럽게 예측하였으나, 2018년 출간된 한국어판 서문에 썼듯이『웹소설의 충격』이 일본에서 간행된 이후 지금까지도 과금 시스템은 결국 정착되지 않았다고 고백하고 있다. 세상에 예측하기 쉬운 게 어디 있겠냐마는, 웹과 멀티미디어가 복잡하게 상호작용하여 환경을 조성하는 웹소설의 불확정성은 이전 양식들의 예측 불가능성과 그 차원을 달리하는 면이 있다.

하지만 이 말을 허무주의적으로, 가령 '예측은 소용없으니까 아무것도 예측할 필요 없어'라는 식으로 받아들이는 것은 곤란하다. 그럼에도 불구하고 끊임없이 예측해야 하고, 그 예측을 하는 데 필요한 변수의 범위를 문학작품의 내용이나 작가와 독자를 바라보는 프레임으로 제한하는 것은 곤란하다. 웹소설을 둘러싼 여러 가지 사항들, 예전에는 '비문학적'이라고 치부해버리고 논외로 삼았던 사항들을 웹소설의 장을 큰 폭으로 변화시킬 수 있는 변수로서 끊임없이 모니터링해야 함을 강조하고 싶다.

'웹소설'이라는 동음이의어

'웹소설'이라는 같은 이름을 가졌다고 해서, 일본의 웹소설과 한국의 웹소설이 같은 것인지에 대해서도 생각해봐야 한다. 사실 '웹소설'이라는 말이 절묘하게 한국와 일본에서 공통으로 쓰이고 있지만, 한국에서 '웹소설'이라는 기호는 네이버가 '웹소설 공모전'으로 그 명칭을 제시하기 전까지 정착하지 못하고 있었다는 사실을 상기해볼 필요가 있다.

일본의 웹소설은 여전히 상당한 힘을 발휘하고 있는 종이책 소설 시장을 배경으로 하고 있으며, 라이트 노벨과의 관계성이 상당히 강조되고 있다. 이에 비해 한국 웹소설은 라이트 노벨보다는 '장르 소설'이라고 불리던 양식과 친연성이 있는데, 도서 대여 시장의 소멸에 따라 '장르 소설'이 웹소설과 함께 갈 수 있는 동력을 상실한 것으로 여겨진다. 즉 일본의 웹소설은 라이트 노벨과 나란히 걷고 있고, 한국의 웹소설은 장르 소설이 소멸한 뒤 그 명맥을 이어가고 있는 것으로 대중에게 인식되고 있다.

일본 웹소설은 넓은 의미에서의 '라이트 노벨'로, 한국 웹소설은 넓은 의미에서의 '장르 소설'로 분류된다. 라이트 노벨이 주류를 이루던 시장에서 웹소설로 이행하는 과정을 겪은 일본, 그리고 장르 소설이 웹소설로 이행하는 과정을 겪은 한국. 이 두 시장에서 웹소설이 갖는 성격이 구체적으로 다를 수밖에 없음은 어렵지 않게 깨달을 수 있다. 비록 두 대상이 같은 이름표를 가슴에

비주류 선언

달고 있다고 해도 말이다(같은 이름을 갖고 있다고 그 특성마저 같을 거라는 착각은 문화계에서 항상 너무나 광범위하게 일어난다).

『너의 췌장을 먹고 싶어』는 이러한 복잡한 변수에 따라 일본 웹소설 장에 던져진 특이한 소설이다. 여러 의견이 있을 수 있겠지만, 최소한 『웹소설의 충격』의 저자가 보기에는 이 소설이 일반 웹소설의 문법을 전혀 따르고 있지 않기 때문이다. 『너의 췌장을 먹고 싶어』가 일본 웹소설의 범위는 더 넓어졌고 웹소설로 인정받는 조건이 덜 까다로워졌음을 나타내는 하나의 상징이 된 것이다. 라이트노벨, 장르 소설과의 복잡한 관계에서 발전한 일본과 한국의 웹소설은 서로 다른 방식으로 분화하고 있다. 아직 한국에서는 웹소설을 본격소설과의 상이성, 대립성을 강조하는 차원에서 논의하고 있지만, 일본 웹소설에서는 기존의 본격소설을 흡수하려는 움직임을 보이고 있는 것이다. 따라서 한국의 웹소설에 대한 논의들이 얼마나 일시적인 현상들을 대상으로 하여 일반화한 결과물인지를 『웹소설의 충격』은 간접적으로 보여준다.

그런 의미에서 『웹소설의 충격』은 일본의 또 다른 웹소설 관련 단행본인 『독자의 마음을 사로잡는 웹소설 히트의 방정식讀者の心をつかむWEB小説ヒットの方程式』이라는 책과는 전혀 다른 시각을 보여준다. 웹소설과 관련된 불변의 공식이 있다는 믿음, 이것은 매우 제한적인 유용성과 상당한 잠재적 위험성을 내포한 태도이며 관점이다. 이러한 관점은 작가 지망생에게 당장 도움은 될 수 있

겠지만, 주체적으로 변화하는 웹소설 판의 변화에 적응할 수 있는 능력을 길러주기는 어렵다. 따라서『웹소설의 충격』은 일반화를 열심히 시도하기보다 오히려 여러 경우에 포기한다. 쉽게 예측하고 일반화할 수 없는 것을 '알 수 없다'라고 선언하는 것은 편리해 보이지만, 사실은 용기가 필요한 태도다.

예컨대 '코미코노벨'과 '소설가가 되자'의 차이를 설명해주는 부분은 흥미롭다. 코미코노벨은 작가들에게 급여를 제공하면서 출판사의 책임을 떠안았다. 즉 문제가 되는 내용(인종차별이나 범죄 옹호)을 포함한 작품이 연재되었을 때 그 책임의 화살은 그것을 서비스한 코미코노벨에도 향했다. 반면 '소설가가 되자'는 그야말로 플랫폼의 역할에만 충실함으로써, 작가가 작품에 어떤 내용을 싣는지에 대해서는 개입할 수 없다고 못 박아버렸고, 실제로 대중들에게 그렇게 받아들여졌다. 이러한 웹소설 내의 흥미로운 현상들을 소개하면서도 이를 전제로 하여 어떤 예측을 하는 데에는 매우 조심스러운 태도. 이것이『웹소설의 충격』이 일관적으로 보여주는 태도인 것이다.

결국 일본과 한국의 웹소설은 매우 이질적인 대상이면서도 언뜻 보기에는 비슷한 본모습을 공유하고 있을 뿐이다. 둘이 공유하고 있는 본질적인 공통점이 있는 것처럼 보인다고 해도, 그건 일시적인 현상일 수 있음을 언제나 명심해야 한다. 공식처럼 여겨진 웹소설의 문법은 다양한 변수에 의해 언제든 폐기되거나

비주류 선언

사라질 수 있다. 이 '문법'은 문학 내의 담론일 수도 있고, 문학 외적인 요소, 즉 유통이나 출판, 혹은 다른 문화 콘텐츠들과의 관계와 관련한 담론일 수도 있다.

'웹소설'을 끊임없이 출렁거리며 변화하는 유동적인 존재로 볼 것인가, 아니면 한 가지 특성을 가진 대상으로 고정해놓고 접근할 것인가는 웹소설 작가들이 반드시 고민해야 할 과제다.

충격은 언제나 온다

우리나라에서 웹소설 논의는 이제 본격적으로 축적되기 시작한 단계라고 할 수 있다. 그리고 그 논의들은 대개 장르 소설의 논의에서 유입되었으며, 그 결과 장르 소설과 웹소설의 친연성을 강조하는 관점이 주류를 차지할 수밖에 없었다. 그런 점에서 일본 웹소설의 시장성과 매체성을 다룬 『웹소설의 충격』은 반가운 책이다. 하지만 웹소설을 둘러싼 환경을 설정하는 데에는 실로 다양한 변수가 있다. 그렇기 때문에 『웹소설의 충격』을 한국 웹소설에 곧바로 대입해 이해하는 것은 곤란하다. 대신 사소하고 우연처럼 보이는 변수들이 실질적으로 하나의 양식을 둘러싼 환경을 조성하는 데 얼마나 결정적인 역할을 했는지를 보여준다는 점에서 충분히 교훈적이다.

어떤 웹소설 장르가 유행하게 될까? 웹소설과 관련하여 어떤 시스템이 정착할까? 이런 질문에 대한 대답은 모두 '알 수 없다'이다. 너무나 많은 변수가 있고, 어떤 변수가 어떤 역할을 하게 될지 완벽하게 예측하기란 불가능하기 때문이다. 하지만 이 '알 수 없다'를 허무주의적으로 받아들여서는 안 된다. 이는 그야말로 완벽하게 예측할 수 없다는 것이지, 어떤 예측도 해서는 안 된다는 것을 의미하지 않는다. 가령 이미 구축되어 있는 웹소설의 과금 방식은 쉽게 바뀌지는 않을 것이다. 따라서 현재 작가들은 이것에 익숙해지고, 본인의 작품이 이 과금과 유통 방식에 어떻게 어울릴 수 있는지를 고민하는 것이 훨씬 더 생산적이다.

다만 그것이 바뀌지 않을 것이라고 철석같이 믿는 것은 미련한 일이 될 수 있다. 장르와 관련된 문법들은 특히 이런 성격을 갖고 있다. 장르의 문법이나 양식은 매우 유동적임에도 불구하고, 절대 바뀌지 않으리라고 믿고, 그 문법을 매우 폭력적으로 재생산하려는 태도들은 언제나 있다. 당장 웹소설 작품에 달려 있는 '사나운' 댓글들을 보라. 웹소설이 상당히 열려 있는 양식이라고들 하지만, '이게 웹소설이냐'라고 물으면서 웹소설의 조건을 한정하는 태도는 상당히 만연해 있다. 웹소설은 매우 열려 있는 장이라고 생각하지만, 그 안에도 '꼰대'들은 얼마든지 있다. 웹소설의 일반적인 특징을 공식화하고 '웹소설이라면 이러이러해야만 한다', '웹소설이라면 이래서는 안 된다'라는 고정적인 믿음을 만들려는 사람들.

하지만 장르는 생물처럼 끊임없이 움직인다. 웹소설이라는 큰 장르도 마찬가지고, 웹소설을 구성하는 하위 장르도 마찬가지다. '뭐 이런 소설이 다 있어'라는 작품 중에 '알 수 없는' 이유로 성공을 거두고, 그것이 새로운 장르의 효시가 되는 경우는 지금까지 셀 수 없이 많았다. 구태의연한 표현 같지만, 변하지 않는 것은 없다는 사실만이 변하지 않는다. 그리고 그 변화는 열린 마음으로 끈질기게 상황을 살핀 사람들이 발견해내고 이끌어낼 가능성이 높은 것은 말할 것도 없다.

웹소설은 어떤 것이고, 또 앞으로 어떻게 변화해갈 것인가. 그에 대한 답은 항상 바뀐다. 그리고 그 답이 바뀌는 궤적들을 따라가려면, 웹소설의 '안'만 보아서는 안 된다. 웹소설이 그것을 둘러싸고 있는 여러 문화적 요소들과 어떻게 관계를 맺고 있는지, 성실하게 파악해야 할 것이다. 사소한 변수의 출현과 자극으로도, 웹소설이라는 대상은 극적으로 그 특성을 변화시킬 수 있다. 충격은 언제나 온다. 21세기에 콘텐츠를 제작하는 사람에게 '충격'은 언제나 올 수 있다.

1) 이이다 이치시, 『웹소설의 충격』, 선정우 옮김, 요다, 2018
2) 이이다 이치시, 위의 책, 11쪽.

함께 장르에 속한 동료들에게

『비주류 선언』은 장르와 관련된 콘텐츠를 비평하고, 나아가 장르와 현대사회가 어떻게 연결되어 있는지 규명하고자 노력한 책입니다. 장르 문학 전문 비평팀 텍스트릿은 이 책을 기획하며 내부적으로 두 가지 목표를 공유했습니다. 첫 번째는 '한국 고유의 장르'라는 정체성을 가지고 장르의 맥락을 풀어내자는 것이며, 두 번째는 단순히 지식을 나열하는 것이 아니라 장르와 관련된 공부를 하거나 비평을 쓰고 싶은 사람들이 잘못된 정보, 게으른 지식을 피해 제대로 공부할 수 있는 길잡이를 만들자는 것이었습니다. 이것은 텍스트릿이라는 비평 동인이 만들어진 계기이자 목적이기도 합니다. 비로소 첫 번째 결과물을 통해 여러분께 인사드릴 수 있게 되었군요.

2018년 1월 결성되어 4월 정식으로 홈페이지(textreet.net)를 오픈하고 1년 남짓한 세월이 흘렀습니다. 한 달, 두 달 세던 것이 1년이라는 단위로 매길 수 있는 순간의 질량은 묵직합니다. 그런데 한 발자국 떨어져서 생각해보면 1년은 년으로 세는 단위의 첫 시작이기도 합니다. 길다면 길고, 짧다면 짧은 세월 동안 텍스트릿은 참 많은 일을 했습니다. 인문학협동조합과 '웹소설 집담회', '로맨스 집담회'를 열었으며, '뉴미디어 비평 스쿨'이라는 이름으로 판타지, SF, 로맨스, 무협, 추리라는 장르를 다루어 함께 공부했습니다. 안전가옥과 함께 로맨스 특강과 웹소설 큐레이션 특강을 진행했고, 출판전문지 〈기획회의〉에서 많은 특집 기사를 썼습니다. 〈고대대학원신문〉에서도 장르 큐레이션을 다룬 연재를 진행했고, 성균관대학교를 비롯해 많은 대학에서 글쓰기 특강을 진행했습니다. 이 밖에도 정말 많네요.

이렇게 한 해를 반추하다 보니 다시금 상기하게 됩니다. 텍스트릿의 활동이 많은 단체의 도움들로 이루어졌다는 것을요. 지금 이 책도 〈기획회의〉를 발행하는 출판사에서 특집 기사부터 도서 기획까지 제의해 주신 덕분에 세상의 빛을 보게 되었지요.

1년간 텍스트릿의 행보를 통해서 두 가지 정도의 이야기를 해볼 수 있을 듯합니다. 첫 번째는 국내에서 장르에 관한 관심이 가시화되었다는 점입니다. 한국 장르 문학의 역사는 무척이나 오래되었고 장르 문학에 관한 관심 역시 끊이지 않았습니다. 그러나 근현대 한국에서 장르 문학은 창작의 영역에서만 맥을 이어왔을 뿐, 좀처럼 연구와 비평이 이루어지지 않았습니다. 이제 한국에서도 장르 문학의 역사가 쌓였고, 웹소설을 비롯한 장르 콘텐츠들이 점차 성공을 거두며 지위가 확장되었습니다. 장르에 대한 요구는 가시화될 만큼 양적으로도 확충되었다고 생각합니다.

두 번째. 그런데도 텍스트릿을 제외한 장르 문학 비평·연구 그룹의 수가 정말 부족하다는 점입니다. 지난 일 년 동안 텍스트 릿의 활동은 정말 과포화 상태였습니다. 텍스트릿이 이렇게 여러 곳에 불려 다닌 까닭은 텍스트릿의 능력이 뛰어나서가 아니라 텍 스트릿이 '장르 비평'이라는 정체성을 전면에 내세운 몇 안 되는 단체이기 때문일 겁니다. 제가 알기로 국내에서 장르를 비평하고 연구하는 단체는 거의 전무합니다. 개인 연구자 역시도 전국에 흩어져 있습니다. 그들은 글을 게재할 공간을 찾지 못하고 그저 생존 신고 형태의 연구 결과만을 간간이 발표할 뿐입니다.

담론은 혼자서 이야기한다고 만들어지는 것이 아닙니다. 서로 의 이야기가 교차하고 부딪치는 곳에서 태어나는 것이 담론입니 다. 그리고 이야기가 생산적으로 부딪치기 위해서는 부단히 읽고 써야 합니다. 이것은 시간과 자본이 필요한 일입니다. 텍스트릿 의 팀원은 담론장을 만들겠다는 이상을 공유하며 자발적인 자원 과 봉사의 형태로 작업을 진행했습니다. 내부에서 생산되는 원고 는 원고료조차 제대로 지급하지 못했습니다. 이러한 미미한 움직 임조차 소중한 곳이 한국의 장르 비평이라는 영역이었겠지요.

이 책의 제목인 『비주류 선언』이라는 말은 굉장히 담론적입니 다. 처음 이 제목을 편집부에서 제안하셨을 때, 텍스트릿 내부에서 꽤 논의가 분분했습니다. 과연 장르 문학을 '비주류'라고 부를 수 있느냐 하는 지점이었죠. 주류와 비주류라는 것을 나누는 이분법의 기준이 과연 지금 시대에도 적용 가능한가 하는 문제였습니다. 미학적 가치나 선입견을 조금만 벗어나 생각하더라도 장르 문학, 그리고 우리가 다루고 있는 서브컬처를 과연 비주류로 부를 수 있을지 의문이 들더군요. 더군다나 책의 글을 보시면 아시겠지만 우리는 꾸준히 장르에 내재해 있는 미학적 가치를 이야기하고 있으니, 미학적 가치라는 기준 자체도 불분명한 것이라는 생각이 듭니다.

문예커뮤니케이션학회 2019 여름 학술세미나 '커뮤니케이션이다'에서의 일화가 떠오릅니다. 이문영 작가의 발표 현장에서 있었던 일은 의미심장한 부분이 있습니다. 이문영 작가는 '이것이 왜 소설이 아니란 말인가'라는 제목의 발표를 통해 장르 소설이 동시대 함께 출간되는 문학과 동일한 기준선상에서 집계조차 되지 않고 마치 '없는 것'처럼 취급받는 실태를 비판했습니다. 그런데 이를 듣고 있던 흥분한 청중이 "왜 문학 한다는 사람이 대접받으려고 하느냐! 그건 상업적인 가치를 떠나 장르 문학도 가치 있다고 이야기한 당신의 발표와 전면적으로 대치되는 것 아니냐"며 우리가 장르를 대접해야 할 가치를 설명하라고 훈계했습니다. 그들에게는 장르 문학을 '없는 셈 치지 마라'라는 선언이 대접받으려고 하는 거만함으로 보였던 모양입니다. 〈기획회의〉

461호의 이슈 '오늘의 SF'에서 김보영 작가 역시 「SF 작가로 산다는 것」이라는 글을 통해 산업 현장에서 같은 기준선을 부여받지 못한 장르 문학에 대해 끊임없이 이야기합니다.

한국에서 장르를 바라보는 시선은 이처럼 양극으로 나눠진 것이 아닌가 생각합니다. 제도권의 문학이 보여주는 권위 의식에 환멸을 느끼고 아예 '없는 셈' 쳐버리는 장르 쪽과, 아직까지 장르를 천박한 것으로 여기고 미적 가치조차 없는 어떤 것으로 취급하는 쪽으로요. 『비주류 선언』은 그 두 그룹을 매개하는 동시에 말을 건네는 제목입니다.

장르는 주류로 들어가고 싶어서 피해 의식으로 가득한 집단이 아니라 독자적인 미학의 계보를 쌓아가는 대상이라는 의미의 '비주류 선언'. 동시에 장르의 목소리를 대변한 'B급의 주류 선언'이기도 하고, 'Be주류 선언'이기도 합니다. 텍스트릿은 앞으로도 장르의 영역에서 수많은 행보를 준비하고 있습니다. 다음 책으로 인사드릴 즈음에는, 이러한 선언이 아니라 조금 더 본질적인 이야기들을 메인에 걸고 인사드릴 것 같네요.

장르를 위해 노력하는 모든 분과, 장르를 사랑하는 분들의 안부를 물으며 글을 마칩니다. 어딘가에서 또 분명 만나게 될 겁니다. 감사합니다.

_텍스트릿을 대표하여 이용희 올림

찾아보기

비주류 선언

원고별 지은이

장르란 무엇인가 _**이지용** | 한국형 판타지가 어색한 이유 _**이융희** | 옆집의 인공지능 씨 _**이지용** | 로맨스와 페미니즘은 공생할 수 있을까 _**손진원** | 다른 옷을 입은 한국의 히어로들 _**김세아** | '사이다'로 혁명을 꿈꾸는 사람들 _**서원득** | 신음 소리에 담긴 한국 여성의 욕망 _**정다연** | 아이돌 음악에 숨겨진 스토리텔링 _**이상연** | 웹소설의 작가는 여전히 예술가인가 _**김준현** | 게임이 바꾼 판타지 세계 _**이융희** | 무협은 언제나 다시 태어난다 _**이주영** | 미래는 이미 도래했다 _**박해울** | 판타지가 로맨스를 만났을 때 _**김휘빈** | 웹소설의 충격, 충격의 웹소설 _**김준현** | 함께 장르에 속한 동료들에게 _**이융희**

서브컬처 본격 비평집

비주류 선언

2019년 8월 30일 1판 1쇄 발행
2021년 11월 9일 1판 2쇄 발행

지은이	텍스트릿 엮음
	이지용, 이융희, 손진원, 김세아, 서원득, 정다연, 이상연, 김준현, 이주영,
	박해울, 김휘빈
펴낸이	한기호
책임편집	염경원, 유태선
편집	도은숙, 정안나, 김미향, 김민지, 강세윤
마케팅	윤수연
경영지원	국순근
펴낸곳	요다
	출판등록 2017년 9월 5일 제2017-000238호
	주소 04029 서울시 마포구 동교로12안길 14 A동 2층(서교동, 삼성빌딩)
	전화 02-336-5675 팩스 02-337-5347
	이메일 kpm@kpm21.co.kr
	홈페이지 www.kpm21.co.kr

ISBN 979-11-89099-29-9 03800

· 이 도서의 국립중앙도서관 출판예정도서목록(CIP)은 서지정보유통지원시스템 홈페이지(http://seoji.nl.go.kr)와 국가자료종합목록시스템(http://www.nl.go.kr/kolisnet)에서 이용하실 수 있습니다. (CIP제어번호 : CIP2019031644)
· 요다는 한국출판마케팅연구소의 임프린트입니다.
· 책값은 뒤표지에 있습니다.